魅丽文化　飞言情工作室

高冷是没有用的

金晶薷

东方出版中心

图书在版编目（CIP）数据

高冷是没有用的 / 金晶著 . -- 上海：东方出版中
心，2020.4
ISBN 978-7-5473-1618-4

Ⅰ．①高… Ⅱ．①金… Ⅲ．①长篇小说－中国－当代
Ⅳ．① I247.5

中国版本图书馆 CIP 数据核字 (2020) 第 051236 号

《高冷是没有用的》

出版发行：	东方出版中心	
地　　址：	上海市仙霞路 345 号	
电　　话：	（021）62417400	
邮政编码：	200336	
经　　销	全国新华书店	
印　　刷	湖南凌宇纸品有限公司印刷	
开　　本	880mm×1230mm　1/32	
印　　张	9.5	
版　　次	2020 年 4 月第 1 版第 1 次	
字　　数	250 千字	
书　　号	ISBN 978-7-5473-1618-4	
定　　价	39.00 元	

东方出版中心邮购部 电话：（021）52069798

目 录
CONTENTS

目 录
CONTENTS

1. 我以为你想知道

初夏时节的大风裹着细雨猛地砸过来，顾莜醉得有些厉害，安妩一边抱着她，一边张望着。远远看到一辆黑色的路虎开过来，安妩踮起脚挥手示意。车里的男人下了车，走到她们跟前，很自然地将顾莜揽进了怀里。

"顾莜就交给你了。"安妩说着，从包里拿出一把小小的折叠伞——外面风大雨大，她的长裙已经湿了大半。

阚北扫了她一眼，道："现在太晚了，我送你吧。明天顾莜要是知道你晚上一个人回去的，肯定要生气。"

安妩想了想，然后道了一声谢，跟着阚北上车。

安妩不太喜欢下雨天，更不喜欢下雨天坐车，总感觉潮潮湿湿的很难受。尤其现在她湿掉的裙子还紧贴在腿上，长发也被妖风吹得凌乱不堪，整个人活像一只落汤鸡，毫无形象可言。

等上了车，安妩才发现，副驾驶位上坐着一个人。

"你还有朋友啊？"安妩有些不好意思。

可是，当她透过后视镜看到那个人的脸时，整个人恍若遭了雷劈，以至于阚北说什么她都没听见，只觉得耳朵嗡嗡作响。

就在几个小时之前，她还跟顾莜说，他俩这辈子应该都不会再见了，没想到……打脸来得如此之快。

似是察觉到她的目光，那个人也看了过来，眼神淡漠疏离，与她第一次见到他时一样，只不过比第一次还要冷若冰霜。他们就这样对视了三秒，却让安妩感觉久到快要窒息。

"安妩……"顾莜难受的声音响起。

安妩慌忙低下头看着趴在自己大腿上的顾莜，问道："怎么了？哪里不舒服吗？"她的心狂乱地跳着，像是要冲破胸膛。

"安妩。"顾莜含混不清地道，"明天我就去……帮你要徐医生的电话……一定帮你要到！"

"好。"安妩胡乱地答应着。

雨越下越大，噼里啪啦地敲打着车身，而与外面声势浩大的暴雨天不同，车内安静得简直令人害怕。安妩头皮阵阵发麻，她是疯了，跟两个出了名的冰山男一起坐车？

此刻，安妩多想把顾莜掐醒，而不是让她一个人尴尬。

窗外灯影幢幢，安妩低下头玩着手机。她才不要再像从前那样，看着他的脸色过日子。正胡思乱想着，安妩听见周怀瑾的电话响了，电话那头传来一道清脆的女声，虽然声音不大，但在这静谧的车内还是能听到。

"嗯。"也不知道对方说了什么，周怀瑾应了一声。

他的声线低沉舒缓、性感迷人，让安妩不自觉地竖起耳朵听。

"好，明天我带你去。"

简短的两句话，就已经让安妩脑补出电话那头的年轻女人正是传闻中这次周怀瑾带回来见家长的女朋友。从前的周怀瑾可没这么好说话，现在……

"呵。"安妩也不知道自己怎么着就冷笑出了声，但是说出去的话就如同泼出去的水一般，她看着手机屏幕自顾自地开口，"呵呵……这个笑话真的好冷哦。"

没错，冷得她都想给她自己一巴掌了，还不如不说，气氛又陷入尴尬的冰点。

"前面路口停一下。"安妩扫了一眼挡风玻璃外的建筑物，连忙开口道。

"不是还没有到吗？"阚北发话。

"哦，我正好要去超市买点东西，这里也离家不远了，我自己走回去就行。"

安妩下了车，又跟阚北道了声谢才离开，自始至终完全将副驾驶位上的那个人当作空气。

瞧着那个拿着伞蹦蹦跳跳地躲过地上水坑的女人，周怀瑾缓缓收回视线。

阚北打着方向盘发动车子，说："徐医生是我们医院最年轻的妇科医生。"

"为什么要跟我说这些？"周怀瑾的声音十分清冷，不带感情。

阚北睨了他一眼，说："我以为你想知道。"

车窗外昏黄的路灯光映照在周怀瑾的脸上，晦暗不明。

也不知道是不是见到周怀瑾的缘故，连着好几天，安妩每天晚上做梦都梦到了从前的事情。

梦见前男友可不是一件好事，看着镜子里眼下泛青的自己，安妩冷着脸又扑了几层粉。

收拾完自己去上班，大姨安香荷将准备好的午餐便当递给她。见她这几天脸色不太好，安香荷叹了口气道："你这孩子，别老是想着拼命工作，身体也很重要知道吗？"

"嗯嗯。"安妩弯着腰穿鞋。

"你也老大不小了，身边有合适的就可以试着谈一谈，有个人照顾你，我也……"找对象的话题大姨总是能无缝衔接。

"大姨，我上班快要迟到了，我先走了啊！爱你哦！"安妩选择性失聪，乖巧地说道。

"哎？你这孩子，别跑那么快，当心崴着脚！"安香荷的声音回荡在楼梯口。

安妩像一阵风一样出了门，长舒一口气，耳根子终于清净了。

下了楼，同事兼好友郭莹早就在楼下等候多时，她笑嘻嘻地看着安妩道："怎么啦，跑这么快？是不是大清早又被催婚了？"

安妩住的这一片小区是二十世纪九十年代末建的老房子，楼层不高，最高的也只有六层，基本上一个人大声说话，前后左右的住户们都能听见。安妩无奈地摇了摇头，上了车后才发现后排座位上有一只超大的哈士奇，正热情如火地对她吐着舌头。

安妩喜欢狗，但也怕狗。如果在路上看见流浪狗，她也会很有爱心地去给它喂点吃的，但流浪狗要是因此跟着她走，她会吓得嗷嗷大叫，生怕狗要来咬她。

"这是……张旭的哈士奇？"安妩拽着安全带惊恐地道。

郭莹耸耸肩，解释道："张旭出差去了，临走前把他的爱犬交给我，要我带它去做绝育手术。"郭莹目露凶光，忍不住吐槽："它的英文名字，真的是比'小黄'还要土。"

张旭是她们公司的大老板，当初他领养这条狗，因为其毛色是黄色，便简单粗暴地为它取名小黄。不知哪个人说郭莹觉得这狗名太土，想让张旭借此给郭莹穿小鞋，于是她就嘲讽地为小黄取了一个相对应的英文名，谁知道张旭居然采用了。每次遇见郭莹，他就告诉她自己爱犬这名字是她赐的，她也算它半个妈，气得郭莹暴跳如雷。这是骂她不是人吗？

车子发动后，郭莹问："许家那单子你谈得怎么样了？"

"今天最后签约。"

安妩跟郭莹都是保险代理人，与刚入职的小员工推荐普通的保险不同，她们销售的保险产品，实际上是一种较高层次的奢侈品。由于很少有人会主动买保险，这就需要像她们这样的保险代理人进行产品介绍。

郭莹讶异地道："许家太太那么难搞你都搞定了，不愧是我们组业绩第一人。你知不知道前几次我去许家的时候，都快被那个太太折磨疯了。天知道这世界上怎么还有这么挑剔的女人，怪不得挑来挑去四十多岁才嫁出去。"

安妩笑了笑，不置可否。

传闻，许太太年轻那会儿也是远近闻名的一枝花，奈何眼高于顶，挑来挑去一直没嫁出去，到了四十多岁才嫁给了年少时一直追在她身后的许家少爷。而许太太之所以没在年轻那会儿看上许家少爷，原因是许家少爷是个胖子，而后来选择嫁给他，也是因为刚离婚的许家少爷消瘦了不少，还能看得过去。况且她那个年纪也没的挑了，就嫁了。

"这次签约我要跟在你旁边，见证这一伟大时刻！"郭莹豪情万丈地道。

车子很快就驶到了许家大宅门口，郭莹努力在空气中嗅了两下，疑惑地看向安妩道："你有没有闻到什么奇怪的味道？"

安妩重重地点了点头。两个人在车内嗅着，最后视线凝在了后排座位上冲她们笑得一脸人畜无害的哈士奇身上。

"啊！"郭莹歇斯底里地尖叫着，"我刚洗的车啊！"

安妩牵着狗下车，看向正弯着腰埋头清理后座上尿液的郭莹，听完她的咒骂，才笑着道："好啦，待会儿你去找张旭报销洗车费不就行了吗？"

说完，一个东西就拱到了安妩的腿上。她低头看去，是一只不知从哪里冒出来的棕色泰迪，正嗅着她的小腿。瞬间，童年时被泰迪咬过的阴影就涌上了安妩的心头，她喉咙"咯咯"作响，颤抖着声音道："郭……莹……"

话音刚落，泰迪掉转方向朝着安妩牵着的哈士奇跑去。下一秒，安妩瞪大眼睛看着泰迪爬到了哈士奇的身后，用脚指头想也知道它是什么企图了！

"怎么了？别告诉我那条狗又要拉屁屁了。"郭莹头也不抬地说道。

"走走走，快走开！"安妩试图赶走那只泰迪，但是她不痛不痒的嘴上恐吓毫无作用。似乎是知道她不敢碰它，那只泰迪上身趴在哈士奇身后，还扭转头对着安妩吐舌头。

就在这关键时候，安妩将哈士奇一把抱起扛在了肩上。图谋不轨的泰迪没抓稳，一下从哈士奇身上掉了下来，摔得有些蒙。

"你在干什么？"

清冽的声音从一旁传来，安妩下意识地看去，看到那人，脑子一片空白。反应过来后，她心里只有一个念头——她的奇特能力也太厉害了吧。

周怀瑾看着眼前一脸迷茫的女人，又看了看她肩头一脸傻相的哈士奇，眸光微敛。

"怀瑾，捉住旺财了吗？"

"嗯。"周怀瑾颔首，低下头看去。

安妧愣了愣，看着从许家大宅内走出来的中年女人，又看了看谄媚地蹭着周怀瑾鞋子的那只泰迪，在心底骂了一句："该不会这么巧吧？"

"哎，吓死我了，幸好没跑远。"许太太抱起小狗心疼地用脸蹭了蹭，然后才注意到，安妧和她身旁还不知道发生了什么而有些茫然的郭莹，问道，"来签约的？"

"是的，许太太。"安妧道。

"那你待会儿就不用进来了，我家旺财怕巨型犬，让你旁边的那个进来跟我签约吧。"

抱着哈士奇的安妧一头问号："就刚才泰迪那生猛的架势，是会怕的主吗？"但是客户既然这样说了，安妧也只好按照吩咐办事。

说完，许太太看向周怀瑾，热情地道："怀瑾，中午就在小姨家吃饭吧，你好久没来看小姨了，吃顿饭再走吧。"

"不用了，小姨，中午我已经跟李教授约好了。"

周怀瑾说了什么安妧也没留意听，倒是身旁的郭莹拉着她的袖子，激动地小声"嗷嗷"叫道："安妧，极品帅哥啊！我最近是要走桃花运吗？遇到的男人一个比一个帅！啊——"

安妧看着周怀瑾，他本就生得剑眉星目、俊鼻薄唇，再加上身材修长，穿衣服又很有自己的品位，整个人走到哪里都是人群中醒目的存在。一想到他穿白大褂更加让人移不开眼，安妧就非常不屑地转过脸。

周怀瑾余光瞥向她，只见她肩上的哈士奇在她粉白的脸颊上舔了一口，她一个激灵，抱着狗的手臂不停地颤抖着。

"既然小姨还有客人，那我就不打扰了。"

安妧忙不迭地点头，赶紧走，都走！走了她就可以把狗丢回后座上了！

"喂，安妩，你先开车去附近的洗车场清理一下后座，待会儿来接我。"郭莹暗暗地将车钥匙塞到安妩的手中，小声道。

安妩点了点头，抬眸对上周怀瑾的眼，心下一跳。

"那好吧。"许太太颇为遗憾地道。

她目光一转，恢复成平日里那副高冷的模样看着郭莹道："跟我进来吧。"

郭莹跟在许太太身后，对着安妩使了个眼色。

待人走后，安妩一把将狗放下，抖着身上的鸡皮疙瘩，天知道刚才小黄伸出舌头舔她的时候，她心底有多害怕。

"安妩。"

那道男声与记忆里的声音重叠，安妩浑身一颤，抬起头看着周怀瑾。原本他上次装作跟她不认识，这次她也要装作跟他不认识的，不过他既然主动开口了，她就勉为其难、出于礼貌地回应他一声。

"有事吗？"安妩脸上挂着职业性的假笑，内心给自己这落落大方的声音打了个满分。真棒，一点也听不出来两个人曾经有过那么亲密的关系呢！

安妩盯着周怀瑾的薄唇，想象着无数句话从他嘴巴里说出。

"安妩，当年的事是我做错了。"

"安妩，我还爱着你。"

"安妩……"

安妩想着，不管他说什么，她都要斩钉截铁、毫不犹豫地扔一个字过去：滚！

安妩兴奋地盯着周怀瑾轻启的薄唇，"滚"字即将从她口中喷出。

"你需要补粉了。"

什么？！

周怀瑾撂下这句话后，迈开长腿从安妩身边走过。安妩急忙掏出自己包里的小镜子，举起一照，差点尖叫出声，她刚才就是顶着这张被狗舔掉半面妆的样子，自信而又优雅地微笑着吗？

周怀瑾没直截了当地说她丑，就已经是很有素质了啊！

安妩疯狂补着粉，她刚才这个样子，周怀瑾在心中岂不是已经嘲笑过她了？

第一次见面淋得像只落汤鸡，第二次见面又顶着一张花了妆的脸，与前任相逢，她真的是完败。

2. 陌生的号码

洗车场内。

安妩有些垂头丧气，看向围着她转圈的小黄，不禁感叹："做狗真是快乐啊，没有任何烦恼，还不会被前男友嘲笑……唉，人点背，真是喝凉水都会塞牙啊。"

车子清洁好后，郭莹的电话适时打来，安妩一边接通电话，一边将小黄赶上了车。

电话那边传来郭莹欢快的声音："合同搞定了！不过就是签一个名字，那个老妖婆还挑三拣四说我带的档案夹颜色不好看。"

安妩闻言轻笑出声，心情稍微好了点。

"对了，对了！你知道刚才我们看到的那个帅哥是什么人吗？我的天哪，居然是那挑剔小姐的外甥！听说还是个医生！我最近是跟医生缘分不断吗？"

安妩将手机扔到副驾驶位上开着外音，边系着安全带边道："大姐，你是忘记了大明湖畔的徐医生吗？"

"怎么会呢？我怎么会忘记徐医生呢？"郭莹在电话那头美滋滋地道，"还是徐医生好，看徐医生的手相就知道他那方面一定很强。倒是那个挑剔小姐的外甥，看着虽是个极品，但是……有些人也就是看着强点，其实那方面很弱的。"因为对许太太的印象不好，郭莹对周怀瑾的评价也一般般。

安妩噎住了，周怀瑾那方面很弱？如果她没记错，当初每次被折腾得不行的人好像都是她吧？

"这……这你是怎么看出来的？"安妩结结巴巴道。她实在无法向郭莹说明，周怀瑾那方面并不弱，她还亲自体验过……

"看手指啊！"郭莹谆谆教导道，"我跟你说啊，无名指比食指长，需求绝对旺盛！徐医生那天给我开刀的时候，我特地瞄了一眼，虽然也没看出个所以然来，但是吧，我家徐医生手指那么长，肯定活儿好！"

安妩不敢相信地伸出手比画了一下，道："我无名指比食指长，我怎么没感觉我的需求旺盛啊？"

"你先找到男朋友开发你的潜能再说吧。"郭莹鄙夷道，"快来接我吧。"

安妩挂了挡，盯着后视镜倒着车，她正专心致志地盯着右边的路口看有没有来车时，左边突然窜出一辆黑色奥迪，安妩心下一惊，忘记踩刹车了。洗车的地方本就是一个坡，安妩的车子就这样"刺溜"一下撞到那辆黑色奥迪的车头，虽不是火星撞地球那般惨烈，但是也刮掉了一点漆。

安妩连忙下车——这奥迪是最新的款式，价格不菲。而且这车还没挂牌，估计是最近一段时间才买的，刚买的新车就被蹭了，车主铁定要气死了。

踌躇地走到车窗边，安妩看着车窗一点点降下，露出俊美的侧脸。她倒吸一口凉气，身子比脑子先作出反应，往后大退一步。

周怀瑾侧过脸看向她，面容冷峻地道："你想逃逸吗？"

安妩原本还忐忑不安的心被他这话一激，瞬间就生出一种谁怕谁的豪情壮志，她直起腰板道："谁逃逸？你从旁边拐过来不按喇叭提醒别人，还怪别人撞到你？"

周怀瑾深色的眼眸盯着她，把她瞧得心里发毛。就在安妩快撑不下去的时候，周怀瑾掏出手机道："那就报警吧，调取行车记录仪看看是谁的责任。"

"调就……"最后一个"调"字卡在安妩的喉咙中，她想到刚才在车内跟郭莹说的荤话，这要是当着周怀瑾的面放出来，那她的老脸往哪儿搁？

安妩一个激灵，连忙上前夺过周怀瑾的手机道："你不知道警察叔叔每天有多少事情要忙吗？大家都是成年人了，有什么事是用钱不能解决的吗？"

周怀瑾看着她，伸出手道："'逃逸抢劫犯'，把我手机给我。"

逃逸抢劫犯？安妩愣了愣，看着自己手中的手机，在心里面咒骂了一声，将手机还给了他。

"五千。"

"好好好，不就是五千……"安妩瞪大了眼睛，拔高音调道，"五千？！你这还不到五厘米的口子要五千？我用五块钱的油漆就能给你补好了！"

不知道是她活见鬼的神情，还是她的话语逗乐了他，只见周怀瑾的眉眼瞬间温柔下来，他看着她道："你应该也知道新车第一年出险，对下一年的保险费影响很大吧？除了修补漆，我自然要将下一年保险多加的部分算到你头上啊。"

"你……你……你这算什么险？"安妩气得差点把舌头咬到。

"既然如此，警局见吧。"周怀瑾熟知她的性子，要不是有什么特殊原因，怎么可能会在这里跟他谈条件。

"五千！"安妩咬了咬牙道，"五千就五千。"五千买个清净，五千买个自由，买不了吃亏，买不了上当，只要五千！

可是打开手机后，安妩想到这个月交完了水电费、房租还有大姨的医药费，自己根本掏不出五千块钱，而新签的合约提成也得等到下个月才发。可是要在周怀瑾跟前说她没钱……安妩实在是不想让他觉得，混了三年，她依旧混得这么不如意。

凝望着她逐渐涨红的脸，周怀瑾眸子微微一暗，道："手机号码。"

"啊？"

"我先去维修店看看，若是免费修，就告诉你不用转钱给我了；若是需要修补费用，我再来找你。"

安妩快速地报了一串号码。她怎么就忘了？新车一般可以免费保修一些小问题啊！她的心情瞬间阴转晴。很快，安妩的手机响起，她低头瞧去，上面显示出一串陌生的号码。

"这是我的手机号，备注好了，我是你的债主。"周怀瑾收回视线看向前方，说完，发动车子掉头，朝另一个方向驶去。安妩怔了怔："他来这儿不是洗车的吗？又往哪儿去？"

A市医科大学附属第一医院。

周怀瑾来到会议室门口，看到李教授，略带抱歉地道："教授，路上堵了会儿车。"

李教授看见爱徒来了，笑容满面地道："没事，没事，会议还没开始呢。"

"小周啊，确定留在一附院了吗？"李教授问道。

周怀瑾握紧手机，轻轻"嗯"了一声。

"好！"李教授满意地点点头，"学成归来为医院发展添砖加瓦，是个好孩子！进去吧，我会向各位领导介绍你的。"

晚上，躺在床上的安妩拿着手机看着上面的陌生号码，心里有些发涩。原来她倒背如流的电话号码，如今已变成了一串陌生的数字。

她想过再见到周怀瑾的时候潇洒离去，想这三年里周怀瑾对她念念不忘，可是现实呢？他不仅换了新的号码，还有了新的女朋友，他对她淡然若素。

所有的一切，早在三年前就宣判结束了。

"安妩，你真是心狠手辣，你知道作为医生，你毁了他的手等于毁了他一辈子吗？"

"在你眼中，只要能让你达成目的，对谁都可以笑脸相迎、虚与委蛇吗？"

安妩闭上了眼睛，再次睁开眼睛时，她将那串陌生号码删了。

不留就不留吧，眼不见为净！

1. 没什么对我说的吗？

周怀瑾没有立刻通知她，到底要不要赔钱。过了许多天后，安妩早就因为天天忙碌的工作而忘记了这件事情，以至于周怀瑾打电话来的时候，她一看是陌生号码，想都没想便接起来公式化而又温柔地道："您好，这里是人民保险公司，请问您……"

她话还没有说完，那边就挂断了电话。

安妩愣了愣，想着即便是打错了，也不应该这般没礼貌！没让自己多想，安妩便把手机放到一边，随后脑中突然灵光一闪，她立即拿起手机查看那串陌生号码，结果倒吸了一口凉气。

该不会是周怀瑾吧？

还没等她细想，工作任务就来了。

安妩他们公司一直跟 A 市的大部分医院有合作，其中因为 A 市医科大学附属第一医院是全省最好的三甲医院，所以每年的合作会比较密集一点。

这一次，A 市医科大学附属第一医院又招聘进来一批优秀的医生与护士。对于医生与护士来说，一方面因为工作性质，长期接触病患、放射物、污染物等，存在较多的健康隐患；另一方面，他们的工作节奏也是高强度的，承受着较大的压力，再加上可能面临的医患矛盾，这些都让他们处于一种高风险的环境中，自然也更需要保险的保障。

安妩这次跟江允去，就是介绍意外险、定期寿险、健康险和高端医疗险等，让医生与护士选购。

以前这项工作都是江允一人负责的，但是因为这次A市医科大学附属第一医院招的医生与护士挺多的，江允便让安妩来帮忙。

"我记得你就是A市医科大学毕业的，对吧？"车内，江允与安妩聊着天。

"对。"安妩笑了笑，道，"A市医科大学的殡葬专业。"

A市医科大学作为位居全国医科大学排行榜前列的大学，有着最热门的骨科专业和最冷门的殡葬专业。当初安妩高考分数正好够二本线，挑二本的好学校是不可能了。按照他们高考填报志愿的指导老师的话来说，大学毕业后，专业不对口的多了去了，所以读的专业不重要，好好挑一所大学很重要，于是她成了他们殡葬专业唯一的"班花"。

江允听完安妩当年填报志愿的事情后，惊奇地问道："那为什么转行做了保险代理员呢？"

安妩想到过往，扶着额头无奈地道："还不是我大姨以死相逼，说我这个专业以后找对象都难。而且真正工作起来很是天差地别，我刚开始心理上也无法承受，加上大姨威逼利诱，于是就辞职了。"

江允轻笑出声，说："也是，女孩子家还是要找一份正常的工作。"

正常的工作？安妩笑了笑，不置可否。她看向窗外不断倒退的风景，想到那个人曾经对她说的话："安妩，你的专业以及未来入殓师这份工作都是很神圣的。正是因为这份工作，让离开我们这个世界的人再现了他生前的美好仪容，给痛失亲人的那些家庭以慰藉。"

那个人，虽然很可恶，却也是最懂她的。

到了A市医科大学附属第一医院，安妩跟着江允一路来到了医院的会议室。按照老规矩，这次"讲解员"还是江允，她只需要负责分发资料与播放事先准备好的幻灯片。

安妩正摆弄着电脑，余光便扫到一件件白大褂进了会议室。此次他们的会议分为医生场跟护士场两场，每场大概为半个小时。

"好了吗？"说着，江允俯下身来检查着电脑桌面。

安妩点点头道："可以了。"

江允的脸离安妩的脸不到十厘米，坐在会议室前排的男人微眯起眼。

"好。"江允正式开始他的介绍。

安妩站起身将准备好的资料分发下去，目光却在触及前排的那个人时一颤。

周怀瑾？他为什么会在这里？他是 A 市医科大学附属第一医院新招的医生？可是……顾莜上次不是跟她说 B 市那边要留下他吗？

安妩有些发虚，她稳了稳心神后，低着头按顺序将手中的资料依次发放下去。

当她重新坐回自己的位置时，多了一些目光凝在了她的身上。她佯装无意抬头，与几道慌乱的目光撞上，可是前排的那个男人只是盯着屏幕看。

安妩咬了咬唇，正要移开视线，周怀瑾的目光很是自然地挪到她身上，像是不经意一样。见她也在看他，他挑了挑眉，好像在说："你在偷看我。"

安妩连忙看向桌上的电脑，有电脑屏幕的遮挡，她拿着手机发短信也没人看得见。

安妩："顾莜！你怎么没告诉我，周怀瑾在你们医院上班？！"

顾莜："你们遇上了啊？"

听她这语气，巴不得他们立马打起来似的，安妩没有再回复。

安妩如坐针毡地熬完医生这一部分的讲解，本以为可以长舒一口气，但是周怀瑾在离去的时候，敲了敲她的桌面。

"出来。"她听到他压低的声音。

安妩看了一眼忙碌地准备着下一场讲解的江允，起身跟着周怀瑾往前走。她也不知道他要带她去哪里，低着头满脑子想的都是，今早那个被挂掉的电话到底是不是他打的。

"那个……"安妩准备先发制人，"你那车维修店怎么说？"

周怀瑾脚步一顿，此时他们俩已经走到安全通道口，这里没有什么人。安妩看着他从口袋中掏出一盒烟，修长的手指从中取出一支，熟练地用打火机点燃。他气质偏冷，抽起烟来倒让眉眼之间沾染上一丝不羁的神情。

见状，安妩不由得愣住。在她的记忆中，周怀瑾一直是个好学生，加上他本来就是医学系的学生，知道烟酒对身体的危害，这两类他根本不沾，什么时候他也学会了抽烟？

安妩有些不习惯烟味，咳嗽了起来。

"没什么要对我说的吗？"周怀瑾随手掐灭烟头，迫视着安妩。

安妩心下一跳，道："今天早上你打电话了吧，抱歉，我当时没看来电显示，以为是客户……"

下巴猝不及防地被人抬起，鼻间萦绕着淡淡的烟草味儿，安妩失神地听到周怀瑾道："我想听的不是这个。"

"呀！"有人进到安全通道，看到里面的暧昧情况后，叫了一声立刻原路返回。

安妩突然回过神，一把推开周怀瑾，眼神极冷地道："那你想听什么？乞求你的原谅让你回到我的身边吗？"

她看着眼前的男人，嘴角扬起一抹嘲讽的笑容，道："周怀瑾，我犯过一次贱，就不会再有第二次！"说完，安妩瞪了周怀瑾一眼后转身离去。

出了安全通道，安妩拿出手机快速地给顾莜发着短信。

安妩："顾莜，你能不能借我五千块钱？我下个月发了工资还你。"

顾莜以为是安妩的大姨又出了什么事急需用钱，很快回复道："好，现金还是转账？"

安妩："都不用，替我把这钱给周怀瑾。"

顾莜："啊？！"

顾莜告诉安妩，周怀瑾并没有收那五千块钱，还让她传话给安妩，说他的车子维修店保修。顾莜没想到安妩已经跟周怀瑾见过不止一次面了，立马在电话那头让她老实交代，她跟周怀瑾之间到底发生了什么。

"能发生什么？"安妩躺在床上想，"不就是旧爱重逢彼此容忍还没打起来的剧情吗？"

翻了个身，安妩换了个话题道："你跟阚北什么情况了？"

"还能有什么情况？"顾莜无所谓地道，"他这三年应该也明白了，对我的喜欢只不过是对大姐姐的喜欢，所以觉得当初追在我屁股后边有些丢脸，现在见到我都是板着一张臭脸。"说到这儿，顾莜忍不住不屑地低声咒骂道："臭弟弟。"

安妩低低地笑出声："我怎么听着你声音里有些失落呢？"

当初顾莜有这么一个青梅竹马还忠心的小弟弟，整个宿舍的人都好生羡慕，结果这个小弟弟硬是被顾莜自己"作"跑了。

"谁失落了！"顾莜横眉冷对道，"我只不过是把阚北当弟弟，他喜欢谁关我屁事！"

"啪"的一声，文件夹重重地拍在服务台上，顾莜一个激灵转过身，便看见了那个双手插在白大褂口袋中的眉眼淡漠的男子。

"你……你……"顾莜激动得话都说不利索了。

"上班时间在这里打电话闲聊，顾护士，是工作少了吧？"阚北阴沉着一张脸，盯着眼前因震惊而瞪大了双眼的女人。

听到电话那头的男声后，安妩愣了愣，随即在床上笑开了花，烦闷的心情因这么一出插曲变得稍微好点了。

唉，这世间，都是一物降一物啊！

2. 与前男友谈保险合同

虽然是双休日，但是因为这段时间又是招聘会又是谈新合作的，公司上下忙得热火朝天，周六周日也不得休息。安妩赶到公司的时候，郭莹对她努了努嘴，示意有人在会议室等她。

见状，安妩脸一沉。

"不是你讨厌的那个姓程的家伙，是那个……"郭莹眉飞色舞地比画道，"是许太太那个极品外甥！"

周怀瑾？安妩愣住了。

郭莹没想到，听到那个讨厌的人名，安妩的脸更黑了。

推开会议室的门，安妩便看到了等候多时的周怀瑾。在她开门的一瞬间，他闻声抬眸，深邃的眼眸像是一汪泉水，清澈而又凛冽。

"有什么事吗？"安妩站在门口不动，一副"有话快说，姐忙着呢"的高冷模样。

"你都是以这种态度对待客户的吗？"周怀瑾淡漠地道。

安妩挑眉，问："你要买保险？"

"没错。"

安妩凝视了周怀瑾几秒后，迈动步伐走到他对面坐下。她深吸一口气，下一秒展示出公式化的微笑，放柔声音道："请问周先生想办哪方面的保险？保人还是保物？"

将她的变脸收入眼底，周怀瑾眸光微闪，吐出一个字："人。"

"好的。"

安妩低下头在自己的文件上勾选着什么，周怀瑾垂眸看去，视线在她左手手背上顿住。那里，有一条大概三厘米的刀疤，因为有些时间了，所以疤痕的色素沉着比较稳定，与旁边白皙的皮肤形成鲜明的对比。

周怀瑾看着安妩手心一动，眸色愈深——因为除了手背，她的掌心也有一条刀疤，很明显是刀子扎下去的时候刺穿了整个手掌。而这些，三年前他们在一起的时候并没有。依据他的判断，那是一把水果刀造成的。这样的伤口伤及筋骨，即便现在伤口愈合，左手也无法像正常人的手那样灵活使用。

安妩"嗯"了一声，对方却依旧没有回答她的问题，她抬起头，发现周怀瑾正看着她的左手，她有些慌乱，将手放在桌子下面。

"左手上的伤是怎么回事？"周怀瑾看着她，似要将她看透。

"这些好像与周先生现在的投保并没有任何关系吧？"

周怀瑾的视线从她带着淡漠疏离微笑的脸上移开，问："你刚才说什么？"

"周先生是为自己买，还是为他人买？"

"他人。"

"那是家里面的老人还是小朋友，还是……"

"女朋友。"周怀瑾打断她的话道。

安妩笔尖一颤，或许是觉得自己这反应有些可笑，她嘴角弯起一抹自嘲的弧度。

"人身保险有很多方面，周先生想投保哪方面？投资多少呢？"

"钱不是问题，哪方面我都想了解，主要看安小姐你有没有能力让我选择与你合作！"

"哦？我还是蛮相信我的能力的。"安妩看着周怀瑾那副不差钱的模样，面上笑得得体，内心早就把他骂了一千八百遍。

炫耀吗？有钱了不起？有女朋友了不起啊？安妩想，前男友的钱主动送上门，不赚到他哭，她就是傻！

"既然如此，甚好。"周怀瑾起身道，"安小姐既然有我的电话，以后电话联系吧。"

电话？安妩眼珠子差点瞪了出来，电话早就被她删了！

"我……3我……"安妩现编了一个理由道，"之前我的手机被我不小心按了格式化，联系人号码全没了，你最好重新给我一下。"

周怀瑾盯着她，慢慢俯下身。安妩心跳骤然加快，这家伙不会看出来她在说谎了吧？

"8和4的后面是什么？"

"4和2。"一如当年那般，不论何时何地，安妩被周怀瑾查问他的手机号码时总能条件反射般说出答案来——那些数字已经刻在了她内心的深处，无须思考便脱口而出。

待回过神后，安妩生平第一次痛恨自己反应那么灵敏。

周怀瑾嘴角弯了弯，对她道："就打这个号码吧。"

为了赶快从周怀瑾身上赚到钱，然后跟他划清界限，安妩连夜做了一份关于人身保险的电子文档。第二天，她就打电话询问周怀瑾，能不能给她一个邮箱号，她会给他发去资料让他自己看看想买什么保险。见周怀瑾发了一个邮箱号给她，安妩松了一口气，她还以为他会整什么幺蛾子呢。

文件她做得很详细，即便是个初中生也能看懂。可是没过多久，她的邮件被周怀瑾原路打回，退件原因是——他很忙，字太多，他没时间看。

看到这句话，安妩差点气得七窍生烟，还好她之前为公司做过一个简洁版，介绍保险种类的幻灯片，她立刻又发给了周怀瑾。

这回周怀瑾没有立刻回她的邮件，一分钟、十分钟、一小时过去了。

安妩气呼呼地关掉电脑，她为什么跟个傻子一样盯着邮箱一个小时啊？她还有很多事情要做，很忙的好吗？！

"安姐。"人事部经理喊着安妩，安妩回过头，看见人事部经理领着一个小姑娘走到她跟前道，"安妩，这是分到你们组的新人韩秋水。"

小姑娘笑起来眉眼弯弯的很是讨人喜欢，看见安妩嘴甜地道："安经理好，安经理真漂亮！"

安妩笑了笑，道："韩秋水是吧？那边有个空位，以后你的工位就是那里了。"

"好的！经理，我一定会好好工作的！"才毕业的大学生，脸上还带着些许稚气。

安妩点了点头，交给韩秋水一份资料，让她熟悉一下自己应该做的工作。

"穿香奈儿最新发布的秋装单品，来干底薪只有一千五的保险推销员？这些富二代都是怎么想的？是想来社会上看看大家仇富心理的深浅程度吗？"郭莹滑着办公椅到安妩的身边，睨着韩秋水离去的背影吐槽道。

安妩笑着摇了摇头，道："这大概就是'有钱人的快乐'，我们想象不到吧。"

郭莹深以为然。

"不过……"郭莹扫了安妩一眼，道，"你将与程涵的合作交给新人做？你不怕他继续找你麻烦？"

"只是催他及时缴纳保险费。"安妩淡淡地道，"他要是能再坚持到明天最后一天也不交，合同效力终止，我倒是谢天谢地了。"

"我是看不懂你们在玩什么。一个明明那么有钱，却要搞分期缴费，每月靠催；一个身为卖保险的专业人士，对方不交，你也不急，拖到最后一天让新人去催，是巴不得自己丢了这份单子？"郭莹摇了摇头。

安妩垂下眼睑，看着左手上的刀疤，想道："谁能看得懂程涵要干什么呢？可能他觉得这样折磨她比较有意思吧。"

晚上，安妩刚洗完澡，就接到了周怀瑾的电话。

"周医生，手术结束了？"安妩听到电话那头有人跟他打着招呼。

他轻轻地"嗯"了一声，声音很是疲惫，让安妩恍惚中以为回到了从前他实习的时候。那时候他也是这般，每次跟他打电话，他的声音都很是疲惫，让她心疼不已。

"你今天在做手术？"安妩疑惑地道。

"嗯。"周怀瑾摘掉口罩，看着镜子中的自己说道，"找个时间出来，我们见面谈吧。"

良久后，周怀瑾才听到电话那头的回复："好。"

安妩与周怀瑾约定的地点是一家咖啡厅，安妩到的时候，周怀瑾刚用短信通知她，路上堵车，他可能会迟来。安妩抿了抿唇，正准备点咖啡时，电话响起，她扫了一眼来电显示，毫不犹豫地按下挂断。

手机铃声再次响起，在安静的咖啡馆内显得很是突兀，安妩凝视着不断闪烁的手机屏幕，让它响了一会儿后选择了接听。

她还没说话，电话那头便传来一道阴冷的声音："第一遍电话怎么没接？"

安妩向侍者指了指咖啡单上的一款新品咖啡，示意了要一杯后道："刚才在开会，所以没接。"

"为什么将催款的事情交给别人来做？"

闻言，安妩冷笑出声，道："我催了你就能按时交吗？如果程先生没什么事的话，我很忙，就先挂了。"

"等等。"程涵的语气稍微缓和了一点，"不准再将我的事情交给别人做，这是第一次，若有下次……"

"再让我失业是吗？"安妩冷冷地道。

"呵。"程涵见她这般咄咄逼人，换了个话题，"周怀瑾回来了，你知道吗？据说是带着 B 市医院院长的女儿一起回到 A 市的。"

安妩慢慢眯起眼睛，道："所以呢？专程打电话来，你是想看我哭还是笑呢？"

"安妩，你说他还恨不恨你？毕竟当初你是为了我才接近他的，你对他的那些虚情假意……"

"够了！"安妩握紧拳头，指甲狠狠嵌入掌心，她突然打断他的话，努力维持平静道，"如果你觉得说这些能够满足你报复的快感，那么你就自己开心吧，我很忙，没时间陪你闲聊！"

"我来晚了。"

周怀瑾的声音不合时宜地响起，安妩猛地扭过头去，便听见电话那头的男人没了声音。

良久后，程涵似乎是咬着牙道："好，很好，安妩，这就是你说的很忙？跟旧情人在一起，很忙对吧？你……"

安妩挂断电话，随后按下了关机键。

"怎么了？"周怀瑾坐在她的对面，见她神色很是不好，刚才与人打电话的口气也很冲，便开口问道。

"没事，就像你会遇见一个难缠的患者一样，我遇见一些难搞的客户也是很正常的。"安妩很快镇定下来，说道。

"我后来又发了一个简洁版的幻灯片，你看了吗？"

"没有。"

安妩一噎，不知道他怎么能说得如此理直气壮。

"既然周先生那么忙，不如让你的女朋友跟我谈，或许作为当事人，更清楚自己需要买什么保险。"安妩觉得自己说这话的时候很光明磊落，但是她看到周怀瑾微微皱起了眉头。

安妩以为是自己没有表达清楚，又补充道："我的客户也不止周先生你一人，不能所有的时间都为周先生服务，为了给彼此节省时间，不如……"

"我的女朋友很忙。"周怀瑾打断安妩的话，"况且，以我对你性格的了解，我担心你见到她后第二天会上社会新闻。"

安妩再次一噎，看着周怀瑾的眼里有火苗蹿起，她怒目圆瞪道："周先生，我也是有追求者的，我上一个追求者还赞美我是'温顺的小绵羊'！你这样说，我觉得你对我的认知有问题！"

说完，安妩也被自己临时现编的"美称"恶心到了。

周怀瑾嘴角一勾，看着她道："有问题吗？你在我心里，小气、任性、不讲道理……"

明明是在一条一条数落她，安妩却莫名鼻尖一酸，道："既然我如此差劲，当初你为什么会选择跟我在一起呢？"

"因为……"周怀瑾凝视着她，"当年我爱你。"

"呵。"安妩扭过脸，将眼中的泪意逼了回去，"当初喜欢就是可爱，不喜欢就是毛病，好话坏话都让你们男人说尽了。"

安妩再次抬眸看向周怀瑾时坐直了身子，打开文件夹道："既然如此，那我就当面将人身保险的各个方面跟你说清楚，感兴趣投保的话你就跟我说一声。"

闻言，周怀瑾看了一眼左手腕上的手表后道："忘记跟你说了，三点我在医院有一场会议要开，因为刚才堵车，再算上待会儿过去的时间，你只有半个小时。"

"半个小时？"安妩眉毛皱了起来，心想，"那你找我是真的打算来喝咖啡的吗？！"她差点咆哮出声。

以周怀瑾的理解能力，安妩认为紧赶慢赶半个小时应该是可以说完的，但是因为她语速刻意加快，导致周怀瑾很多地方没听清楚，她只好不断地停下来重复刚刚说过的话，而周怀瑾就像一个爱学习的宝宝，时不时地向她提问。

这要是他们公司招聘的新人，她一定会感慨这家伙是卖保险的好苗子。可他分明是来投保的，问得她怒火中烧分分钟想掀了桌子，他把一些专业名词问得那么透彻，是要转行保险行业？

"时间到了。"周怀瑾道，"看样子，剩下的我们只能另找时间详谈了。"

还找时间详谈？安妩端起桌上的咖啡一饮而尽，告诫自己，不能生气，千万不能生气！他一定是故意想要让她赚他钱的计划泡汤。

"下次，麻烦周先生你这个大忙人多空出一点时间。"安妩咬着牙挤出一抹微笑道。

"我尽量。"周怀瑾微微勾起嘴角。

事后回到公司，郭莹八卦地问她跟周怀瑾聊得怎么样时，安妩将事情说给她听后忍不住一顿破口大骂。

郭莹愣了愣，自言自语道："我怎么觉得，不断找时间沟通这点……很像约会呢？"

第三章
回到我身边

1. 不速之客

安妩猜着以程涵的脾气，铁定是要找她闹上一番的。当初她毁掉他心爱的东西，他自然也不会让她好过，更何况在电话里，他听到了周怀瑾与她在一起。于是这段时间，她基本上是带着新人外出跑业务，尽量避免被程涵在公司里堵到的可能。

"安经理下午不回公司了吗？"韩秋水怯怯地看着安妩。

安妩道："我下午还约了客户谈合同，你先回公司吧。"

韩秋水点了点头，下车的动作却并没有快起来。

安妩见她这副模样，侧过脸问："还有什么事吗？"

"安经理，我见你很忙，程涵先生每个月的保险费都要靠催，要不……程涵先生的单子交给我做吧！"

少女白皙的脸上带着一抹红晕，安妩微微挑眉道："你在公司见过程涵了？"

韩秋水害羞地颔首，安妩眼中闪过一丝了然。

程涵外表俊美，笑起来更是又暖又魅惑，从前也不知道有多少女生迷倒在他那温暖的笑容下，如今韩秋水见了会动心也是很正常的事情。只不过，现在这个男人早已不是从前的程涵……

安妩没有任何表情地道："你要是能说动程涵换人，这个单子便交给你。"

韩秋水面上一喜,抱着一摞文件激动地说:"谢谢安经理!"

安妩下午约的客户正是周怀瑾,半个月的时间,他们一共见了三次,但是每次周怀瑾都是坐一会儿便匆匆离去,所以关于合作的事情一直没有确定下来。

安妩想:"今天下午无论如何都要把合同确定下来!"再这样下去,等待着与他见面变成了一种习惯,她那颗死掉的心又会慢慢地生出希冀来。

但是到了关键时候,安妩自己掉了链子。

茶馆里。

安妩懊恼地闭上眼睛,深吸了一口气道:"我忘记带合同了。"她的合同应该是夹在那一堆文件中被韩秋水一并抱回了公司。

周怀瑾呷了一口茶,薄薄的水汽衬得他眉眼如画,他没有说话。安妩睁开眼睛,她很怕他以为自己是故意没带合同,然后再约着下一次见面。

这样想着,安妩"噌"地一下站起身,道:"我现在回公司拿,你等我!"

"不用了。"周怀瑾放下茶杯看着她道,"下次我路过你们公司,你再交给我便行了,现在天色不早了,我送你回家吧。"

"不用。"安妩下意识地开口拒绝了他。公司的车她送完韩秋水后就停在了公司的地下车库,来的时候她是打车来的,回去的时候自然也不用麻烦别人送。

周怀瑾道:"马上会下雨。"

安妩看了一眼玻璃窗外的天,阴沉沉一片,确实是要下雨的样子,但是……安妩腹诽道:"这不还没下吗?"

也不知道周怀瑾上辈子是不是龙王,出餐厅大门的那一刻,安妩感觉一滴雨落在了她的眉心,随后豆大的雨点便扑向大地。六月的天,说变就变,比女人变脸还快。

"我走了。"

安妩还没有反应过来，就看见周怀瑾转身而去的背影。她虽然说了不坐他的车，但是这家伙走得也未免太干净利索了点吧？

安妩缩在茶馆的门口，考虑着如果以百米冲刺的速度跑到对面的公交站台，她包臀的鱼尾裙会不会彻底湿透。她正想着时，一辆黑色奥迪驶到她跟前，按了两下喇叭，吸引了她的注意。

是周怀瑾的车。"他没有走？"安妩诧异地想。

鸣笛声再次响起，只不过这次不是周怀瑾的车，而是周怀瑾后面的车。安妩看着已经堵起来的路，咬了咬唇，拉开了后座的车门。

"坐到前面来。"车内，周怀瑾开口道。

"不用。"安妩关上车门道，"后面宽敞。"安妩心怦怦跳着，周怀瑾睨着后视镜里的她，抿了抿唇，没再说话，而是发动了车子。

"你家在哪儿？我对A市路况不熟，你导航一下。"

周怀瑾离开A市三年，这三年里A市变化还是蛮大的，没多想，安妩便一口答应了。

可是要导航的时候，她才知道为什么刚才周怀瑾要她坐到前面去，因为导航在车头。

安妩趴在两个前座中间，努力伸长手去触碰导航手机，不可避免地挨上周怀瑾的肩头。周怀瑾双手扶着方向盘，丝毫没有要帮她的意思。她正感窘迫时，只听"嘭"的一声，一个东西以迅雷之势弹向车前面的挡风玻璃，随后又被反弹回来，落到副驾驶位上。安妩瞪大了眼睛看着那东西，有些震惊。

"这是……"周怀瑾迟疑着出声，就看见安妩飞快地弯腰拿过那个东西，老老实实缩在了副驾驶位后面。

安妩低头看着炸开的A字裙侧边，欲哭无泪。没想到历史总是惊人的相似，这是她第二次在周怀瑾面前出这种糗了！只不过这一次不再是因为裙子码数小了，而是她刚才吃多了！

周怀瑾将车子停下道："住址。"

安妩低着头闷声道："西城区梅山路金府小区三栋三楼。"

"距离目的地……"导航语音响起，志玲姐姐温柔的声音回荡在车内，安妩只想静静地装死。

一路上，安妩再也没有开口说话。

安妩："郭莹，A字裙扣子在一个男人面前绷开，请问怎么办？在线等，急！"

郭莹："男人跟你什么关系？"

安妩："客户吧……"

郭莹："长得好看那就发展成男朋友，长得不好看就认干爹吧。"

安妩："闭嘴！"

到了目的地，安妩已经想好了解决办法，那就是待会儿道声谢打开车门便冲，这样周怀瑾就看不到她狼狈的模样。

没想到，安妩刚抬起头准备实施计划，周怀瑾就从副驾驶位上拿起一个纸盒递给她道："这里面有我医院的白大褂，干净的，你可以穿上遮一遮。"

安妩愣了愣，老脸终究还是红了。随后，她接过纸盒，用细若蚊蚋的声音道了一声"谢谢"。就在她套上白大褂这会儿，周怀瑾已经下了车，走到她这边为她开了车门。外面的雨还在不断下着，安妩看着为她撑伞的男人，眼中闪过一丝复杂的情绪。

"走吧，我送你到楼下。"

安妩下意识地看了一眼三楼，见厨房的灯是亮着的，她松了一口气——这个点她大姨应该在厨房忙着，而且外面又下着大雨，没事不会跑出来瞎溜达的。

可是墨菲定律说得好，越不想发生的事情，发生的概率往往越大。

刚放松警惕，安妩就见一个人打着伞从楼里出来，手里面拎着两袋垃圾，不是她大姨是谁？

此时此刻躲肯定是来不及了，因为安香荷早已眼尖地看见了雨中共撑一把伞的他们。隔着五米的距离，安妩看见她大姨停住脚步眯起了眼睛，目光像扫描仪一样将周怀瑾从上到下打量了一番，然后轻轻点了点头，像是十分满意。

……

"哎，辛苦你送我们家安妩回来了！小伙子人长得精神，阿姨看着就喜欢。"安香荷热情地领着周怀瑾进了家门。走在最后的安妩感觉自己每一步都像踩在棉花上，有些发虚。

刚才她看见安香荷就本着"坦白从宽，抗拒从严"的想法，立马交代了周怀瑾是她的客户，见雨下得大顺便把她送了回来。见安香荷一副半信半疑的样子，于是安妩又补充了一句"大学同学"，安香荷这才相信，随后便积极主动地邀请周怀瑾去家中坐一坐。

以安妩对周怀瑾慢热性格的了解，他一定会拒绝"陌生人"的热情邀请。但是，她还没在心里面松一口气，就听见身旁的周怀瑾对她大姨说"好"，吓得她差点没站稳，以为开车送自己回来的是一个假的周怀瑾。

"小伙子在我们安妩那儿买保险啊？"

"是的，阿姨。"

玄关处换着鞋的安妩听着客厅里大姨跟周怀瑾的对话，心口狂跳。无论安香荷问了什么，周怀瑾都特别礼貌且耐心地回答。

"保险公司那么多，怎么想着在我们家安妩那里买啊？"

"安妩是熟人。"

"熟人啊，你们上大学的时候关系很好吗？"

"砰"的一声响，安妩在玄关处择了一跤——她大姨下次可以报一个老年主持人培训班了，这问题问得一个比一个犀利！

坐在沙发上的安香荷听到动静后对周怀瑾笑着道："这孩子就这样，做事特别粗心。"

周怀瑾似是想到了什么，嘴角几不可见地勾起。

"大姨。"安妩揉着膝盖出现在客厅，用眼神示意自家大姨适可而止。

"好啦！"安香荷道，"你看你什么样子，还不赶快去房间换一套衣服出来。"

怕安香荷继续问什么话会让周怀瑾感到不舒服，安妩迅速换了一套衣服从卧室出来。

"你的白大褂被雨淋湿了，我待会儿给你洗了，你下次来拿合同的时候我再顺道还给你吧。"安妩看着周怀瑾道，言外之意就是"差不多坐坐就行了，你现在可以回家了"。

可是，她这话又被她大姨抓住了重点，安香荷眼睛一亮，道："你是医生啊？"

"嗯。"周怀瑾点了点头。

"那你大学也是学医的？"

"是。"

安妩不知道为什么安香荷要说个"也"字。

安香荷笑眯眯地道："我家安妩最近被一个小伙子追求，跟你一样也是在 A 市医科大学学医的，说不定你们还认识。"

"嗯？"安妩皱起眉头道。被人追求？还是一个学医的？这件事她这个当事人怎么不知道？难不成她大姨为了给她撑场子，现场伪造了这么一个男人出来？

"阿姨。"就在此刻，有人在门外喊了一声，声音干净清冽，让人听着就感觉很是舒服。

听到这声音，安香荷立刻站起身喜气洋洋地道："那小伙子来了。"

"快进来吧！"安香荷热情地招呼对方进屋。

待见到来人后，安妩脸色一变。

"程涵？"安妩不敢相信，她看了一眼毫不知情的安香荷，随后脸色极其不好地对程涵道："你来我家做什么？"她没想到程涵胆子那么大，居然找到她家来了。

程涵的目光落到客厅里不动声色的周怀瑾身上，脸上的笑容越发邪气，提起手里的水果对安香荷道："我来看阿姨。阿姨感觉身体怎么样了？"

"我没事儿了，难为你有心了。"安香荷笑得合不拢嘴，原本她一直担心安妩一心忙于事业，没空谈恋爱，谁想到今天一下来了两个大好青年！

安妩听见程涵提及安香荷的身体健康情况，急急地道："大姨，你身体怎么了？"

安香荷回过头跟她解释说："别着急，没什么事儿，就是我前不久上楼的时候突然发病，幸好遇见他，替我叫了救护车……"说着，安香荷指向程涵。

"就知道你会担心，所以才没告诉你。"安香荷拍了拍安妩的肩头，继续说道，"经过检查没什么事，我当天下午就出了院。就是这前前后后，一直是他为我跑腿，辛苦他了。"

安妩没想到还有这样的事，看着程涵，"谢"字却卡在喉咙里说不出来。

"安妩，你还在为我上次在电话里说的那些话生气吗？"程涵一副伤心的模样，他的话暧昧至极，很容易让人误会他跟安妩是男女朋友关系。

安妩知道，他是算准了她不敢在安香荷跟前说出他的身份，又因为周怀瑾在这儿，故意演这么一出。

"有什么事，明天上班再说。现在我不想看见你，请你离开。"安妩指着门的方向，客气地说。

"你这丫头，怎么用这种语气跟客人说话！"安香荷不满地开口教训着安妩。

程涵笑了笑，一脸那种很暖、很容易让人放下戒备心的大男孩笑容，此刻他的笑容里又显出一丝落寞，更是直戳安香荷的心。

他摇了摇头，说："阿姨，既然安妩不想见到我，那我就先走了。"说完，程涵对着安妩做了一个"打电话"的手势道："那你可别忘了，明天要来找我啊。"

周怀瑾将这一切尽收眼底。

2.女朋友高曲绵

待程涵走后，安香荷碍于屋内还有客人，只是用眼神谴责着安妩刚才对程涵的恶劣态度。这时，周怀瑾起身道："外面雨也停了，阿姨，我也该回去了。"

"我送你。"怕安香荷待会儿指着脑袋教育她，安妩想都没想便开口道。

周怀瑾看了她一眼后，吐出一个字："好。"

两人一前一后下了楼，快走到车边的时候，周怀瑾打破沉默说："你没有什么想对我说的吗？"

这是他第二次对她说这句话，安妩想到刚才屋里的那一幕，平静地道："没什么可说的。"说什么呢？她现在对他而言就是一个普通的合作者，她再也没有资格去跟他倾诉她的快乐与不快乐。

"手是怎么受伤的，也不打算跟我说吗？"

安妩心尖一颤："他是知道了什么吗？"

很快，这个想法就被她否定了，毕竟这件事连安香荷都不知道，他更不可能知道。

安妩僵硬着声音道："这好像与你没有关系吧？"

闻言，周怀瑾下颌线紧绷，拉开车门，绝尘而去。

安妩站在原地有一会儿才转过身，没走两步，有人从黑暗里拍着巴掌走了出来。借着路灯光，安妩看清了来人，是程涵。

"你怎么还没走？"安妩蹙起眉头，没想到程涵一直隐匿在黑暗之中，那么，刚才她跟周怀瑾的一举一动他应该都看到了。

"我要是走了，能看到这样郎情妾意的画面吗？"程涵盯着安妩，走到她跟前讥讽地开口道，"我也很好奇，你到底给周怀瑾灌了什么迷魂汤，让他能在分手后还来找你？难道他骨子里跟你一样，都很贱吗？你这半个月，一直躲着我，都是跟他在一起吧？"

安妩看着程涵阴沉的脸色，突然笑了。她这么一笑，倒是让程涵一怔，有些失神。

"你……"

"程涵。"安妩直接打断他，冷眼笑着说，"我也很好奇，我这样一个在你口中贱骨头般的人，为什么让你惦记了三年？折磨我三年还不够吗？还是说就像你刚才演的那样……你喜欢上了我？"

"胡说八道！"程涵瞳孔骤然一缩，推开了眼前的女人。

安妩踉跄了几下站稳，看着他厌恶地说："我当然是胡说八道，被你这种人喜欢上，对我来说可是噩梦！"

　　闻言，程涵的脸色一点点地阴沉下来。

　　"我警告你，你有什么事情冲着我来，如果你敢对我的亲人打什么主意，我就……"

　　"你就什么？"程涵打断安妩的话，他见着跟前恼羞成怒的安妩，心里面腾起一股异样的快感，比起永远一张淡漠脸对待他的安妩，这样的她更让他感到报复的痛快，他勾起嘴角，笑得邪气，道，"你就要告诉你大姨，我是林天的儿子吗？"

　　"你！"

　　"你说什么！"安香荷从黑暗里走出来，颤抖着手指着程涵，咬着牙一字一句地道，"你刚才说什么？"

　　安妩看见安香荷，心下一惊："她为什么会出现在这里？"但是，此刻不是想这个问题的时候，安妩看着安香荷泛青的脸色，冲上前抱住她慌乱地道："大姨，别听他胡说！"

　　安香荷的嘴唇苍白得吓人，安妩死死地盯着程涵，就像从地狱里爬出来索命的鬼。程涵眼底闪过一丝恐惧，而下一秒，他便看见安香荷两眼一翻，晕倒在了安抚的怀中。

　　"大姨！"安妩尖叫一声，脑袋仿佛炸开。

　　程涵最先反应过来，走上前去，却被安妩打掉伸过去的手。

　　"你想干什么？"

　　程涵看着安妩猩红的充满戒备的双眸，胸口升起一把无名火，他阴沉着一张脸道："安妩，我分得很清楚，我恨的是你，不是旁人。现在人命关天，你觉得我一个学医出身的，会眼睁睁地看着病人倒下吗？"

　　"去医院。"撂下这三个字后，程涵从安妩怀中揽过安香荷抱起。

　　红灯亮起，周怀瑾停下车子，将车窗放下，世界的喧嚣在这一刻被阻挡于窗外，只剩平静。看着十字路口对面刺眼的车灯，周怀瑾的眸色越来越深，脑海里又浮现出刚才那个女人淡漠的脸。

　　突然，一阵悦耳的手机铃声在车内响起，周怀瑾戴上蓝牙耳机，电话那头嘈杂的声音便涌进了耳朵。

"周医生，三号床的病人急性……"

黑色轿车在绿灯亮起的那一刻掉转了方向，偏离了一开始预定的目标。

A市医科大学第一附属医院。

周怀瑾大步流星地朝医院内走去，见几人抬着一张急救床匆匆忙忙从他身边经过。这本是医院里最常见的一幕，但是视线不经意地一瞥，看到跟在急救床身后的那对男女时，周怀瑾眸光凝住了。

"周医生。"有人在喊他。周怀瑾回过神后，抿了抿嘴角，朝着急救床前进的相反方向走去。

"患者已经出现肝性脑病、腹水、食管胃底静脉曲张破裂出血、Alt和Ast都升高，经诊断为'失代偿期肝硬化'。"高曲绵摘下口罩，看着面前脸色一点点白下去的女人继续道，"病情较为严重，最好住院，长期治疗观察。"

"怎么会……"安妩喃喃道，"她半个月前还跟我说没事了，来医院检查医生说病情稳定，不会恶化……"

"病变的过程并非一朝一夕，从病历单上看，这种情况大半年前就已经出现，作为病人家属，你未免太粗心大意了点吧。"高曲绵语气苛责，视线落到安妩身边的程涵身上，眸光微闪。再看向安妩时，高曲绵的眼神有些耐人寻味。

"现在不是说教的时候。"一旁的程涵睨了高曲绵一眼，然后侧过脸对情绪低落的小女人道，"住院是吧？你还不赶紧去办住院手续？"

安妩梗着脖子点了点头，抬眸看着程涵，说道："今晚的事……"

"你又欠了我一次。"程涵不想听到她接下来的话，有些厌烦地打断她道，"这次你想怎么还清，用你的命吗？"

安妩握紧拳头，明明努力地想跟他撇清关系，但命运老是让他们纠缠不清。

没理会他的冷嘲热讽，安妩挪动脚步朝医院缴费大厅走去，她的手脚逐渐冰凉，心中自责不已。

这半年来，她天天光顾着拼命跑业务挣钱，大姨一直跟她说病情稳定，她也就放下心没怀疑过，却忘记了要陪大姨来医院检查一次。如今病情恶化到这种地步……安妩眼眶刺痛，泪水不断落下。

"控制病情不继续恶化的概率有多少？"待安妩离开后，程涵看向高曲绵道。

他上次送安香荷来医院的时候了解了一些情况，知道安香荷有肝硬化，并且病情不容乐观。这件事安妩显然是不知情的，因为安香荷让他对安妩保密。

高曲绵看着眼前的男人，轻启朱唇道："百分之二十。"顿了顿，她继续开口问："你跟那女孩是什么关系？"

程涵盯着高曲绵，神情高深莫测。

良久后，他略带玩味地开口说："你现在是以什么身份问我？是周怀瑾的现任女朋友，还是我的好表姐？"

高曲绵面无表情地看着程涵，不再言语。

手术结束，周怀瑾眉眼疲惫地往自己的办公室走去。走到安全通道处时，他听到女人呜咽的声音。在医院里听到人哭是再正常不过的事情，可是透过那扇半掩着的门，周怀瑾看到了一抹熟悉的背影。

记忆里的一幕场景，与此刻重叠在一起。

那是个冬天，她趿着拖鞋穿着粉色小熊毛衣坐在安全通道内哭着，当时他已经找了她好几个小时，怎么也没想到她就在他们家门口的消防通道内坐着。一开始出门寻她的时候，他也听到了细微的哭声，但是他没怎么在意，匆匆忙忙地乘电梯下了楼。找寻未果回来后，他发现那哭声还在，便寻了过去。

"我……我……不知道要去哪儿……"看见他，她显得极其委屈，哭得更加难过起来。

明明是两个人吵架，此刻气势上不能败下阵来，可是夺门而出后，她不知道该往何处去。因为出门时太过恼火，外套、手机、钱包都落在家里面，她又好面子，不肯回去拿，在这里被冻了好几个小时，没想到最终还是被他发现了。

他一步步地走到她身边，垂下眼睑遮住满眼血丝，语气冰冷地道："起来。"她仰起脖子看着他动了动，下一秒，嘴巴一撇，流着眼泪委屈巴巴地道："我腿麻了。"

他终是无奈地叹了口气，软下心来，弯下腰直接将缩成一团的她抱起，大手打向她的屁股："还敢跑吗？"

"周怀瑾，你干什么？你放我下来，我要跟你继续冷战！"她一个激灵，忘记了哭泣。

忆起往事，就像是昨天才发生的事情。周怀瑾刚准备推开安全通道口半掩着的门，就听见一道讥诮的声音。

"我以为，你的心是石头做的，这世界上再也没有什么事情能让你掉眼泪了。"

视线里多了一抹高大的男人身影，是从楼下上来的。看清楚那个人，周怀瑾眸光一沉。

听到动静，安妩剧烈地喘息着道："你别……别过来……"她太难过，因为喘不上气，身体不停地抽搐着。

程涵看着安妩这副模样，心里没来由地烦躁。他在原地站了半晌没等到她回来，一路找来，没想到她躲在这里哭。他不耐烦地一只手拽起她，一只手捏住她的下巴，迫使她看着他，道："哭什么哭？你也会怕吗？我以为你不知道亲情为何物呢？"

听到"亲情"二字，安妩一下恼羞成怒："你松开我！"

她知道他指的是谁，可是那个人，根本不配。

安妩的眼睫湿润一片，黑色的眸子像是浸在深潭里的黑曜石，闪着勾人的光泽。程涵盯着那双眼睛，握着安妩手的力道慢慢收紧，鬼使神差地弯下了腰。

"放开她！"

低沉的男声响起，安妩跟程涵齐齐回头，发现安全通道的门被人推开，门口站着一个身穿白大褂的男人。那男人身材颀长，气质冷然，深邃的眼眸里像是有难以消融的冰雪，此时此刻，他盯着眼前的男女，眼中阴沉一片。

周怀瑾？他怎么在这儿？还没待安妩反应过来，钳制着她手的力量更加大了。

"呵……"程涵挑眉道，"若是我不放呢？"

下一秒，安妩的另一只手被周怀瑾捉住，她就像一个物件一样被两个男人拉扯着，谁也不肯松手。

程涵盯着周怀瑾的举动，半眯起眼睛道："周怀瑾，你有没有搞错？你护着这个女人？当初是谁利用你，将你玩弄于股掌之中又将你抛弃的？"

安妩面色一白。周怀瑾沉着眸子反问他道："那么你呢？你不是恨透了她吗？今天这一出又是为什么呢？"

"那是我跟她之间的事！"程涵阴狠地道。

"你们俩的事情三年前就已经结束了。"周怀瑾淡淡地道，"她不是也用她自己的手，用她自己想做的工作一件件偿还你了吗？"

安妩浑身一颤，他知道？连安香荷都不知道发生了什么，他怎么知道？

程涵勾了勾唇，道："她的手能跟我的手比吗？"

"都是人，没有什么不能比较的。"周怀瑾看着眼前的男人，再也找不到当年熟悉的样子。

"周怀瑾，你说我跟她的事情三年前就已经结束了，那么你呢？你跟她的关系不是也在三年前结束了吗？你难道还想犯贱一次，被这女人耍得团团转吗？"程涵嗤之以鼻。

"贱不贱是我的事，至于她……"周怀瑾抬眸道，"只有我可以欺负她，别的任何人都不行。"

安妩瞳孔骤然一缩，浑身颤抖着。周怀瑾，他……他到底是什么意思？

"好呀，此情此景，不知道你的女朋友高曲绵见到了会怎样？"

"你调查得还挺多的嘛。"周怀瑾嘲讽出声。

"那是，毕竟你是杀死她最好的刀。"

"都给我闭嘴！"安妩一边歇斯底里地吼道，一边挣脱这两人的钳制，胸口剧烈地起伏着。

3. 我已经不爱你了

安妩从家里收拾了一些生活用品，带到安香荷所在的病房时，安香荷正在护士的帮助下坐起来。见到她，安香荷脸色很不好地道："你过来。"

安妩上前道："大姨，你要不要喝点水？或者肚子饿了想吃什么？"

"别给我打岔。"安香荷戳着安妩的脑门，有些恼怒地道，"你这死丫头，要不是我昨天听到了，你还打算瞒我多久？林天来找你了吗？"说到最后，她的语气里带着一丝紧张。

安妩垂下眼睫，说："没有，他也没有脸主动找我。"

"所以就让他那宝贝儿子找你是吗？"安香荷冷笑一声。

安妩担心安香荷想起那些不愉快的事情气坏身体，故意板着脸转移话题："大姨既然醒了，那请你告诉我，为什么一直对我隐瞒你身体的真实情况？"

闻言，安香荷脸上闪过一丝尴尬，就像小学生做错事被老师发现一样心虚，连刚才质问安妩的气势也减了大半。

安妩继续道："这样就能让我不担心了吗？这样就能让我上班轻松了吗？大姨，这次犯的错误这么严重，你说吧，两千字的检讨能让你深刻反省吗？"

安香荷盯着安妩，"扑哧"一笑，有些爱怜地伸出手摸了摸她的脑袋，眼眶泛着泪花。

"我是一个无底洞，但你还很年轻，不能把钱白白花在我的身上，你要为你自己做长久打算。"说完安香荷叹了一口气。谁想生病呢？谁都不想生病。

安妩吸了吸鼻子，道："这段时间你就不要多想了，咱们接受治疗，好好养病。我最近刚签下一个大单子，钱的事情你也不用担心……"

安妧不断地安慰着安香荷，让她放宽心养病。待到安香荷情绪稳定下来后，安妧拎着饭盒前往医院的员工食堂。

顾莜担心她公司、医院两边跑，顾不上吃午饭，便让安妧跟着她直接去医院的员工食堂吃。总归是医院的食堂，不论是卫生还是营养方面，都比一般的外卖要强很多。

此时正值中午用餐高峰期，放眼食堂白茫茫一片，安妧穿着干练的黑色小西服套装，倒显得有些突兀。不过她表情太过于淡然，又跟在穿着护士服的顾莜身边，所以许多人以为是哪个医生的家属托小护士照顾，倒没把安妧往"蹭饭者"上面想。

打饭的长队缓慢移动着，安妧跟顾莜并排而站，顾莜缩着脖子有些心虚地道："那天他来问，我一个没忍住就说了。"

"果然。"安妧平静地吐出两个字。

当年她用水果刀扎穿自己的左手，事后因为怕安香荷知道，就在顾莜那儿住了一段时间。

"你还说了什么吗？"说着，安妧向打菜阿姨随手指了两个菜。

顾莜头摇得跟拨浪鼓一般，如实说："其他的我没多嘴！他就问了这个。"

安妧陷入沉思。

"哎，你别生气，我只是觉得……"顾莜瞄了一眼安妧的脸色，小心翼翼地说，"我只是觉得周怀瑾对你应该还是余情未了，你想他那么高冷的一个人，如果对你没有任何感情了，怎么可能还会来问我知不知道你手上的伤是怎么回事？安妧，我……"

"他有女朋友。"安妧面无表情地打断顾莜的话。

"你说高曲绵啊？"顾莜一副不以为然的模样，"我跟你说，一开始我也以为那高曲绵就是周怀瑾的女朋友，结果根本不是！我们医院肛肠科的一个小护士大着胆子去问周怀瑾，高曲绵是不是他女朋友，被周怀瑾亲口否认了！高曲绵只不过正好跟周怀瑾一起从 B 市那边回来，大家就谣传这两个人是男女朋友关系。还有啊……"

顾莜凑到安妡耳边，用两个人才能听见的音量道："你别看她长得年轻，其实比我们大三岁呢！"

顾莜以为，听到她的爆料，安妡会像从前那样心花怒放一把。没想到，安妡的脸色却是一沉，抬眸看着顾莜问道："我问你，外地医生来这边上班，你们医院是不是要给他们买什么人身保险？"

顾莜虽然不明白为什么安妡会将话题转到这上面，但还是如实回答道："对啊……哎，说曹操曹操到，周怀瑾来了。"

人群中传来不小的骚动，就跟从前在学校那般。安妡面色阴郁，看向来人，没再说什么，只是转过身，踩着高跟鞋"噔噔噔"朝着周怀瑾出现的相反方向走去。

顾莜刚对着安妡离去的背影"哎"了一声，一道黑影敲在了她的头上，不轻不重，但足以把她吓得魂飞魄散。

她以为是护士长，待看清楚拿着文件打她的人是阚北后，火气瞬间蹿起，抬头看着那个比自己高出不少的男人，伸出拳头吼道："长得高了不起啊！再打我的头你试试！"

阚北睨了她一眼，浅琥珀色的眸子泛起涟漪，道："也不知道你还能做好什么事儿，汤撒了。"

闻言，顾莜猛地低下头看向餐盘，大惊。

阚北跟周怀瑾齐齐出现，让食堂的氛围一直躁动不安，原本还有些喋喋不休的顾莜坐下后没多久也跟安妡一样安静地吃起了饭——阚北跟周怀瑾坐在了她们对面。

四个人虽然坐在一张桌子上吃饭，但是气氛诡异得吓人，令顾莜感觉头皮发麻。好在这个时候，她突然接到了护士长的电话，平日里母老虎般的护士长的声音，现在落在顾莜耳里也如同天籁一般。她火急火燎地跟安妡说了一声就匆匆离开，然后一直漫不经心地吃着饭的阚北也放下筷子，不动声色地离开了。

饭桌上只剩下安妡跟周怀瑾，两个人各自吃着饭，在外人眼中就是没有任何关系的陌生人。安妡想起昨天晚上她让他跟程涵滚的画面，开口打破平静道："我现在很需要钱，你的单子能今天签吗？"

这些年，安妩已经学会低下自己的头颅。她什么都可以没有，但是不能没有抚养她长大的大姨。

"如果需要钱，我可以……"

"可以借是吗？"安妩轻颤着眼睫，嘴角勾起一抹若有若无的弧度，道，"周怀瑾，我之所以不会问你为什么要主动出现在我跟前，为什么要假装自己有女朋友来耍我，是因为我不想再与你有牵扯不断的关系了。你与我之间，如今唯一能扯上关系的，就是这份合同，而我现在只在乎合同的结果以及到手的提成。"

无忧无虑早就不属于安妩，当初她需要他的时候，他不在。如今的她已不需要任何人的保护，他再出现，她内心也不会溃不成军。

"所以，你以为，我是用高曲绵来戏耍你？"周怀瑾深深地看了安妩一眼。

"不是吗？"安妩自嘲地一笑，"难道周医生想让我自作多情地以为，你是想借着高曲绵这个'女朋友'，来试探我是否还爱你？"

当年他对她那样失望，那冷漠的眼神，她这辈子都不会忘记的。

"可惜……我已经不爱你了。"

安妩请了三天的假，这三天里，她按照高曲绵的吩咐，陪着安香荷完成了一系列检查。此刻，她正陪着安香荷等待治疗方案。

"之前有做过心脏搭桥手术？"高曲绵看着手中的病历，睨了一眼安香荷与安妩。

安妩点了点头，道："对，四年前做的。"

"为什么之前不说？"高曲绵皱起眉头，语气冰冷，"那治心脏病的药带来了吗？如果没带来，还记得吃的是什么药吗？"

安妩愣了愣。

"不记得就回去拿，待会儿再来找我。"高曲绵将手中的病历往桌上一放，翻看下一位病人的病历。

"医生……"安香荷有些尴尬地道，"我感觉自己没事了才停的药，那药已经有一两年没吃了，早就记不清全名了。而且我觉得那个药，跟我现在这个病没多大关系吧？主要是那药在老家放着，如果要去老家拿，那我们家小妩就得在路上耽误不少工夫，她明天还得上班……"

"你自己感觉没事，就可以随便停药了吗？"高曲绵冷若冰霜地打断安香荷的话，训斥道，"你这可是心脏病，得常年吃药，怎么能自己说停就停！你若单单就是这个肝病也就算了，但你还有心脏病，那么我们治疗就得多方面考虑！不然出了事谁负责？"

"是是是，医生说得是。"

高曲绵看向安妩，冷淡地道："你要是觉得耽误你上班的时间，那就等你什么时候有时间去取来了，再来找我。"

安妩抿了抿唇，道："我今晚就回去。"

安香荷这些年也看过不少医生，知道有些医生脾气差，但还是头一次看见这么年轻的女医生脾气会差成这样。从第一次见面那会儿，她就没见高曲绵笑过。回病房的路上，安香荷吐槽连连，安妩挽着安香荷，一门心思想着怎么回去取药，又不耽误工作。

她正这样想着的时候，江允的电话打了过来，询问她这边怎么样。

对于安妩来说，江允不仅仅是一个上司，也是帮助她度过那段黑暗时期、目睹她这些年成长经历的重要朋友，所以安妩家里面的情况，江允算是比较了解的。

听到安妩的顾虑，江允笑了笑，道："你是不是忙糊涂了，虽然之前吃的药不在身边，也记不清药名，但你不是一直把你大姨的病历单都收在身边吗？自己回家找一找，看看医生开过什么药不就行了？"

安妩一拍脑袋，感觉这话如醍醐灌顶："对哦！我怎么没想到呢？"

电话那头的江允听到清脆的拍脑门声，嘴角勾起："你回家找找吧，我下班后去医院看看你大姨。"

"不用，不……"

她话还没说完，一旁的安香荷突然凑近大声道："欢迎欢迎。"

"大姨，你干吗啊？！"

"江允来看我，你为什么说不用？"安香荷见过江允很多次，也认识他。

江允听着那边一大一小两人热热闹闹的说话声，不由得轻笑。听到笑声后，安妩不好意思地道："那就这样，我回家找找，谢谢你提醒我啊。"

电话挂断后，江允握着手机，脸上的笑容越发温柔。

安妩交代了安香荷几句就火急火燎地往家冲，安香荷刚说完让她慢点，一瞬间的工夫，安妩就消失在她的视线里。

"这丫头……"安香荷喃喃道，目光刚准备收回来，就在人群里看见了一个人。

那人正跟身边的医生核对手中的资料单子，一抬头正好也看见了她，跟身边的人说了什么后便直接朝她走来，礼貌地打招呼："阿姨。"

安香荷眼睛骤然一亮，她盯着眼前的周怀瑾，一个劲儿地在心底感叹，人与人的差距是真实存在的。上次她见到周怀瑾就觉得这小伙子容貌格外出众，没想到穿上她最讨厌的白大褂会这么养眼好看！

"你是这个医院的医生吗？"安香荷又惊又奇地问道。她也没想到会在这里遇见周怀瑾，虽然上次看见安妩身上那件白大褂，便知道他是医生，但是没想到他就在这个医院上班。

周怀瑾点了点头，看了一眼安香荷身上的病号服，道："阿姨，我送你回病房吧。"

安香荷笑得一脸灿烂："会不会耽误你工作？"

虽然回病房只有几步路，但安香荷仍问了不少问题。知道周怀瑾是实习后直接进的这家医院，她更是感慨道："A市医科大学本来就是重点大学，你毕业后又直接进了A市最好的医院，你说，我家安妩是不是骑自行车撞到你，才认识了你这么优秀又懂礼貌的孩子？"

正开车回家的安妩猛然间打了一个喷嚏，她不由得嘀咕，谁在背后念叨她？

"不过，我之前倒是从未听她提起过有你这么一个优秀的同学。估计是怕说了，我又要夸别人家的孩子好呢。"安香荷笑呵呵地打趣道。

闻言，周怀瑾的眸光暗了暗。

提到安妖，安香荷又想到看诊的事情，忍不住吐槽道："要是你们医院的医生都像你这样就好了，给我看诊的那个女医生，年纪轻轻，那叫一个凶啊！我其实还好，倒是安妖前前后后快为我跑断腿了。这几天她光顾着围着我转，觉都没睡好，眼看着瘦了一大圈。这不，现在又跑回家给我找之前治心脏病吃的药去了。"

安妖找到安香荷当初的病历单后，就马不停蹄地赶到医院。以防万一高曲绵还要什么，她把一沓病历本都带上了。

就诊室内，高曲绵扫了一眼安妖带来的病历单子，道："好了，可以了，我知道了。"

闻言，安妖长舒一口气。高曲绵将电脑上的资料打印出来后，便开始向安妖介绍治疗方案，将一些注意事项都详细交代给她。怕自己记不清，安妖拿着本子认真做着笔记。

等到这一切结束后，安妖道完谢准备离开时，高曲绵突然话锋一转，说："你可能不知道，我有三年的时间都在好奇你到底是个什么样的人。"

安妖不由得一怔。面前的漂亮女人意味深长地看了她一眼后，收回视线，又恢复成那冷冰冰的女大夫模样，道："你走吧，有什么问题再来找我。"

江允带来鲜花跟水果篮看望安香荷，还跟她说了一大段鼓舞人心的话。他毕竟是公司里的领导，在激励员工方面有着丰富的经验，一番谈话下来，安妖明显感觉到大姨的精气神好多了，像是重新被注入了力量。

"今天谢谢你啊。"病房外，安妖看着江允由衷地感激道。

"谢什么？"江允笑了笑，伸出手拍了拍安妖的肩膀，"你是我一手带出来的，现在又是公司最出色的员工，不对你上心点，你要是被竞争对手挖去了，我去哪儿再找一个像你这么吃苦耐劳又有上进心的好员工呢？"

说到这里，江允顿了顿，神色认真地说："关于钱的事情你也不用太担心，需要什么帮助，随时可以来找我。"

安妡看着江允，眼眸渐渐染上了一层水汽。

他没想到三年前那个爱哭的小姑娘又回来了，调笑道："别哭，如果你真的感激得无以言表的话，就免费给我加几天班吧。"

安妡"噗"地笑出声，两人相视一笑。

远处，高曲绵不急不慢地走到周怀瑾身边，目光也落向安妡跟江允，她声音清冷地道："你有没有想过，三年的时间会改变很多事情，或许她已经不爱你了呢？"

"周怀瑾，我之所以不会问你为什么要主动出现在我跟前，为什么要假装自己有女朋友来耍我，是因为我不想再与你有牵扯不断的关系了。你与我之间，如今唯一能扯上关系的，就是这份合同……"

周怀瑾想起安妡的话，眸色微沉。他盯着远处的男女，良久后收回视线开口道："高医生，我需要你帮我一个忙。"

高曲绵愣了愣，盯着面前男人刀削般的侧脸线条，下意识地问道："什么忙？"

周怀瑾转过身看向她，薄唇一张一翕。听完最后一个字，高曲绵的嘴角勾起一抹嘲讽的笑，说："你是怕我欺负她吗？"

"不是。"

她自然知道他这份请求出自专业技术上的考量，但是她忍不住心中的嫉妒仍然这样想。高曲绵眸光流转着，最终道："我可以答应你，但是我有一个条件。"

1.前高院长

连着好几天没上班，再回到公司的时候，安妩本以为会有一大堆事情等着她解决，结果发现自己的工作都被做完了。

"你的工作，江允都分给其他人做了。你这个假请得非常好，最近公司上下忙得热火朝天，你成功地避开了加班！"郭莹端着咖啡走到安妩身边，哈欠连天地道，"美女，身体怎么样了？"

安妩请的是病假，没人知道她请假的真正原因。

"没事了。"安妩抬眸睨了她一眼，哑然失笑道，"你昨天晚上跟张旭加班到几点啊？"

不说这个还好，一说起，郭莹就恨得咬牙切齿："他脑子大概有坑吧！经理那么多，就逮着我一个人薅，害得我昨天晚上跟徐医生的约会都泡汤了。我一直加班到凌晨三点！"

郭莹边说，边伸出手指比画着。

"那你在哪儿睡的？"安妩好奇地问道。

闻言，郭莹脸上闪过一丝不自然，打着马虎眼道："直接趴办公桌上睡的，你没看到我昨天的妆都没有卸吗？"说完，她又很快转移话题："中午要不要跟我约？附近开了一家意大利美食餐厅，我……"

"不了。"安妩打断郭莹的话，扬起手机道，"江允刚发消息让我中午去他办公室开会。"

"哦，江允啊……"郭莹笑得意味深长，故意拖长尾音。

江允是公司的老员工，正是当初带安妩入门的前辈，一直以来对安妩都很好。虽然江允人称"妇女之友""中央空调"，但是郭莹始终认为，江允对安妩好得很特别，一定是对她有意思。

"收起你八卦的心，还有，麻烦将脖子上的痕迹用遮瑕膏遮遮。"

闻言，郭莹如临大敌地捂住脖子，惊恐地看着安妩。

安妩学着她刚才的样子，故意拉长声音："哦——"

"你！"

郭莹气得面红耳赤直跺脚，安妩的心情这才稍微好点。

一下班，安妩就直接去了江允的办公室。

见她进来，江允递给她一杯咖啡，说："昨天在医院说的免费加班，不知道你可愿意？"

安妩愣了愣，然后颔首道："当然可以。"

她听郭莹说公司最近特别忙，连郭莹这种经理级别的都熬夜加班，肯定事情很多，而她这几天的工作又被分给了其他人，她一个人清闲着，倒显得有些格格不入了。

江允见她一副严阵以待的模样，笑道："你不用那么严肃，我说的这个加班不是指公司加班，而是占用你一点私人时间去别的地方'加班'。"

安妩微微睁大眼睛，有些茫然。在三年的时间里，她早已在职场的磨炼中褪去了小女孩的青涩，变得干练优雅。此刻的她，脸上难得流露出一丝属于小女生的懵懂。

江允低下头，莞尔道："你应该听说过 A 市的高家吧？这周六是高老太太七十大寿的日子……"

安妩自然知道 A 市的高家，那个她不愿想起的父亲，正是高家的女婿，而程涵则是他的继子。

安妩放在膝盖上的手无意识地攥紧。

见安妮出神，江允突然自嘲地一笑："瞧我这记性，是我忘记了，程涵还是你的客户。那高家在商界的名气，我就不用过多介绍了。"

　　江允看着安妮继续道："安妮，高家不仅在商界很有名，在医学圈也很有名。高老太太曾是Ａ市医科大学附属第一医院的院长。虽然她已经退休了，但一医院一旦有什么重大的内科手术，都会请老太太商讨手术方案，你大姨……"

　　安妮一点就通，她看向江允，眼中的光亮得惊人。

　　"从高老太太做院长那会儿起，我们就一直跟一医院有合作，所以我有幸认识高老太太。此次高老太太七十大寿，我会代表我们公司去祝贺，但是我缺一个女伴，你愿不愿意加这次班？"江允看向她，神色温和。

　　这算什么加班？这根本是在帮她啊！

　　安妮心中感激不已，可是如果她去参加高老太太的寿宴，那她一定会遇见那些她不想见到的人。

　　"怎么？"江允没想到安妮会犹豫不决。

　　思前想后，还是觉得现在大姨的病最重要，安妮深吸一口气，道："谢谢你，我去！"

　　国贸商场某女装试衣间内，郭莹换好自己的衣服从试衣间出去，忧郁地说："动手术前后那段时间各种忌口，现在好了伤疤忘了疼，吃得裙子都塞不下了……你好，这件衣服不要。"

　　听到郭莹的话，安妮在试衣间内轻笑一声。她还记得郭莹以为自己得了乳腺癌时那崩溃的表情，结果去医院查了只是纤维瘤，没什么大事。

　　"笑什么笑？你瘦了不起啊？"郭莹随手从衣架上拿了一件衣服，上下看了看，"安妮，我看到一条绛红色的裙子，你要不要试一试啊？我觉得好看哎。"

　　安妮这周六要跟江允参加寿宴，没有合适的衣服，周五晚上便拖着郭莹一起逛商场。

　　刚进店的男人听到安妮的名字，循声瞧了过来。

"周医生，你觉得这件怎么样？"高曲绵拿过一件粉色长裙问道，见男人看向一边，便顺着他的视线好奇地看去。

此时安妧正换好一件粉色裙子从试衣间出来，看到郭莹手中的绛红色长裙笑道："我又不是去走红毯，干吗穿成这样？"

郭莹手中的那条裙子，又是露背，又是高开衩的，说去走红毯一点都不过分。

"嘻嘻，穿着迷倒江允啊！"郭莹看热闹不嫌事大，"我看江允挺好的，虽然快三十岁了，但是年纪大会疼人啊！况且他长得不差，家庭背景也不错，重点是对你真好！你没看公司里那么多女生，他偏偏选了你做他的女伴？"

安妧白了她一眼道："你要是着急给份子钱，可以现在就给我。"

闻言，郭莹更是一脸八卦地道："打趣你跟江允还害羞，看样子好事将近了？支付宝还是微信？我转份子钱！"

"安小姐？"

清冷的女声插入安妧跟郭莹的斗嘴当中，郭莹不认识高曲绵，所以下意识地看向安妧。安妧则在看到高曲绵后瞥见了她身边的男人，眸光微闪。

"高医生。"安妧颔首道。

高曲绵的目光不着痕迹地打量着安妧，安妧身上穿的裙子跟她手里拿的这条是一个系列，只不过安妧身上的是基本款。

之前高曲绵见到安妧时，安妧都穿着职业装，她倒没有觉得安妧有多漂亮，只是觉得有些清冷之美。如今安妧穿了一件粉色的裙子，微卷的长发披散于胸前，衬得她肌肤雪白，美而不艳，像是一块璞玉，稍加雕琢，就显现出惊人的美。

随手将裙子挂到衣架上，高曲绵笑了笑道："世界还真小，没想到会在这里遇见安小姐。今天怎么没在医院看见你？"

"我明天会去医院，今天有些事情。"

高曲绵弯了弯嘴角，没有说话。

"小姐穿上这件衣服是真的很好看，显得小姐娇俏可爱，一定会迷倒一大批追求者的。"一旁的店员小姐将安妩跟郭莹之间的对话听了进去，夸人都对准了夸。

"你个子高，这件很适合你。"一直没说话的周怀瑾将刚才高曲绵放下的粉色裙子又拿了起来，递到她跟前，语气淡然地说道。

店员小姐一脸无语地看着周怀瑾，这位先生真是的，她可是刚夸完别人穿起来显得娇俏可爱啊！

安妩个子不算矮，但是跟身高一米七二的高曲绵比起来，还是算矮的。像这种长裙，以安妩的身高穿就像是公主，而高曲绵穿，那绝对是气场全开的女王。

高曲绵脸上扬起一抹笑，对店员小姐直接道："那这件就包起来吧，我相信怀瑾的眼光。"她语气亲昵，跟周怀瑾如恋人一般自然。

安妩移开视线，指了一下郭莹手中的绛红色长裙对店员小姐道："麻烦你帮我把这件包起来。"

郭莹瞪大眼睛道："你不是说这件走红毯才会穿吗？"

安妩道："你不是说穿这件可以迷倒江允吗？"

周怀瑾看着安妩嘴角的笑，眸光有些冷。

郭莹怔了怔，反应过来后笑吟吟地说："真上道！好好把握住机会哦！那你身上这件还要吗？"

"要！"安妩看了一眼试衣镜里的自己，说道，"我觉得适合我。"

腿长有什么了不起？她有梁静茹给的勇气！

结完账，安妩跟郭莹正准备出店，高曲绵喊住了她。

"安小姐，今天你没来医院，所以不知道一个好消息，以后你大姨的主治医生除了我，还有一位。"

安妩顿住脚步，回头看向高曲绵。

"我奶奶会跟进你大姨的病情。"

安妩微微蹙眉，高曲绵的奶奶？

高曲绵的姿态有些孤傲，说："我奶奶是 A 市医科大学附属第一医院前院长高琴。"

安妩怔住了，高琴？那不就是明天她要见的高老太太吗？高曲绵是她的孙女？！

待安妩走后，高曲绵退掉了刚才那件粉色长裙。她不是没注意到刚才安妩说要迷倒别人时，周怀瑾暗沉下来的眼神。

"来到 A 市后，我仿佛重新认识了你。"高曲绵看向一旁的周怀瑾，开口道。

来到 A 市的周怀瑾才像是一个人，有各种情绪的人，而不是像在 B 市附属第一医院里，那个没有一丝人情味的医生。

"什么意思？"

高曲绵没有回答他，而是话锋一转："衣服我还没有选到合适的，你恐怕得陪我再逛一圈了。"见周怀瑾没说话，她笑了笑又说："你现在反悔还来得及，做我男朋友可比陪我逛街舒服多了。"

一晚上，安妩都没有睡好。

她询问江允是否已经帮她联系好了高老太太，江允说并没有，而她大姨的病情也还没有严重到需要这位前院长出面的地步，所以安妩有些心烦。她还没天真到以为是高曲绵找上自己奶奶帮她，那么会是谁呢？

"裙子很好看。"车内，江允的一声赞美让安妩拉回思绪。

她低头看了一眼自己身上的粉色裙子，道："不觉得我穿起来显个子矮，不好看吗？"

"谁说的？"江允看了安妩一眼，"如果是女人这么说，那一定是因为嫉妒才这么说；如果是男人，那就是……"

"就是什么？"

"就是喜欢你，不想让你穿这么好看去见其他人。"

安妩想到周怀瑾昨天说那句话时的表情与语气，淡淡地道："也有可能是真的讨厌吧。"

"那你还真是不懂男人的心。"江允笑了笑，"还在想是谁帮了你吗？你有没有想过会是程涵呢？他是你的客户，你们又认识，他还是高老太太的外孙，让高老太太出面帮你应该很容易……"

江允喋喋不休地分析着，安妩只是看向窗外。

这个世界上，最想看到她不好的，应该就是程涵了。

两人到高家老宅的时候，正好是晚上六点半。夜幕低垂，悠扬的音乐随风荡漾开来，老宅内亮起一盏盏复古华丽的灯，亮如白昼。

安妩跟江允在宴会上碰见了几个生意场上的大客户，江允与客户攀谈，她就在一旁认真聆听。偶尔那些人看向她，她就会露出一抹微笑说些什么，优雅美丽得无懈可击。

有时安妩也会趁着空隙看向四周的人群，只是一旦她开始寻找，那道关注的目光就会隐匿在人群里。

"来了，来了。"人群中不知道是谁说了这么一句，众人齐齐往二楼看去。

当所有人的掌声齐鸣时，安妩脸色有些发白。纵然那么多年没见，她还是一眼就看到了那个人。

与记忆里棱角分明的年轻脸庞相比，那人英俊的外表随着年岁增加而变得有些发福，却越发彰显出成熟男人的魅力。小时候牵着她的大手，如今牵着他身旁漂亮的妻子；从前慈爱地看着她的眼睛，此刻也骄傲地看着自己的养子，一家三口无比幸福。

眼前温馨的一幕着实令她恶心，安妩低下头，指甲嵌入掌心，努力控制着自己的情绪。

外人都说高家长女第一段婚姻令人唏嘘，但第二段婚姻美满得令人羡煞。虽是二婚，丈夫却极其尊重并疼爱她，为了让她跟前夫的孩子有一个美好的童年，那人发誓不会让她再生，并视程涵如己出。

可是谁能想到，就是这么一个看着深情温柔的人，其实是一个抛妻弃女的恶魔！

2. 不该帮你的

安妩心口闷得有些难受，她对身侧的江允说了几句话，便想趁着大家的注意力都集中在那家人身上时去外面透透气。只是她的身影，还是被人注意到了。

程涵只是随便往人群里扫了一眼，就看见了安妩。那一瞬间，他还以为自己看错了，但是盯着那个离去的背影，他很确定那就是她！

安妩朝外走着，身后响起了急促的脚步声，她微微侧过脸，看到身后的人时皱紧了眉头。她本就是不想在大厅里待久了被程涵发现，没想到他还是看到了她。如果此刻被程涵抓住，那她一定会被他带到他们跟前。

四处看了看，并没有找到合适的藏身之处，安妩有些慌乱，正准备直接朝大门外跑去，身子突然被人往旁边一拉。她整个人被圈到对方的怀中，裙摆荡起小小的弧度，隐没在花坛旁郁郁葱葱的树后。

紧接着，对方另一只手捂住了她的唇，堵住了她将要出口的惊呼。

"如果不想被发现，就老实待着。"

低沉的男声自头顶响起，安妩的心狂跳着，她的背贴着对方的胸膛，鼻间全是淡淡的烟草味。

周怀瑾，他怎么会在这里？！

透过树缝，安妩看见程涵出来后便四处寻找，最后他的视线落到她跟周怀瑾隐身的花坛旁。

"安妩？你在躲我？"

她的心提到了嗓子眼儿，看着程涵一步步朝着他们的隐身之处走来。但就在这么一个情况下，她满脑子还是周怀瑾身上的烟草味。

周怀瑾是在这里抽烟？他到底抽了多少啊？！

身后的男人垂眸看着安妩颤抖的长睫，感受到她因为紧张而有些僵硬的身体，她甚至不知道自己下意识地抓住了他的手臂。这样有些无措的她，与刚才在别的男人跟前美丽大方的她简直判若两人。

"程涵。"一道女声打破了这紧张的气氛。

程涵看向突然出现的高曲绵，问道："怎么了？"

"你在这儿干什么？奶奶正在找你呢！快跟我来！"

程涵看了一眼花坛，脚下转了方向，朝着高曲绵走去，随口说着："来了。"

走到门口，程涵的目光落到地上，一滞——灯光拉长了相拥男女的身影，与树影编织出一幅暧昧不清的画面。

"呵，呵……"程涵连着冷笑了两声，面色晦暗不明，最终看向高曲绵道，"表姐，你今天不是带了周怀瑾过来吗？奶奶可满意你这位男朋友？"

高曲绵瞪了他一眼，这家伙是抽什么风，突然开始胡说八道？

待两人一走，安妩立刻挣脱周怀瑾的怀抱，与他保持着距离。

"不谢我吗？"周怀瑾道。

"谢谢你。"安妩机械地吐出这三个字，说完转过身就要走。

"你现在回去，是觉得程涵不会再找你，还是觉得你的衣服整洁到可以出现在众人跟前？"周怀瑾的声音里听不出任何感情。

闻言，安妩低下头看了一眼自己的裙子。刚才她被拉入树后时，衣服上蹭到了几条细长的脏痕，又因为被他抱住，腰部那块的布料都有些皱了。

她这个样子，再出现在宴会上的确有些不礼貌了。

"我送你回家。"周怀瑾上前道。走了几步，发现安妩还站在原地没有动，他问，"你还有更好的选择吗？"

安妩咬了咬唇，她并没有。

"我有些不舒服，先回去了。"

车内，周怀瑾听着身边女人温柔的声音，不知道电话那头说了什么。安妩毫无顾忌地笑了起来，声音软糯地道："好呀，我改天请你吃饭赔不是，谢谢江领导！"

猝不及防的刹车让安妩的身子猛地往前倾，她抬起头看了一眼，是红灯。

"怎么了？"

红灯停就停，那么用力踩刹车是疯了吧？安妩没好气地看了周怀瑾一眼，发现刚才大概是自己不小心按到了免提，电话里江允关切的声音在车内传开。

她关掉免提，对着江允道："没事儿，司机师傅技术不到家，踩刹车过猛。"

话音刚落，周怀瑾的声音响起："车子快没油了，路口转弯处下车。"

路口转弯处下车？这儿离她家还有半个小时的路程哎！

江允在电话那头听到了男人的声音，打趣安妩道："你这司机师傅的声音还挺好听的啊。"

闻言，安妩不由得脸一热。

对江允又说了几句抱歉的话，安妩匆匆挂掉电话。见周怀瑾在路边停了车，表情认真，她胸中燃起一股无名火。

既然车子没油，就不要说送人回家的话，把她扔到半路上不管了是什么意思？报复她刚才说他是的士司机吗？

安妩压抑着怒火下了车，一脸怨气地看着这辆黑色轿车驶离。

周怀瑾看着倒车镜内渐远的黑脸小女人，嘴角慢慢弯起，刚才有些烦闷的心情也慢慢好转。

安妩下车的路段前方正好在修路，所以来往的出租车基本上会绕开这里，打车很是困难。她一边走一边朝马路前后望着，身上穿的还是参加晚宴的衣服，又踩着六七厘米的高跟鞋，偶尔身边走过几个散步的大妈，都会偷瞄她几眼后议论纷纷。

安妩被人瞧得略有些尴尬，只能低下头装作玩手机的样子，脚下的步伐越来越快。

"啊！"惨叫声突然响起。

周怀瑾打电话给安妩的时候，她的脚因为走得太快而崴到了，她坐在公交车站的长椅上，气愤地挂断了周怀瑾的电话。

一个电话被挂断，另一个电话又响起，就这样反反复复七八次后，安妩接通电话，情绪有些激动地道："周怀瑾！你到底想干什么啊？"是想问她有没有打到车嘲笑她吗？

"你在哪儿？"

"你管我！"

"我不是让你在原地等我，我去加油吗？你人呢？"

闻言，安妩一口气堵在喉咙里，差点噎死。他刚才有说让她等他吗？但好像也没让她自己走回家。

安妩低头看了一眼自己红肿的脚，气结道："我已经坐上出租车，快到家了！"

"姐姐，请问你是网红吗？"这时，两个穿着校服的小姑娘怯怯地走到安妩身边问道。

从刚才接电话开始，这俩小姑娘就一直盯着安妩看，觉得穿着礼服的小姐姐实在是很漂亮，以为是网红。

安妩听到电话那边的周怀瑾没了声音，她有些窘迫地道："我是拼车的！"说完，对着那两个小姑娘摇了摇头。

"地址。"周怀瑾的语气不容拒绝。

两分钟后，周怀瑾找到安妩所在的公交车站。他按下副驾驶位的车窗，对路边坐着的安妩道："上车。"

安妩扭过脸去冷哼一声，然后扶着长椅单脚摇摇晃晃地站起。

见状，车内的周怀瑾微微蹙眉，下了车大步流星地朝安妩走去，将她按回长椅上坐着。

"扭伤了吗？"

安妩胡乱地"嗯"了一声。周怀瑾蹲下身，随手捏了一下她受伤的脚踝，安妩疼得倒吸一口凉气。

"这只脚还可以勉强站起来吗？"

安妩眼神躲闪，不去看他，说："可以。"

"没伤到骨头，只是脚踝扭伤，家里面有冰袋吗？"

见她抿紧嘴巴不说话，也不看他，周怀瑾一把横抱起她道："先回家。"

"喂！你！你放我下来！"

安妩揪住他的衣领，周怀瑾仰起头，这才看到她因怒火中烧而有些亮晶晶的双眸。

"你现在是高医生的男朋友,你抱我,就是对不起你的女朋友!"

程涵的那句话,她可是听见了。

周怀瑾垂眸看着怀里的女人,下颌线紧绷。

"你现在是伤者,我是医生。"他的声音带着些薄怒。然后,不由分说,周怀瑾将她直接塞进副驾驶位,拉过安全带将她扣牢,瞪着她道:"再偏听偏信,说我是高曲绵的男朋友,你就自己走回家!"

安妩缩了缩脖子,这家伙怎么就会对她凶,话是程涵说的,也没见他去凶程涵!

安妩也不知道自己到底是哪里惹到了周怀瑾,一直到回到家,他都没对她再说一个字。

或许是周六休息日还没逃过要照看她这个伤者的缘故?于是安妩特好心地让他离开,谁想到对方直接一个凛冽的眼神射了过来。

安妩看着用冰袋帮她敷脚的周怀瑾,想到了他们第一次见面的时候。她每次狼狈不堪的时候都会遇上周怀瑾,就因为太过于狼狈,所以在医院再次遇见他的时候,顾莜还会拿她第一次见周怀瑾摔伤鼻骨一事调侃她。

"以后离程涵远点。"周怀瑾的声音突然响起。他的视线盯着安妩左手上的刀疤,又不动声色地移开,想到晚上那一幕,便知她是真的在躲着程涵。

安妩身子猛地一僵,感觉喉咙发紧,道:"你想说什么?"他是知道什么了吗?

"既然你已经报复过他了,就离他远点。"

安妩死死地盯着周怀瑾,原来,他是觉得自己还会"心狠手辣"地去报复程涵。

"呵。"安妩冷笑一声,嘲讽道,"你怕什么?是担心我再次利用你吗?"

"安妩!"周怀瑾有些不悦。

安妩像只刺猬一样说道："你大可放一百个心，程涵被我害得拿不起手术刀做不了医生，我也不用再利用你去接近他，你已经没有利用价值了。"

周怀瑾看着她咄咄逼人的模样，神情有些疲惫，他声音低了下来，换了一个话题："你今晚去高家做什么？"

安妩看着他，难道他认为她今晚去高家，是想对那些人做什么小动作吗？她嘴角一扯，冷眼道："与你有关吗？我好像跟你没有任何关系了吧！"

安妩想收回自己受伤的脚，却被周怀瑾牵制住了，怎么都挣脱不掉。

"周怀瑾！"她恼羞成怒地喊出他的名字，却被他用力一扯脚后跟，整个人往后倒在了沙发上。

"没有关系吗？"周怀瑾阴沉着一双眼，走到安妩跟前俯下身，"你想不想知道我为什么要去高家？"

"你去不去高家关我什么事？"安妩涨红着脸，因为羞愤，她的眼角泛红，平添了几分妩媚撩人的气息。

周怀瑾轻轻松松捉住她想推开他的双手，盯着她那一双漂亮的眼，原本的怒火莫名地消散了大半。他沉吟道："真是一个狼心狗肺的小东西，不该帮你的。"

招惹上他的人是她，她想跟他撇清关系？休想！

3. 说你还爱我

周日去医院看安香荷时，安妩顺道买了水果给顾莜。见她一瘸一拐的，顾莜笑道："骨科就在三楼，你要不要直接上去看看？"

见安妩的脸黑了黑，顾莜继续火上浇油揶揄道："我说你怎么一见到周怀瑾，骨头就'酥'了，怎么那么脆弱呢？"

知道她想提及的是那件糗事，安妩的脸色更加不好看了，冷冷地说："再多说一句，水果还我。"

顾莜"哼"了一声，收下水果看着安妩道："无事献殷勤，非奸即盗！说吧，是不是需要我帮什么忙？"

安妩点了点头，解释说："我想让你帮我打听一下，为什么高琴会接手治疗我大姨的病。"

三年的时光让她明白，欠人情比欠钱更可怕，况且能跟这件事扯上关系的，哪一个她都不想欠。

最近顾莜每天中午除了第一时间奔向食堂抢菜，还有一个重要的任务。

"周医生，人……"顾莜敲了敲门，将后面"情礼物"三个字咽回肚子里，重新开口道，"这是别人托我送你的礼物。"

周怀瑾看着顾莜放在桌上的东西，声音淡漠地道："退回去。"

"这我可不负责。"顾莜耸耸肩，转过身就看见房间角落里堆满了各种各样包装精美的礼物，她"啧啧"两声，周怀瑾这受欢迎的程度可见一斑啊！

出了门，顾莜给安妩发微信："你的人情礼物，对方好像并不上心。"

安妩很快回复了："你没跟他说是我送的吧？"

"哪敢呢？不过……我们医院的小姑娘太过热情，你送的东西连包装都比不上人家一根手指，周怀瑾看不上也是很正常的。"

收到顾莜消息的安妩咬了咬唇。自从顾莜打听到消息，说高琴愿意接手治疗她大姨的病是周怀瑾的缘故，她就好几个晚上都没睡好。她不知道周怀瑾出于什么目的帮她，但她倒是明白了为什么那天晚上他听到"没有关系"时会那么生气。

周怀瑾这份人情，她想尽早还掉，能用钱还的，她都尽量在还了。

安妩问："东西你拿回来了吗？我重新包装一下。"

"什么？！姐妹，哪有送出去的东西再要回来的道理？你重新送一个吧。"顾莜嚷道。

连着一个星期，顾莜帮口中的"别人"送了周怀瑾各种各样的礼物。

下午快上班的时候，周怀瑾将这些东西拎到服务台，恰巧阚北也在，他面无表情地把东西往台面上一堆，对着阚北道："管好你的人，不要老是送我东西。"

顾莜一头问号："谁的人？大哥，你这样乱说话，迟早会遭到现实的暴打！"

阚北看向顾莜，笑着问道："他刚说什么？这些东西是你送的？"

"不是我！不是的！"顾莜看着阚北似笑非笑的面容，如临大敌，急于撇清关系，便对着离去的背影吼道，"周怀瑾！这些都是安妩给你的！我很清纯，从来不送别的男人礼物好吗？"

周怀瑾身子一顿，然后折了回来，将那些东西重新拿回手里，看着捂着嘴巴懊恼不已的顾莜道："你最好说清楚。"

阚北双手环胸，说："我也很好奇。"

顾莜在两人的迫视下头皮有些发麻，于是乎老老实实地将安妩想通过送礼物还掉周怀瑾人情一事一五一十地说了出来。看着周怀瑾渐深的眸色，顾莜在心里面默默忏悔——姐妹，对不住了。

周怀瑾神色喜怒莫辨地走后，顾莜有些担心地问道："你说，我跟安妩的友谊还能持续到明天吗？"

阚北无情地说："可能撑不过今晚。"

安妩跑了一天的业务，晚上回家的时候，恨不得用手代替酸麻的脚上楼梯。她每爬上一层楼，昏暗的老式感应灯都会随着脚步声的渐近渐远，而亮起或熄灭。到了三楼楼梯的拐角处，楼道的灯应声亮起，照着门口的高大身影，差点把安妩吓得魂飞魄散。

"你……你怎么会在这儿？"安妩刚说完，就看见了周怀瑾手里提着的那堆东西。

本是自己选的包装袋，她自然知道那些东西正是她送的"人情礼物"。大脑飞快地转着，安妩迅速得出结论——顾莜背叛了她！

周怀瑾斜倚在墙边，他穿着干净的白衬衫，气质凛然，像是没带钥匙，在等待归家的女友。

只是昏黄的灯光让他的神情看不太真切，安妩心里面打着鼓，就听见他开口道："你就想用这些东西，来还我的人情吗？"

他声音低沉，听得安妩心尖发颤。她故作镇定道："你要是不喜欢，我可以送别的。"

"别的？"他语气有些意味不明。

她送的那些东西，有乐高，还有名人的篮球衣，都是他大学时喜欢的东西，她倒是记得清清楚楚。

看着眼前人的面色柔和下来，安妩越发觉得这三年的时间让他的情绪更加莫测，令她摸不着头脑。她认真地点头道："对，别的，你喜欢什么，我能买到的都可以给你。"

"这就是你还人情的方式吗？用钱还？"周怀瑾轻笑一声，看着安妩说。

安妩扭过脸，脸有些臭，说："我没有让你帮我。"

周怀瑾垂下眼睑，看到她还穿着高跟鞋，问道："脚没事了吗？"

安妩觉得有些莫名其妙，他来这里到底想说些什么啊？

"周先生。"安妩语气冷硬地道，"既然你来了，肯定是想好要什么了，说完你就可以走了……"

楼下响起一阵嘈杂的声音，是住在安妩隔壁的一家人散步回来了。安妩压低声音继续道："我真的很珍惜我下班后可以躺着的每一分钟！"

闻言，周怀瑾看着她，没有说话。

"你要是还没想好，可以等想好后打电话给我。"安妩注意着邻居的脚步声，要是被邻居看到她跟一个男人在门口纠缠不清，那就完了！

周怀瑾凝视着安妩有些紧张的脸，不急不慢地开口道："我想要……"头顶的感应灯在他刻意压低说话声后熄灭。

黑暗中，安妩听到那个"你"字，瞳孔骤缩，手脚发麻，耳膜阵阵作响，胸口传来心跳节奏乱了的声音。

"什么？"她有些失神地问道。

"喀喀！"有人故意咳嗽，让感应灯亮起，因为声音太大，一瞬间，四层楼的感应灯都亮了起来。

眼前再次亮了起来，安妩看着周怀瑾漆黑的眸子，手心出了汗。

"……要你的一句话。"

心口瞬间涌起各种难以言说的情绪，但没有哪种是能让她高兴起来的，安妩听着进入楼梯口的脚步声，忽略心头那份复杂的感受，压低声音问道："什么话？"

周怀瑾看着她闪烁的眼神，刚才后面那四个字其实是他临时加的，要她的什么话，他自己也不知道。

"你快说啊！"安妩听到脚步声上了一楼，有些着急了。

"我要你说……"周怀瑾定定地看着她，与记忆里三年前的她的模样重叠在一起，只是当年专属于他的私有品，如今不再是他的，成为人人皆可觊觎的了。

"可惜……我已经不爱你了。"

脑海里骤然响起她在食堂里对自己说的话，周怀瑾眸色一暗，道："我要你说，你还爱我。"

她还爱他？安妩愣住了。

"这是二楼，还没到家呢，你老糊涂了啊？"

楼下的笑声提示着安妩，危险正在靠近。

安妩瞥了一眼楼梯口，又看了看周怀瑾不为所动的模样，仿佛她做贼心虚才会害怕。最后，她恨得牙痒痒，道："好，我爱你！我还爱你！我最爱你行了吧？周怀瑾，你大概是疯了……"

突然，一个吻落在了她的唇上，堵住了她接下来的咒骂。

安妩瞳孔一缩，大脑一片混乱。

"周怀瑾，作为殡葬专业的大花，我觉得我跟你这棵骨科系草简直是天生一对。"

"你们专业好像就你一个女生吧？"

"嘻嘻，你暗中关注我啦。"

…………

"在你眼中，只要能让你达成目的，对谁都可以笑脸相迎、虚与委蛇吗？"

"是。"

"你！"

"周怀瑾，我就是利用你。你说的都对，我的确是一个心狠手辣的女人，现在你看清我的真面目了，我的目的也达成了，我们分手吧。"

…………

许多画面从脑海中闪过，那是关于她和他的过去。

"我原谅你了。"

安妩听到一声叹息。

周怀瑾离开她的唇，看着呆呆的她，心情颇好地摸了摸她的头，说："我走了。"

"这小伙儿，谁啊？"邻居好奇的声音响起。

安妩猛地回过神，顾不上去暴揍周怀瑾，问他凭什么吻她，原谅她什么，只是慌乱地掏出钥匙，趁着隔壁一家还没上来开了门，再小心翼翼地将关门声降到最小。

进了屋，安妩双手叉腰在客厅来回转着，回想刚才的一幕幕，越想越气。她狠狠地擦了擦唇，这叫什么事啊？

1. 又一个人情

"我原谅你了。"

一阵叹息宛如魔音一般纠缠了安妩一整夜，她一会儿梦到上学时周怀瑾抽查她有没有背熟他的手机号码；一会儿又梦到周怀瑾跟她说，他命不久矣，临死前来告诉她前尘恩怨他皆放下了。

楼梯口的一幕在梦中再现，只是在梦里，她正跟周怀瑾是在屋里纠缠不清，邻居张阿姨突然敲门，她被吓醒了。

"安妩在家吗？安妩？"

安妩缓了一会儿神，意识到是真的有人在敲门后，连忙下了床去开门。

"张阿姨？"

敲门的正是隔壁邻居张阿姨，张阿姨见安妩还穿着睡衣，有些不好意思地笑了笑："还在睡吗？大清早吵到你真是抱歉。我有件事情得麻烦你帮忙，就是我家房子准备出租，我听说可以把出租信息发到网上，看到的人会多一点，但是我不会弄这些东西，你叔叔也不会，你能不能教教我们？"

安妩点了点头，早上混乱的梦就此被打断。

A市医科大学附属第一医院。

"前男友吻我是什么意思？"安妩在网上犹犹豫豫地敲出这几个字后，发现问这一问题的人还真是挺多的。点进回复量第一的帖子，入眼就是黑色的大标题——前男友来找我了，他会是什么意思？

一楼：楼主一定要挺住！没有破镜重圆，只有重蹈覆辙！

二楼：一个合格的前任，就应该像人间消失了一样，别理他！

三楼：不要心软啊！说不定人家只是在外面浪了一圈后，感情失意了又来找你，觉得你好上钩！

四楼：可能他还爱着你。

五楼：回复四楼，呸！

六楼：前任？呸呸呸！

⋯⋯

"啧，互联网上受过情伤的人不少哦。"

顾莜的声音突然在安妩耳边响起，安妩一个激灵，差点连手机都没有握住。

"你查这些干什么啊？"顾莜随手从护士服口袋中掏出一支笔，低下头在服务台上的表格中签着字。

安妩连忙将手机装起来，解释道："哦⋯⋯我有一个朋友。"

顾莜"扑哧"一笑，像是听到什么狗血八卦一样抬起头看了安妩一眼，意味不明地道："哦？是你的朋友呀？"

安妩点了点头，莫名地手心出汗，说："就是我同事啊，她前男友最近找上她了，还吻了她。她不清楚前男友是什么意思，刚才在微信上问我，我看你还没有回来，无聊之下就在手机上查查。"

"这问题还不简单吗？"顾莜笑道。

安妩略带求知欲地看向顾莜，见顾莜盯着她拿眼神打趣她，安妩立马咳嗽一声，道："很简单吗？我都不知道怎么回复她呢。"

顾莜好笑地道："你把你那位朋友想成你自己，把她前男友想成周怀瑾，你觉得周怀瑾找到你还吻你，会是什么意思？"

安妩一时语塞，她就是不知道啊！

"我想不出来。更何况周怀瑾不会吃回头草，还跑过来吻我，除非他脑子坏掉了！"安妩将"坏掉"两个字咬得格外清晰。

"我觉得还有一个好办法。"顾莜提议道。

"什么？"

"那就是你去问问周怀瑾，如果他突然吻你这个前女友，会是什么意思。他站在前男友的角度，可以更加有力地回答你……哦，你的那个朋友的问题。"见安妩不说话，顾莜换了个话题，"你突然找我有什么事？难不成还想让我去送'人情礼'？"

"不是。"安妩想到来意，正色道，"我想让你帮我一个忙。"

安香荷的睡眠质量一向不太好，尤其这次住在六人间的病房内，安妩明显感觉她精神有些憔悴。安妩找顾莜，是想看她能不能帮忙安排一个单人间或者双人间。

A市一医院作为本市综合排名第一的三甲医院，每天就诊的患者都很多。上次郭莹因为纤维瘤开刀住院，还是多亏了顾莜帮忙，才不用睡到走廊外的临时病床上。

"如果是普通病床，我还有点信心可以办好，但是单人间的病房……我帮你留意看看吧！"

下午五点四十，阚北准时敲响周怀瑾看诊室的门，他用余光瞥向一旁鬼鬼祟祟的两个身影，又收回视线对着周怀瑾道："去食堂吃饭吗？"

今晚他俩值班，骨科的其他医生看完诊都走了，此时就剩下他俩。

晚上食堂的人不是很多，随便找了个位置坐下后，阚北接着刚才的话题继续道："所以顾莜让我帮忙，看看能不能找到单人病房。我倒是正好知道有一间可以提供出去，只是我觉得你去解决这件事意义最大，你觉得呢？"

不远处，有两个实习的女学生端着餐盘，盯着阚北跟周怀瑾那桌良久，满面红霞，最终迈开步子走了过来。

周怀瑾抿了抿唇，问道："左边，右边？"

阚北目不斜视，道："左边，靠你了。"

“单间号？”

“北栋202。”阚北话音刚落，他们对面就坐下来两个实习生，正是一直尾随他们来到食堂的那两个女生。

“周医生好，阚医生好。”坐下的两个女生忍不住瞄了一眼周怀瑾，眼前的男人一袭白大褂，气质冷然，高挺的鼻梁上架着一副细银丝边框眼镜，镜片下眼眸深邃。

往日里，她们瞧见的周怀瑾从未戴过眼镜，只知道他模样好看、性格很冷，让人有距离感。如今他戴上这种细边浅色眼镜后，气场全开，距离感弱了一些，越发瞧得她们心尖发颤、脚底发虚。传说的医大“高岭之花”果然百闻不如一见，并非浪得虚名！

艰难地从周怀瑾身上移开视线后，左边的女生看了同伴一眼，得到眼神鼓励后朝着阚北道：“阚医生，昨天你应该收到我的礼物了吧？我想问，你愿不愿意……”

“周医生！这就是我们医科大学大五的直系学妹。”

阚北突然的介绍让告白被打断的那位女生一脸迷惑，在座的三个人齐齐看向周怀瑾。

只见周怀瑾轻“嗯”一声，点头示意，微微偏过头，一道光就从镜片的右上角移至左下角，落在墨色眼底泛起涟漪，有些禁欲撩人，两个女生的脸瞬间红了。

“怎么还没下班？”周怀瑾主动搭话，那两个女生显然激动得快要倒地了。

“我们想在医院里多学习学习，所以留下值班。”左边那个女生努力让自己的声音听起来温柔甜美。

“能来这里实习的学生，都是院里的佼佼者，你们热爱学习的态度很不错，正好……”在众人的注目下，周怀瑾从文件夹里抽出一样东西来。阚北瞧了过去，差点拍手叫绝。

“我这里有一份X光片，你们分析一下受伤部位、伤情如何，再顺便给我一份治疗方案。”他的语气听不出一丝情感起伏，仿佛学生时代大家最害怕的魔鬼老师。

对面坐着的两个女生已经面无人色了，天知道她们只是想来告个白，为什么还要经历这些？谁知道来食堂吃个饭，周怀瑾随身还会携带这种东西？

两个女生随便扒了几口饭后，就找借口逃离了这场"随堂考"。

餐桌上，周怀瑾问道："为什么不直接说你有女朋友了？"

阚北敛去嘴角的笑意，道："想用来醋顾莜的，结果搬起石头砸了自己的脚，她没有被醋到，我倒是被人粘上了。今天谢谢你了。"顿了顿，他颇觉好笑地看着桌上的文件夹道："你这个方法，让人知难而退的成功率真的很高。到目前为止，只有安妩一个人迎难而上了吧？"

周怀瑾眸光一闪，想到记忆里那个瞪大了眼睛看着他的女生结结巴巴地对他说："可是……我不是……你们专业的哎……我是殡葬专业的……"

"抱歉，我不考虑跨专业，况且殡葬专业在校区东边，我不喜欢异地恋。"

然后，大二下学期她选修了他的专业课，更巧的是，她们专业搬到了校区西边，毗邻他们的教学楼。

出乎安妩意料，第二天上午，安香荷就被安排住进了单人病房。

安妩去的时候，她大姨正一脸笑容地跟一个人说话。那人一袭白大褂，身材修长挺拔，虽然背对着她，但她用脚指头猜，都知道是周怀瑾。

今早顾莜打电话的时候，跟她说清楚了事情的来龙去脉。

"大姨。"安妩走了进来，尽量忽视那个惹眼的存在。

安香荷说："你来了啊，我正不知道如何感谢周医生呢！你问问周医生喜欢吃什么，去超市买点送去。"

"不用了，阿姨。"周怀瑾礼貌客气地道，十足的"别人家优秀孩子"模样。

"要的，要的！"安香荷笑容满面，"谁不知道医院床位紧张？这次多谢你的帮忙，你跟安妩……"

"大姨！"安妩拔高了音量，生怕大姨说出什么丢她人的话。

"怎么了？你以为你大姨我那么没眼色吗？周医生这么优秀的男孩子，我知道你跟他不会有什么关系的。"

"嗯？"安妩十分震惊，她大姨什么意思？到底谁是她的亲外甥女？

周怀瑾嘴角一勾，安妩迅速捕捉到这个笑容，她眼神一扫刚准备说什么，目光却在触及周怀瑾今天的打扮时怔住了。

他今天将额前的碎发都梳到了后面，鼻梁上架着一副银丝细边的眼镜，明明是一张冷峻的脸，却因为看到她的出神而眉骨微挑，眼带笑意，瞬间透露出一股斯文败类的意味。

几年不见，这家伙越发会利用自身的美色勾人了！

安妩急急挪开眼，一瞬间忘记了自己刚才想要说些什么。她大姨还在说："我知道你去找了顾莜帮忙，顾莜找了阚北，阚北最终找到周怀瑾，这些人你都要去感谢一下，去超市多买点东西送去吧！"

2. 办公室八卦

病房外。

"你想吃什么？"

"吃的我自己会买。"

"那你想喝什么？"

"喝的我自己也会买。"

安妩微微皱眉，看着跟前气定神闲的男人。按理说，当年他们分手闹得那么不愉快，再见他应该把她当作无足轻重的"陌生人"。可重逢以来，对于他的所作所为，她是越发不能理解了。

安妩思来想去，觉得只有三种可能：第一，这是最新的报复前任的方式，处处彰显自己高尚的品德以衬托她的没用；第二，周怀瑾很有可能精神出问题了；第三，人之将死，其行为举止皆善。

很显然，从气色上看，第三条首先可以排除。而安妩直接跳过第一条，因为她不想让周怀瑾借机说她以小人之心度君子之腹。那么，只剩下第二条了……

"周怀瑾，精神科了解一下！"

"你不用担心我讹你。"周怀瑾轻笑一声，笑意敛去后，眸色深沉而又认真地看着安妩道，"我只是想知道，牵扯太多，一个人还能轻而易举地离开另一个人吗？"

闻言，安妩的心猛地一跳。

"午饭没吃，买一份送我办公室去。"周怀瑾迈开步子，走到安妩身边时伸手敲了一下她的脑袋瓜子，随后将手插进白大褂口袋，头也不回地道。

安妩反应过来，转过身子吼道："你不会点外卖啊！"她的周六不是用来跑腿的！

虽然嘴上那么说，但安妩从超市出来后，还是去打包了一份盖浇饭。将买的水果、饮料带给顾莜和阚北后，安妩被顾莜告知周怀瑾去查房了。

"去查房了最好！眼不见心不烦！"安妩满腹牢骚地拎着饭进了周怀瑾的办公室。

办公室里并不是空无一人，安妩推门进去时，屋里还有两个女实习生。

实习生跟正式医生在穿着上还是有些不同的，那两个女生听到推门声，触电般齐齐转过身，明显一副做贼心虚的表情。见来人不是周怀瑾，那两个女生面色稍微有些缓和。

"你谁啊？这里是医生办公室，你走错地方了吧？"其中一个实习生开口道。

安妩瞥见女生手中的 A4 纸和 X 光片，面无表情，内心甚至有些想冷笑。

周怀瑾真的很幼稚，以为她傻吗？让她送饭，他不就是想让她知道他有多受欢迎吗？不就是想让她知道就算毕了业，还会有小女生以求教问题的方式找上门吗？

"我是给周医生送饭的。"

闻言，那两个女生交头接耳，不时瞄着她，揣测着她的身份。安妩开口道："我跟你们喜欢的周医生没有任何关系，放心好了。"

说完，安妮转身便走。但走到门口的时候，她觉得不能让周怀瑾以为她真的被刺激到了，又转过身道："虽然没什么关系，但是我觉得作为一个曾经在感情上吃过亏的人，还是有必要跟你们说一句：不要被好看的皮囊迷了眼，有时候也要看看内在。检验一个男人的人品，最好的方式就是看他对待前任的态度。很显然在这一点上，你们的周医生是不合格的。"

　　那两个女生脸色微微一变。

　　安妮连忙道："你们不要觉得我说的话难以置信，我知道，周怀瑾那张脸确实会有些令人迷恋，但是相信我，喜欢他真不是一件好事！"

　　刚才说话的女生僵着脸道："姐姐……我想你误会了……我们不喜欢……周医生……我们只是等周医生……交治疗方案的……"

　　安妮瞪大眼睛说："你们不喜欢周怀瑾，为什么啊？"

　　"你到底是希望她喜欢，还是不喜欢呢？"

　　身后突然传来一道冰冷至极的声音，安妮瞬间被冻成冰雕。那两个女生忙不迭地放下东西，向周怀瑾鞠了一躬便离开了。

　　安妮不敢回头，慌不择路跟着也鞠了一躬，丢下一句"饭在桌上"就往门口方向跑。结果一只手横在了她的跟前，而那只手正好将门关上了。

　　安妮心想，为什么她会那么倒霉，说人坏话就被当事人逮个正着？

　　"对于我对你的态度，你有何不满？"

　　凉飕飕的一句话落在了安妮的头顶，安妮连退好几步，看向周怀瑾握拳道："那天在楼道，你不应该乘人之危，让我说那三个字，还强吻了我！况且，你所说的原谅毫无理由，甚至有些莫名其妙！"

　　周怀瑾深深地看着她道："原谅不是对你说的，是对我自己说的。"

　　闻言，安妮眼中闪过一丝迷茫。

　　"至于你说的乘人之危……那不是你想还掉欠我的人情礼吗？"周怀瑾走上前，随手摘掉鼻梁上的眼镜挂到安妮眼睛上道。

　　安妮眼前一晕，慌忙拿下眼镜道："人……人情礼？用一个吻来还人情礼？！"

"坐下陪我吃饭。"周怀瑾打开饭盒，又补充一句，"这是这次的人情礼。"

安妩大脑一团乱，哪有十二块钱的盖浇饭就可以抵消的人情？

见她站在原地没动，周怀瑾抬眸道："难道你想再次用吻抵消？"

闻言，安妩立刻一屁股坐下。

好在坐下没多久后，安妩的电话就响了起来，是韩秋水打来的。这通电话没有让任何可能尴尬的情况趁机发生，安妩连忙接通："喂？"

"经理，程先生的业务合同我看了……"

她站起身慢慢走到窗台前，听着韩秋水的工作汇报。今天虽然是周六，但是新员工今天培训。

一个电话还没有说完，又有另一个电话打了进来，是张阿姨询问她网上出租消息发布一事的。

空气里的饭香让她故意拖长了打电话的时间，等两个电话打完后，安妩看了一眼时间，已经过去了三十七分钟。

周怀瑾的饭应该吃完了吧？

她回过头，看见椅子上的人没动，道："既然吃完了饭，那我去看我大姨……"只见靠在椅背上的男人闭着双眼，脸上带着疲惫沉沉睡去，安妩的声音戛然而止。

她莫名地松了一口气，抬起脚正准备走，周怀瑾头一歪，她下意识地伸出手托住他的脸庞，一颗心狂跳。

周怀瑾就这样靠着她的手睡着，安妩神情复杂地看着他的脸。

从前她就很担心周怀瑾这么好的模样，迟早有一天会因为医生这份费心费力的工作变成秃头胖子。但几年没见，他除了气质更加成熟内敛、富有魅力，不仅发际线没倒退，连身材也没走样！

"该不会在发际线擦了阴影粉吧？"安妩盯着他的发际线小声嘟囔了一句，不信邪地伸出手想摸一摸以鉴真伪，却撞上了一双清明的眼。

安妩的手顿在他发际线三厘米外，对视着他的眼，她的姿势暧昧诡异，之前没发生的尴尬在此时不期而至。

"你这发际线还挺……挺迷人的哈……"

"对……对不起！"

刚被打开的门又"砰"的一声关上。

门口，两位实习生抱头痛哭——

"完了，这回周医生恐怕要虐得我们更狠了，谁让你把出勤表落在这里啊！"

"我错了！"

"办公室激吻一小时！当红Ａ市医科大学附属第一医院骨科医生周怀瑾，疑似已脱单！"安妩念着顾莜截屏的聊天对话内容，目光瞥向截图群聊的小组名称——"Ａ医八组（7）"，嘴角一抽。

顾莜确定上的是医院的班？不是新媒体这块？再点开顾莜发的语音，安妩隔着手机屏幕都能感受到她的火气。

第一条："我跟你说，要不是骨科那两位小实习生亲眼所见，我也没想到周怀瑾是这种人！幸好你送饭的时候没撞上，辣眼睛！"

第二条："听人说，那女人长了一张妖艳勾人的脸，以为那两个实习生是情敌，姿态傲慢还出言不逊，真是的！周怀瑾是什么眼光！"

安妩摸上自己的脸，这是头一次有人说她长了一张"妖艳勾人的脸"，怎么莫名地有点小开心。

第三条："我真的是越想越气，亏我还在你跟前一直说周怀瑾的好话！他就跟那种女人，在我们神圣的医院办公室做那样的事！"

安妩嘀咕："那些人没说，那种女人只是来送饭的吗？"

见安妩那边一直显示"正在输入中"，却半天没有发出一句话来，顾莜以为她气愤难过得不知道说什么好，连忙发了一条宽慰信息过去。

顾莜："姐妹，不就是男人吗？下周日带你参加我们护士部与肛肠科的联谊活动！整个Ａ市的精英肛肠人才都在我们一医院了，包姐妹你满意！"

安妩："……你是人手又不够，叫我去凑数吧？"

顾莜："嘻嘻，你去年参加过一次，也是一个有着丰富经验的老参赛选手了，再帮我这一次吧！"

安妩真不知道自己是从哪里找来的这么一个好朋友！

任何工作单位一旦出现了男女比例严重失调的情况，就一定会为了促进交流，每年至少举办一次单身男女之间的联谊活动。而这种活动最终都会造成一个结果——让人更加想单着。

每年的联谊活动都有护士部的人参加，尤其是见惯了医院里各色单身男医生后，大家一听说今年又有联谊活动，还是跟肛肠科的医生，护士部的小姐姐纷纷找借口说有事来不了。

偌大一个护士部，顾莜这个联谊小队长却凑不到十个人，于是她只好再次拉安妩充数。

去年安妩帮顾莜凑数的时候，也有肛肠科的人在，想到今年还要去，她有些忐忑地问顾莜："你就不怕我被人认出来吗？"

顾莜信心十足地道："你放心，肛肠科的那些人都脸盲，他们都是靠器官认识人的！"

"什么？！"

3. 凑数的相亲

联谊地点是 A 市一家有名的川味火锅店。

安妩跟顾莜进店的时候，就看见靠窗的长桌边，坐了六个统一戴着黑粗镜框眼镜的男人。男人们看向她们时，镜面被灯光折射出一道白光，仿佛烈日下一排排反光的太阳能电池板。

安妩想到从前上学时，流传在 A 市一医院的一个未解之谜——肛肠科医生的眼睛长什么样？

"肛肠科来的人太少了，我刚接到通知，外科会多派几个高质量的单身男医生过来，这几个你先顶住！"顾莜给安妩加油打气道。

这里并不是包间，只要从火锅店大门进来，一眼就可以看见，也算好找。待安妩跟顾莜落座后，其他女生也相继到场。

安妧坐在左边第一个位置，让对面的黑框眼镜男有些受宠若惊，她笑了笑，主动开口聊天："你好，我姓苏。"

毕竟是来凑数的，所以顾莜让安妧编了个假姓。

"苏小姐是吧？"黑框眼镜男有些羞涩地推了推鼻梁上的眼镜，"鄙人姓常。"

"那我就叫你常医生了。"安妧笑靥如花。

去年在联谊现场，她搞定了五份合同，今年她打算突破一下自己！

安妧笑意盈盈地走着自己的套路，常年跑业务让她练就了迷人的笑脸跟瞎扯的能力，和对面的男人从医院工作聊到人生无常，最后成功转到人身保险上。其间有人换位，去寻找自己想联谊的对象。

外科派来充数的单身男医生已经到了，安妧却没怎么注意这些，一心一意地努力在联谊现场达成她的每月业务指标。她的认真专注，也让对面的常医生很是开心。毕竟刚才来了两名大帅哥，他还担心安妧会放弃跟他聊天。

在外人看来，这一定是一个相谈甚欢的联谊场面。

说了半天，安妧有些口干舌燥，在介绍完对方可以购买的保险种类后，安妧一边拿起果饮一边拿过手机道："常医生，你可以考虑一下我的话。"

从十几分钟前，她的手机就一直振动不断，是微信消息提醒。

顾莜已经给她发了二十几条微信消息，有大半是吐血的表情包。

顾莜："姐妹！抬头看一眼你的右边好吗？右边！"

顾莜："你到底跟肛肠科的那位大哥在聊什么？居然可以聊这么久，我都换了三个……吐血。"

顾莜："你是不是早就看到周怀瑾了，所以装作没看见？好样的，姐妹！"

顾莜："阚北坐我对面了，我先保命，不跟你说了。"

安妧视线落在"周怀瑾"三个字上，猛地抬头，一眼就看见那个男人站起身朝她这边走来。她看向自己身边的空位置，心猛地一跳。

"苏护士，你这么一说，我深感保险的重要性，你说的那几个我还没买，加个微信详聊一下吧？"

安妩连忙收回视线，看着对面的常医生，用手挡住右脸："好。"紧接着，她掏出手机让对面的男人扫了一下微信二维码。

"苏护士全名叫什么？我好做个备注。"

那个人坐在了第三个空位上，朝这边看来。

安妩紧张于邻座的一举一动，想都没想便道："苏菲玛索。"

"什么？"

"噢！苏菲，我叫苏菲！"安妩余光瞥见一个女孩坐在了周怀瑾的对面，而他们中间隔着的空位目前还没有人坐。

"苏小姐真的是我见过的女生中最漂亮的。"常医生有些害羞。

"呵。"

右边传来一声冷笑。看样子，周怀瑾早就发现她了。

安妩努力忽视那道声音，客气地道："真的吗？刚才来的路上，别人还跟我说你们肛肠科的医生脸盲……"

安妩的话还没有说完，突然路过的一个中年男人出现在桌子一旁，盯着常医生惊喜地道："你是一医院的常医生吧？"

"你是？"常医生眼神迷茫。

"我是两个月前找你看病的李源啊！还在医院住了半个多月，常医生你真的是妙手回春，我现在一点事都没有了！"那个中年男人很是激动地道。

"抱歉，我每天看的病人挺多的……"

"我是右边臀部有一块黑色胎记那个啊！"

常医生瞬间恍然大悟，"哦"了一声，道："原来是你啊！"

安妩坐在一旁想，肛肠科的医生果然是看臀识人，他应该不认得几个女人的脸吧。

中年男人跟常医生旁若无人地聊了起来，安妩见自己插不上话，便夹了几筷子菜，注意力渐渐被旁边的谈话吸引。

"周医生喜欢什么类型的女孩啊？"女生的话里试探意味明显。

周怀瑾淡淡地道："吃火锅不说话的。"

周怀瑾总有说话能呛死人的本领，以前安妩以为他只是慢热，不爱说话，后来她发现，自己真的太天真，他就是嘴巴毒。

女生一头黑线，但仍没有放弃，道："周医生既然来这里联谊，肯定也是想在这里交朋友，如果不说话，怎么认识一个人啊？"

安妩点了点头，这话说得有理有据！

周怀瑾抬眸睨了那欢乐地听墙角的女人一眼，心中更是一沉，道："既然如此，那就从药理学开始吧。"

对面女生的脸瞬间石化了。

安妩"扑哧"一下笑出声，她连忙抽了一张纸巾佯装擦拭嘴角。见顾莜起身离开了座位，她也跟着离席。

"你能告诉我，为什么周怀瑾也在这里吗？"

女卫生间的洗手池边，顾莜对天发誓道："我真的不知道！外科部只跟我说会派几个优秀的单身医生来，鬼知道会有他俩！估计院里也是想拯救一下这越发不成样子的联谊活动吧……拜托，再坚持一会儿吧！"

等安妩从卫生间回来时，发现原本坐在周怀瑾对面的女生，已经坐在了她刚才的位子。她一眼扫了过去，两名"优秀单身医生"跟前都是空的。

"周怀瑾交给我，你去帮我对付阚北！"顾莜说完，就像街头特务一样从安妩身后飘过。

"我都对付不了，她还想对付周怀瑾吗？"

安妩落座后，听到阚北这么对她说了一句。安妩道："你都看出来了啊？"

阚北冷笑一声，道："从你们刚才去洗手间，这三分钟里有五个女生去了周怀瑾那儿，你觉得她能坚持多久？"

安妩不由得一噎，三分钟五个人？

她扭过头朝顾莜的方向看去，果然看见顾莜面色铁青地从座位上站起身，走到她跟前道："周怀瑾太狠了，居然一上来就考我生理学！简直变态！不知道对于医学生来说，'生理生化，必有一挂，病理药理，九死一生'吗？！安妩，我对付不了，敌人火力太强了。"

绕来绕去，最终安妩还是坐到了周怀瑾对面。

而一开始跟安妩聊天的常医生，看见她坐在了周怀瑾对面后，难免有些失望，果然，谁都抵抗不住帅哥的魅力。

安妩决定什么也不说，专心吃火锅。她拆了一副干净的碗筷，就在对方的注视下，将桌上的菜下进火锅里。

周怀瑾看她如此淡然，发话道："苏菲玛索小姐，你知道我为什么会来参加这种联谊活动吗？"

骤然听到那一句"苏菲玛索小姐"，安妩被自己的口水呛住，一阵猛咳，问："你……你听到我刚才说的话了？！"

周怀瑾眉眼深沉，盯着眼前咳个不停的女人继续陈述道："因为你，整个医院都传我跟一个女人在办公室激吻一小时，连你大学室友顾莜，刚才一上来也骂我渣男。"

"咳咳！"安妩剧烈地咳嗽着，感觉自己都快把肺咳出来了。

一桌人纷纷看向他们。

"可是你知道，事情并不是那个样子的啊！"安妩压低声音道。

"那你知道舆论能杀死一个人吗？"周怀瑾反问，自始至终他都用一种令人头皮发麻的眼神瞧着她。

安妩咬着唇，没么严重吧……难道还要让她挂着"周怀瑾没有激吻，我是当事人"的牌子在医院里走几圈吗？

"因为你落荒而逃的速度太快了，让原本正常的送饭变得不正常，给人以遐想的空间，造成我的名誉受损。我被这些舆论困扰了很多天，没想到你却在这里谈笑风生。"周怀瑾瞥了一眼肛肠科那些戴黑框眼镜的医生，嘴角一扯，发出一个冷漠嘲讽的声音，"呵。"

安妩一个激灵，回想那天听到开关门声，确实是她先跑了，不但显得有些心虚，还容易让人想入非非。而且被周怀瑾这么一说，她真有种自己很浑蛋的感觉。

周怀瑾一直以来都以"好学生"的形象示人，这次的事情确实让他有些招人诟病。安妩正准备诚恳道歉，就听周怀瑾道："我希望你下次可以堂堂正正地走出去，别让我一个人备受舆论困扰。"

联谊这顿饭一直吃到下午一点才结束，散席后，大家有说有笑地朝门外走去。

"苏护士。"常医生对安妩摇了摇手中的手机。安妩了然一笑，掏出手机查看微信。

常医生："苏护士，这次见面很愉快，你说的保险我有在考虑，我们什么时候再见面聊一下呢？"

安妩脑子里钱进账的声音正"哗啦啦"地响着，身后有人一下撞上了她，她连忙握紧手机回过头，就看见周怀瑾不太好的脸色。他瞧着她，没什么诚意地道歉，而后道："不好意思，但我还是要提醒你，请不要在走路的时候回复别人的消息，因为你的突然'减速'，会造成后面人的'追尾'。"

安妩低下头看着周怀瑾的两条大长腿，他就不知道保持距离吗？

她原本想吐槽的话，在看到他发黑的脸色时，卡在了喉咙里。

安妩自知理亏，他这几天被谣言困扰，看见她难免火气大点，没关系，她让路，这总行了吧？

往旁边退出一个空位，安妩朝着常医生挥了挥手笑道："常医生，我有空就会告诉你！我们保持微信联系啊！"

周怀瑾看着她旁若无人地跟黑框眼镜男互动，眸色深沉。

"有哪些男士是开车过来的啊？"火锅店门口，顾莜踮着脚正在忙于最后的送人环节。

参加这种联谊活动，男生基本会开车过来，毕竟联谊会现场是公众场所，车内就是私人空间了，想要有深入发展，就得利用好私人空间。

闻言，许多女生暗戳戳地看着周怀瑾跟阚北，可是这两位帅哥无动于衷，目空一切。

顾莜想着只有把这两尊大神送走了，联谊会现场的秩序才可以恢复正常，于是她问道："阚北，你开的什么车？你可以送……"

阚北白了她一眼，打断她的话道："电动车。"说着，他就朝角落里的一辆黑色电动车走去。

顾莜气得不行，心想："他故意的吧？有车不开。"

"那周怀……"

顾莜连周怀瑾的名字还没喊全，就见他拿着手机到一旁扫共享单车去了。敢情这两个人是来砸场子的啊！

"你是不是在饭桌上就激吻一事骂他了？我的天，我都快被他一路的气场冻死了。"顾莜拉过安妧，在一旁小声说道。

安妧干笑一声，她哪敢因这事骂他啊？

"你待会儿跟我一起打车走还是……"

安妧摇了摇头，道："我自己骑小黄车吧，阚北在等你呢。"

顾莜一扭头，发现角落里戴着黑色头盔的男人腋下夹着一个粉色头盔，虽然背对着她们，但从背影也看得出来"生人勿近"的暗示。

"那你路上小心。"

安妧点了点头，朝路边停放的黄色小电动车走去，却发现周怀瑾还在那儿。

安妧没太在意他怎么还没走，打开微信正准备扫二维码，一只手突然横过来拿走她的手机，将另一个手机塞到她手里。

"帮我看一下，为什么我的扫不出来。"他的语气带着万年不变的冷淡。

安妧愣了愣，"哦"了一声，接过手机试了一下，只听"嘀"的一声成功解锁。

"好，谢谢。"

他简短的三个字说完，手机被重新拿过去，她的手机也回到自己的手中。安妧看着骑着小黄车离去的周怀瑾，突然反应过来，她为什么要帮他？

晚上，安妧躺在床上，翻找聊天记录没找到人后，她又上下翻看了好几遍联系人，最后从床上坐起身，"咦"了一声。

她的常医生呢？！

4. 一笔勾销

常医生不仅在"联系人列表"里消失了，就连"申请添加好友"那一栏里，也不见了。这让安妩再去医院的时候，看见"肛肠科"这三个字就绕道走，生怕遇见常医生问她怎么把他删了。那样她真的是有嘴也说不清了。

也因为事情太过于蹊跷，所以在医院里看见周怀瑾的时候，安妩气势汹汹地走上前去。周怀瑾瞧了她一眼，合上手中的文件夹，对身边的医生交代道："就这些了。"

那医生颔首，看了看安妩，小声在周怀瑾耳边道："周医生，如果有人闹事，记得叫人啊！"

安妩一头黑线，这位大哥，你是觉得以我们之间的距离，听不见你在说什么吗？！

"周怀瑾！"待那医生走后，安妩立刻开口问责，"我问你，那天下午，你是不是拿我手机删了常医生的微信号？"

她差一点就要谈成的合同，就被他这么搅黄了，她能不气吗？

"你来就是问我这个的？"周怀瑾目视前方，面色微冷。

"没错！那天就你碰了我的手机，不是你会是谁？"

周怀瑾眼眸很缓慢地眨了一下，那是他有些生气或者不屑时常见的微表情，他道："你有证人看见我碰你手机了吗？"

安妩倒退一步，有些难以置信地看着他，他的脸皮可以再厚一点吗？

见她一时说不出个所以然来，周怀瑾眼尾微挑，迈开步子从她身边走过。

"等等！"安妩拽住周怀瑾的胳膊，刚要开始理论，余光一扫，却如临大敌，连忙转过身做鹌鹑状，"真是怕什么来什么……"

周怀瑾低下头，就见挨着自己的安妩嘴中正念念有词，半眯起的双眼不时心虚地偷瞄，眼睫轻颤如翼。一瞬间，他感觉像是回到了过去。

"上帝保佑！看不到我，看不到我！"

他顺着一个方向看去，瞧见常医生反光的黑框眼镜时，眸光微敛。

安妩还在念叨，希望常医生不要看见她时，原本她抓住的人反握住她的手腕，拉着她朝前走去。

"喂，周怀瑾！周怀瑾，你放开我啊！你干什么啊？"

安妩拼命打着周怀瑾的手，试图让他松开她，但他置若罔闻。眼见离常医生越来越近，她只能用手挡住脸。

"周怀瑾，这个疯子！"安妩咬牙切齿地在心底咒骂道。她一时弄不清周怀瑾到底要干什么，他们的姿势太过于惹眼，许多人看过来，连常医生也不例外。

"常医生。"周怀瑾走到常医生跟前，拎过安妩开口道，"这是我的一个朋友，想问你有关肛肠科药品使用的一些问题，不知道你方不方便抽出一分钟的时间，回答她一下。"

常医生怔了怔，用中指推了一下鼻梁上的眼镜，道："可以啊！"说完，他和善地看向安妩道："这位小姐，你想问什么问题？"

这位小姐？安妩猛地抬头，目光撞上反光的眼镜，头皮一阵发麻，突然想到那天常医生与一个病人之间的谈话，方觉肛肠科的医生还真是名副其实的脸盲啊！

"嗯？小姐你想问什么？"

"呃……"

"她想问，开塞露用在脸上效果会怎么样？"

安妩瞪大眼睛，看向身侧的周怀瑾，他家开塞露用在脸上吗？他分明是在故意搞事情啊！

闻言，常医生笑了笑，道："如果你觉得皮肤很干的话，可以用一下开塞露，但是现在这个季节用开塞露的话，恐怕会有点油。"

安妩震惊道："开塞露可以用在脸上？"

"当然，开塞露的主要成分是甘油和山梨醇，对于缓解皮肤干裂有很明显的作用。"

"我是敏感肌，也可以用吗？"安妩求知欲很强地问道。

一旦涉及护肤这方面的话题，女生问题就比较多了。

"这个……"

周怀瑾眸光凝了凝，看着突然开始聊天的两人，伸出手将安妩往身后一拽，打断他们的对话：“常医生是肛肠科的医生，不是皮肤科的医生。”

常医生咳嗽一声，说：“其实这个问题，我也可以回答……”

周怀瑾眼神一凛，常医生突然感觉医院里有些阴冷，他抬头朝天花板看去，中央空调温度开得这么低吗？

“不过这位小姐看起来有些眼熟，之前有来过我们肛肠科做检查吗？”常医生盯着安妩好奇地问道。

闻言，安妩立马低下头躲去周怀瑾身后，忙不迭地说：“没有没有，我肛肠好得很！”

常医生有些迷茫地看向周怀瑾。安妩拽着周怀瑾的衣服摇了摇，他面色微霁，岔开话题说：“常医生，我听说你姐姐在宏源保险公司上班？”

宏源保险公司？那不是她们对手公司吗？！安妩一个激灵，竖起耳朵听着。

“对啊！周医生要买保险吗？我姐最近还差两单完成业绩，昨天还问我能不能问问身边人有没有需要的呢。”

周怀瑾不动声色地说：“我以为上次在联谊会上，常医生都搞定了。”

常医生叹了一口气，道：“哪有……倒是遇上了一个对保险很感兴趣的小护士，本想加上微信，好问她想不想买几款保险，结果当天下午回家就发现被人删了。我前些日子还去问了护士部的顾莜，听说那个护士辞职了，唉……买不成保险，就冲着她对保险的兴趣，我也想介绍她去我姐公司上班的，可惜没了联系方式……”

闻言，安妩额角的青筋欢快地跳跃着，敢情她浪费了那么久的时间，他是想让她这卖保险的买保险啊！

“哎，对了！最后那个护士一直在跟周医生你聊天，你有她的微信吗？”常医生突然问道。

安妩不由得心口一紧，小手疯狂戳着周怀瑾的腰。

“没有。”周怀瑾从身后一把钳住安妩乱戳的手道，“她把我也删了。”

安妩愣了愣，周怀瑾说得没错，当年分手后，她确实将他所有的联系方式都删除了，至今他还在她微信黑名单里躺着呢。

常医生惊道："她连周医生你也删？难道听说了周医生你最近的八卦？啊……对不起！"

周怀瑾说："没事儿。"

与此同时，手腕上的力道骤然一紧，安妩有些叫苦不迭，看样子"激吻一小时"的八卦真是整个医院尽人皆知。

常医生走后，周怀瑾松开握着安妩的手，转过身，什么话也没说，只是用安妩从前见惯了的"冷漠目光"看着她。

安妩记得从前考生理学的时候，周怀瑾帮她补习，根本不像言情小说里写的那么浪漫。一旦她回答错误，周怀瑾就会用那种冰冷的眼神盯着她，仿佛她要是再答错，他就会跟她这个学渣断绝关系。

那时候，安妩在周怀瑾跟前战战兢兢，所以她最痛恨别人对她说的一句话就是——"真的很羡慕你，有周怀瑾帮你补课"。

她只想说："来来来，位置让给你们，谁羡慕谁上！"

那种挥之不去的心理阴影，导致她现在一看见周怀瑾的这种眼神，就不由得呼吸困难、心跳加速。

"以后不要再想着在相亲场上谈生意，一般第一次见面愿意靠近的都是有目的的，你是，别人自然也是。"

安妩愣住了，看着他有点无语，他刚才做的这一切只是在教育她？

"你想好怎么赔偿了吗？"

"啊？"

"我名誉受损这件事。"

安妩心里"咯噔"一下，她嗫嚅道："没那么严重吧……"

话音刚落，安妩就看到当事人留给她一个干净利落的背影……她仿佛看到了周怀瑾的白眼。

见到大姨后，安妩想起自己说的"没那么严重"那句话，感觉被打脸了。

"周医生，我最近听人家在传，你有女朋友了啊？"

安妩听到她大姨如此委婉地问周怀瑾，脚下一个趔趄。

她大姨住单人间，居然还知道了关于周怀瑾的八卦？果然好事不出门，坏事传千里。

安妩不敢看周怀瑾的脸色，疯狂朝她大姨使眼色，道："大姨，你都从哪儿听到的消息啊？不知道可不可靠，你就问！"

她本意是想让她大姨闭嘴，但是她大姨一副不高兴的样子道："当然可靠了！这医院随便拉个小护士一问，都知道人家周医生！这么优秀的男生，有女朋友也很正常。我原本还想着如果周医生单身，给他介绍几个我认识的小姑娘，唉，没这个机会了……"

安妩觉得后背生风，她好像在不知情的情况下，斩断了周怀瑾的很多桃花。怪不得他那么生气，毕竟男人年纪大了，就喜欢用这些证明自己的魅力。想当年，他可是一点也不在乎这些的，就算当时学校里有人八卦他的性格是否正常，他都不在意。

"这件事……"

"这件事一定是空穴来风！"安妩抢在周怀瑾前面开口，一本正经地对她大姨说，"大姨，你不要相信任何传言。周医生是个一心只想搞医学研究的好医生，谈恋爱只会是他走上人生巅峰的绊脚石，他肯定是没有女朋友的！"

说着，安妩自己肯定地点了点头。她正在努力帮周怀瑾洗白，以免他拉她下水，告诉她大姨桃色新闻的女主角是她。

安香荷一头雾水地看着一脸得意的安妩，难道周怀瑾没女朋友，她很光荣吗？

住院部外。

安妩打开手机，将周怀瑾从微信黑名单里拉了出来，重新加为好友后，认认真真地给他推送着各种名片。

"这是'黑马相亲会所'的会员卡，里面有很多美女。"

"哦，这个是当时追求你的护理系学妹，长得像四大小花的那个，前不久刚离婚，现在单身。"

"这个是我们学校神经内科专业的才女，你还记得吗？虽然长相一般，但贵在痴情，现在还没结婚，一直在等你。"

"这是……这个不行，这个二胎都生了。"

"这个……哎！"安妩抬起头，看着夺走她手机的男人。

"这就是你想出来的补偿办法？"

安妩听出一丝咬牙切齿的意味，有些无奈地耸耸肩说："不是我故意要给你推荐这些离过婚的，还有年纪大的，主要是你都二十七岁了，我们认识的人都在长大，二十出头的……"

"闭嘴。"周怀瑾脸一黑，谁想听到她把他往外推，还说他年纪大。

安妩越发觉得自己之前的猜测很正确，他果然是因为年纪大没对象，着急了。

"下周六，陪我去见赵院长。"周怀瑾沉着声音突然道。

赵院长？安妩怔住，许多记忆从脑海里飞过。赵院长是安妩生理学的授课老师，也是周怀瑾他们院的院长。当年毕业的时候，她还笑眯眯地拉着安妩的手，跟周怀瑾说以后一定要请她去喝喜酒。

"我不去。"安妩下意识地道。

先不说她跟周怀瑾已经分手了，这几年她也没怎么跟赵院长联系，去了实在是尴尬。

"我也不想你去，但是赵院长一直以为我们还在一起，听说我回到A市了要去拜访她老人家，她指名道姓要我带上你。"周怀瑾睨着她道。

安妩咬唇问道："你难道没有跟她说我们两个已经分手了吗？"

"分手就是你毕业后不再跟恩师来往的理由吗？"周怀瑾的声音里带着嘲讽。

安妩有些羞愧，赵院长可是一直鼓励她去做入殓师的，结果现在呢？安妩盯着自己左手上的那道伤疤，有些出神。

"下周六早上九点，医大老职工居住区五栋六楼。"周怀瑾看着远处郁郁葱葱的梧桐树，眸光深邃地说，"你来了，我们之间的恩怨，就一笔勾销。"

1. 又见赵老师

赵若素如今已经退休在家，看到当年自己教出来的学生个个出人头地，感慨不已。而这些人里有一对走到了一起，已经结婚生子，带着一岁大的小女孩来探望老师。那小女孩瞧着周怀瑾发呆，她爸爸笑骂道："这么小就知道谁好看看谁了，长大了可怎么办！"

大家笑作一团，有人开玩笑："这个表情倒让我想起了一个人。"

大家心照不宣地看向周怀瑾。赵若素笑呵呵地问："怀瑾，小安妮怎么还没到？"

阚北坐在周怀瑾身边，小声问道："你确定她不会临阵脱逃？"

周怀瑾眉头微动，解释道："她昨天晚上回她大姨那里了，今早刚过来，路上可能需要花点时间。"

门口正好响起一道急匆匆的女声："对不起，对不起！我坐错车了，来晚了！"

大家齐齐往门口看去，最后目光在安妮与周怀瑾身上，因为他俩今天穿得像是约好了一样。

安妮看到周怀瑾也是一愣，她穿白衬衫牛仔短裤，周怀瑾也是白衬衫牛仔裤，然而他们并没有商量过要穿什么。

这份不谋而合落在外人眼中就是秀恩爱，大家"哦哟"了一声，纷纷打趣着。因为安妩性子活泼，当年跟周怀瑾在一起后，很快与他班上的同学打成一片，所以彼此之间都是相互熟知的。

安妩有些不好意思，看向周怀瑾。见周怀瑾垂眸，安妩了然地走过去，坐在了他身边的空位上。

"老师。"安妩朝着赵若素的方向微微鞠了一躬。

赵若素故意板着脸说："你还知道我这个老师啊？我当年那么疼爱你，结果你毕了业，也没来看过老师一次！"

闻言，安妩有些局促。这时，一只手搭上她的手，是周怀瑾。安妩便看向身侧的男人。

"安妩毕业后就去 C 市做入殓师了，一直很忙，她也经常跟我说要回来看看您，是我私心觉得她来回飞太辛苦，所以跟她说，等我回到 A 市，她也调回来工作了，我俩再一起来拜访老师您。如果老师您要怪，那就怪我吧。"

虽然说辞两个人之前沟通好了，但是这话让他说出来，安妩还是有些恍惚。如果一切都没有发生，他说的，或许真的会是现实吧。

赵若素"扑哧"一声笑出来，看着安妩跟周怀瑾满心欢喜地道："知道你们年轻人忙，这次老师看到你们真的很开心。现在怀瑾在 A 市安定下来了，小安妩也回来了，你们打算什么时候办喜宴呢？"

安妩跟周怀瑾齐齐一怔。

"如果办酒席，记得邀请我啊。"

意味不明的声音从门口处传来，大家看向门口敲门示意的男人，惊喜道："程涵！"

安妩瞳孔骤缩，为什么程涵也会来？

程涵嘴角弯起一抹似笑非笑的弧度，目光穿过众人落在了坐在周怀瑾身边的安妩身上，微微眯起眼。

"老师。"程涵上前亲昵地抱住赵若素。

赵若素显然情绪有些激动，拍着程涵的背骂道："臭小子！终于来看老师了，要不是老师亲自打电话，你恐怕早忘了我！"

"这不是辜负了老师的厚望，没当上医生，没脸回来见老师嘛！"

程涵笑道,语气一如当年那个阳光大男孩。

只有安妱知道,他这话是冲着她说的。

若说周怀瑾是赵若素的得意门生,那么程涵就是赵若素最喜欢的学生。毕竟上学那会儿,程涵在一群学生里很是出挑,成绩不错,模样不错,重点是性格十分讨喜,嘴甜会说话,还有男孩子的调皮劲儿,深受赵若素喜欢。

如果不是出了那件事,今天从 B 市实习回来的人中也一定有他。

"不要说不好的事情。"赵若素知道对医学世家出身的程涵来说,不能做医生一定是一个很沉重的打击,所以她连忙转移话题,"你应该也好久没有跟同学们聚一聚了吧?你上学时的好朋友周怀瑾、阚北,还有安妱,他们今天都在这儿呢!"

"是啊。"程涵扭过头意味深长地笑了笑,"好朋友都在呢。"

赵若素说了很多当年周怀瑾他们上学时的趣事,而说得最多的就数周怀瑾跟安妱两个人的事情。

当时安妱追周怀瑾,虽说不上轰轰烈烈,但引来不少议论也是真的。因为这两个人分别代表他们学校极具代表性的两点:一个是王牌专业的高才生,一个是每年人都招不满十个的殡葬专业学生。

当时整个学校,除了学生,也有部分老师瞧不起殡葬专业。一所一流大学,却有个殡葬专业只要分数达到二本线就可以进,自然学校里的很多人会觉得这个专业拉低了整个学校的档次。

就像古时候结婚讲究"门当户对"一样,安妱这个"小门小户"的女生在大家眼里,完全不够格高攀周怀瑾这个"大户人家"的才子。

虽然大家都不看好殡葬专业,但赵若素很尊重这个专业。安妱至今还记得赵若素在他们专业的第一堂课上,说过的一句话:"医生救人治愈的是身体上的伤,而你们拯救的却是人心灵上的伤。"

安妱一下子就记住了这个老师。

因为安妱是殡葬专业唯一的女生,她追求的又是赵若素最得意的门生,所以赵若素对她的关注也很多。后来安妱跟周怀瑾在一起后,赵若素总爱打趣他们总算在一起了。有一次,赵若素说:"周怀瑾,赶紧帮安妩补习一下生理学吧，就她这个成绩，快要磨灭我对她的喜爱了！"

大家聊起安妩跟周怀瑾的事，都滔滔不绝。

按照安妩的计划，她今天要跟周怀瑾扮演一对貌合神离的男女朋友，让大家都察觉到他们之间的不对劲。这样，若是以后赵若素再问起，他们就可以说已经分手了，而情感崩裂的苗头，今日便可以寻到。

可是程涵的意外到访搅乱了她的心思，她只能时刻警惕着，以防程涵亮明她的职业，以及说破她与周怀瑾已经分手的事。以至于大家都在说她跟周怀瑾的事情时，她全然心不在焉，也自然没注意到周怀瑾的神色。

"程涵，你现在有女朋友了吗？"赵若素将话题转到程涵身上。

程涵嘴角一勾，道："我现在没有心思谈恋爱。"

到了吃午饭的点，安妩去厨房帮赵若素洗菜，其他人则帮忙布置待会儿吃饭用的客厅。

赵若素看着安妩笑道："你们到现在还没办婚礼，我倒是有些意外。"

闻言，安妩心中一乱，有些无措地看向赵若素。

赵若素像是回忆起什么美好的事情，笑容满面地道："你们实习那一年，我问周怀瑾，如果毕业被学校选去 B 市实习，会不会舍不得你。你猜这小子说了什么？"

"什么？"安妩下意识地问道。

"他说会在毕业前跟你求婚，让自己跟你都能安下心，还让我保密来着。"

赵若素回想起那时站在自己跟前的清俊少年，明明实习很忙很累，但是说到未来，眼睛里总是熠熠生辉，整张脸都温柔了起来。那个时候她才深刻感受到眼前少年的心事与欢喜，现在忆起，依旧想感叹一声，年轻真的是很美好。

安妩怔住。

赵若素说的每一个字，都敲击着她的心房，她心慌得有些厉害。水"哗啦啦"地不停流出，赵若素惊呼一声，安妩回过神，连忙关掉水龙头。

"抱歉，老师。"安妩慌乱地道。赵若素告诉她的事情，让她此刻难以消化。

周怀瑾从前想过要跟她求婚？想让她跟他都安下心？可是她那个时候一直以为他从未发现她的不安，以为他开始厌烦他们之间的感情，他……

"没事。"赵若素摇了摇头，关切地问，"你怎么了？从刚才起就一直心不在焉的。"

"她可能是惊讶，因为有些事情她还不知道。"一道男声自安妩身后响起，她刚仰起脸，就看见程涵拿过一边的菜筐，挑眉对她说，"我帮你吧？"

安妩往后退了一步，程涵压低声音道："如果不想让我告诉老师你对我做过的事情，就老实待在这里。"

安妩看向他，只见他扬起一抹笑容对赵若素说："老师，需要打下手只管吩咐。"

赵若素高兴地答应道："好啊，只要你俩不像从前那样见面就拌嘴，安安静静帮忙就行。"

闻言，程涵一愣。

"那天，躲在灌木后面的是你跟周怀瑾吧。"程涵按下水池塞子，一个小型旋涡就在水池内形成。他盯着那水涡，神情有些阴沉。

"我不知道你在说什么。"安妩冷着脸快速说道。

"不知道？"程涵冷笑一声，偏过头看向她道，"那你应该知道你跟周怀瑾的婚期吧？不打算邀请我这个好朋友吗？"

"你！"安妩瞪着他。

"你当时找周怀瑾，让他找我奶奶帮忙的时候，也是这副神情吗？"

"我从未求过他。"

"哦？你的意思是，周怀瑾一厢情愿帮你了？也是，毕竟当年他都打算向你求婚。哦，你恐怕还不知道这件事吧？我忘记了，在他求婚之前，你的真面目就被我揭穿了。"

安妩握紧拳头，转过身就要走，却被程涵死死捏住了手腕。

"怎么跟我就一刻也不想多待，而周怀瑾那个消失了三年的人，你却可以与他在一起？"程涵阴沉地开口。

"老师。"安妩突然开口。

赵若素闻声转过身。

安妩睨了程涵一眼，活动了一下被他松开的手，微笑道："程涵说剩下的菜他来负责，让老师尝一尝他的手艺。"

赵若素瞪大眼睛道："程涵会做菜啊？来来来，让老师看一看你的手艺！"

程涵看着她脸上乖巧的笑，原本的火气不知为何突然减了大半，甚至有些想笑。他讥诮道："安妩，你真的幼稚得很。"

安妩嘴角一扯，道："彼此彼此。"

厨房门口，有人隐去。

中午的一顿饭，除去程涵做的那两道黑乎乎的、完全不能看的菜，其他的菜都是色香味俱全，得到大家一致好评。

程涵的脸难看得很，赵若素忍俊不禁道："程涵啊，我知道你想帮老师，但是你这个菜做得……你下次可千万不要说自己会做菜了啊。"

程涵抬眸看向罪魁祸首，对方专心吃着菜，并没有理他。

"啊！"安妩猛然间吃痛叫了一声，身子前倾，原本还欢声笑语的大家停下来看向她。

"怎么了？"赵若素问道。

"咬……咬到舌头了。"

说完，安妩将桌下被人踢到的脚收到后面，而对面的程涵弯了弯嘴角。

身侧的周怀瑾不动声色地收回视线，敛去眸里的情绪，夹了菜放到安妩碗里面，说道："慢点吃。"

"啧啧啧，我是真的没看出来我们医学院的'高岭之花'，还有这么柔情似水的一面。"一旁的同学打趣道。

赵若素看着他俩，微笑道："待会儿吃完饭你俩留下来，我有一样东西给你们。"

午饭结束后，大家陆续与赵若素告别，最后只剩下安妩跟周怀瑾。

赵若素从书房里拿出一样东西来，安妩瞧着那东西有些熟悉，但一时半会儿想不起来是什么。

"这个呀，是当年你在课堂上写给他的情书，只是写到一半被我发现没收了。"赵若素看着安妩说道。

安妩瞬间回忆起那件事，急急喊道："老师！"

当时赵若素没收了她这个本子，说是等学期结束，看她生理学考试能不能及格，再决定是否还给她。结果等考完试，她已经跟周怀瑾在一起了。

于是，她忘记了去要本子，而赵若素也忘记了给她。

"退休后，整理东西时，才发现这个本子还一直在我这儿。如今物归原主了，你们两个可要带着老师的祝福好好走下去，知道吗？"赵若素将本子递给周怀瑾。

"谢谢老师。"安妩有些心虚地道谢，好好走下去，目前看来是不可能的了。

她眼神不停地偷瞄着那个粉色本子，努力回忆着情书的内容，但因为年代太久远，她根本不记得自己当时写了什么。但可以肯定的一点是，她当时写的东西一定很让她羞耻！

一出赵老师的家，安妩就连忙跳到周怀瑾跟前道："本子还我！"

她的反应太过激烈，以至于周怀瑾眉梢一挑，想都没想举起手中的本子道："这本子是我的。"

"谁说是你的？刚才赵老师都说了，是我写的！"

"但最终不是要送给我的吗？"周怀瑾反问道。安妩一时被回击得死死的。

第一轮，反方辩手赢。

"可是我们已经分手了，既然分手了，前任的所有东西都要还给对方，不是吗？"下了楼，安妩才绞尽脑汁想到说辞。

"如果这样说，你还有许多东西没有还我。"周怀瑾停下脚步，看着她。

安妧闻言愣住，难以置信地说："怎么可能？！我当年搬家，凡是跟你有关的东西，我都没带！我自己的两个小猪佩奇的存钱罐还落在你那儿了呢！"

闻言，周怀瑾脸色一下变得阴沉起来，看着她道："你倒是将这些记得清楚！那么除了这些死物，其他的你要怎么还呢？"

"其他的，我们之间还能有什么啊？！"

安妧吼出这句话后，如同当头自击一棒，脸瞬间烧了起来，她极力克制住自己，不去细想那些蹦出来的亲昵画面。她还告诉自己，周怀瑾想的，绝对不会是自己脑海里想的那些。

但没想到周怀瑾看着手足无措的她，冷笑一声道："你说这些也要还清吗？"

安妧一下吃瘪。

第二轮，反方辩手再次获胜。

2. 超模许梓欣

"当华山积雪融化第一滴雪水时，落入的是你的眼，我的心。有人说，日月星辰乃宇宙万辉。我想说，你是电你是光！你是我漂泊小船的灯光！如果你愿意，以后你的墓地我来选，你的挽联我来写！我是殡葬专业的安妧，联系电话156……"

安妧趴在办公桌上，头脑昏涨。

最近几天隔壁搬家，又不断有人来看房子，吵得她都没怎么睡好；再加上她回忆起，当年自己写在情书里的一小段内容，只要稍微脑补一下周怀瑾看到时可能会嘲笑她的表情，她就心情烦躁！

什么情书？写得跟电线杆上的小广告一样！

"走了。"

桌面被人敲了敲，安妧抬头看向郭莹，强打起精神点了点头。

她们下午要去某拍摄基地，与时下大火的一个叫许梓欣的模特商谈保险业务。

原本这份业务许梓欣指名道姓让郭莹去，但是郭莹怕排面不够大，所以让安妮陪同。

副驾驶位上，安妮翻看着杂志上肤白貌美大长腿的许梓欣，心想：果然是靠腿吃饭的女人，如果自己有这么一双纤细笔直的大长腿，她也要为腿买保险。

现在保险业务很多，其中就有一些模特会为自己的腿、手等身体部位买保险。虽然这类保险业务在国内还是蛮少见的，但是在国外早已司空见惯。

安妮睨了一眼正襟危坐开着车的郭莹，如果现在不是和平社会，她都要以为郭莹此刻开的是坦克，上的是战场了。合上杂志，安妮疑惑地问道："我听说，许梓欣之前也在我们公司上过班？"

那是安妮还没有进公司时的事情，她对此略有所闻，但就是不知是真是假。毕竟从保险代理员到现在国内大热的一线模特，这个跨越简直是质的飞跃。

闻言，郭莹阴阳怪气地"哼哼"了两声。

这样的郭莹可是很不正常的，再想到许梓欣点名要求郭莹去谈合约，安妮隐约嗅到了一丝八卦的气息。

据传闻，郭莹跟许梓欣是同时期进公司的，两个人好像因为张旭发生了什么事情，许梓欣在离职前，曾向领导也就是张旭举报了郭莹。

"我跟她曾经确实是同事，后来她被星探挖掘，辞职去当了模特，也不知道星探是不是瞎。"郭莹顺嘴吐槽道，"我跟她之间还有一些个人恩怨，这次她找我去，肯定是想显摆给我看的。所以我让你陪我来，就是担心待会儿如果打起来了，我自己一个人对付不过来。"

安妮消化了一会儿，才说："那你为什么还要答应来啊？不能让公司换个人吗？更何况，你觉得我打架很厉害吗？"

郭莹义愤填膺地道："直接不来，那不就让她看轻我了吗？！我不是让你来帮我打架的，我是让你在打架发生的那一刻，替我报警的。"

安妮感觉头顶有一行乌鸦飞过，莫名地开始担心自身的人身安全。

安妮跟郭莹掐着点抵达了拍摄现场，工作人员告知她们，许梓欣现在正在卸妆，她们需要等一会儿。这倒是常见的给人下马威的法子，郭莹黑着脸找了个地方坐下，瞥见安妮四处寻找着什么，开口道："你在干什么？"

"我在找待会儿防身可用的工具。"

郭莹拍了拍旁边的位置，说："你给我过来坐着！"

安妮老老实实地走了过去，眨巴着眼睛问："你能告诉我到底发生了什么吗？"她实在是好奇，两女一男之间的故事，真的很容易让她联想到狗血的三角恋！

郭莹脸色铁青地说："往事不可追忆……"

足足等了半个小时，许梓欣才众星拱月般从化妆间出来，一米七八的她甩着一头利落的短发，走路带风，气场自成，边打电话边朝她们这边走来。

"地址我发给你了，你那边搞好了过来吧，待会儿见。"

挂断电话，许梓欣走到郭莹跟安妮跟前，她看了一眼安妮，对郭莹笑了笑，道："怎么？怕我跟你打架吗，还带了人来？"

郭莹挺直腰杆，道："只是跟着我来学习的一个同事。"

安妮不由得佩服郭莹变脸速度之快，明明刚才她还一副咬牙切齿，要痛揍对方的架势。

落座后，郭莹公事公办道："许小姐想为自己的腿，投多少钱？"

许梓欣托着腮像没听见她的话一般，自顾自地道："张旭现在怎么样了？"

安妮一颗八卦的心狂跳着，直接就聊到男主了啊！

"好得很！"郭莹咬牙切齿。

许梓欣幽幽地看着她说："看样子，你还是很恨我啊！"

"你要是不聊保险，那我们就不要耽误彼此的时间了！"郭莹说着，就拉过安妮准备要走。

许梓欣双手环胸靠在椅背上，道："你应该也知道，他马上要结婚了吧？"

安妩有些看不明白了，他是谁？张旭吗？可是最近没听说张旭要结婚啊？

"所以呢？"郭莹挑眉。

"我今天让你来，不是跟你翻旧账，除了买保险，他的婚礼你敢不敢跟我一起参加？"许梓欣突然认真地问道。

"那要看你投多少钱的保险了。"

这两人眼神之间火光四射，合同就是在拌嘴中签署完毕的。安妩也在这两人的谈话间明白了她们的关系，因为一个男人，她们由原本和睦相处的同事变成了后来的死对头。现在又因为这个男人要结婚，邀请她俩参加，由敌对关系变成同盟。

许梓欣扯了扯肩头罩着的小西装，道："郭莹，现在单身吗？我有真正的男神可以介绍给你哦。"

郭莹嗤之以鼻地道："有真正的男神你不留着给自己，会想着我？"

"话说得不错，但是这个我想动也动不了，因为这个男人是我现在这个后妈的外甥。待会儿他会来送我回家，到时候你……说曹操曹操到，喏，你们看看，是不是真正的男神呢？"

许梓欣抛了一个媚眼给眼前的两人。安妩好奇地扭过头，看到来人，表情极度震惊。

她万万没想到，许梓欣就是之前跟她谈合同的许太太的继女，也根本没想到，许梓欣现在的后妈，正是周怀瑾的小姨。而自从在赵老师家一别后，她还没有做好再见他的准备。

"你们既然见过面，说明有缘啊！怎么样？这么优秀的男人不考虑一下？"许梓欣听郭莹说见过周怀瑾，不由得打趣道。

"别乱点鸳鸯谱，如果说有缘，那可不止我一人。"郭莹连忙拉安妩出来挡，她还不想被张旭知道后剥皮抽筋。

安妩一看到周怀瑾，满脑子都在滚动播放她那小广告式的情书片段，好像生怕她忘记，她想不去想都难！

许梓欣笑了笑，转头问身侧容貌出众的男人："房子租好了吗？"

"明天开始搬。"说着，周怀瑾看向某人。

"那我们走吧，你小姨还在家等我们呢。"

说完，许梓欣便与郭莹和安妩告别。

坐上车后，许梓欣突然问："你认识我前同事身边的那个女人吗？"

"怎么了？"

许梓欣轻笑一声，说："没什么，可能是我的错觉吧，我感觉她好像认识你，并且在躲你。"

闻言，周怀瑾薄唇一抿。

安妩下班回到家，发现隔壁的门是敞开的，借着昏暗的楼道灯光，她往里看了一眼，屋内空荡荡的，其他房间漆黑一片，显然张阿姨一家已经彻底搬走了。

虽然是老式小区，但因为紧挨着一所中学，这里的房子基本不愁租不出去，毕竟前来陪读租房的家长很多。

"砰"的一声，楼道里的风将打开的门带上了，安妩忍不住一个激灵。

最近她们小区接连发生了几起失窃案，但小偷还没有抓到，听说小偷有可能还会在附近徘徊。安妩想着隔壁的空房子很适合藏人，心里面突然有些发毛。

她们小区这种老式楼不高，且没有防盗窗，从阳台翻进屋里很容易，每年都会有失窃案发生。安妩之前就遇到过一次，好在只是回到家发现东西被翻了，没有正面撞上小偷。

安妩慌慌张张地掏出钥匙，清脆的开关门声在寂静的楼道里略显恐怖，她靠在门上想，是时候准备防身辣椒水了！

3. 小偷突袭

没过多久，张阿姨的房子就租出去了。隔壁也很快就有了搬家入住的动静。

安妩这几天早出晚归的，倒是没见到新邻居，但她晚上回来的时候，能听见隔壁有年轻女人的声音，应该是在打电话，因为她没听见任何人的回应。

老房子就这一点不好，隔音效果太差。好在白天上班，她也要早起，隔壁搬东西的声音吵不到她。但新邻居还是很有礼貌地送了小礼物挂在安妩的门把手上，以表示打扰到她的歉意。

新邻居送的小礼物是提拉米苏，礼品袋里还放了一张写有道歉话语的小字条，字迹干净漂亮。安妩看到字条后，瞬间对这个素未谋面的女邻居很有好感。

第二天上班的时候，隔壁还没有来人，安妩将自己做的曲奇饼干挂在邻居门上，配上自己画的猫咪字条，上面写着"欢迎你，新邻居"。

安妩出门后没多久，楼道口传来女人碎碎念的声音。

"我真的想不明白，你又不缺钱，干什么要在这边租房子？"

细高的鞋跟敲击地面发出清脆的声音，那女人继续吐槽道："我跟你说，我要是被人认出来了，媒体肯定以为我遇到什么事业挫折，那我……哎，这是什么？"

许梓欣拿起挂在门把手上的袋子，拿出里面的字条看过之后，了然地笑了笑，回头道："欢迎你，新邻居。"

身后的人接过，许梓欣一边拿过饼干闻着一边道："这几天搬家太吵了，我怕隔壁上门找我理论，结果发现我是当红超模，所以我就送了点东西过去，没想到这个邻居还挺可爱，今早回送了这些。嗯，饼干还挺香……喂！"

许梓欣看着手中的饼干袋子被那人拿去，一时有些蒙。

那人推开门，道："不要随便吃陌生人的东西。"

"嗯？"许梓欣瞥了一眼门口的垃圾桶，又看了看拿着饼干进屋的男人。

那他怎么不扔了？一直拿着是什么意思？

静馨养老院。

安妩蹲在一个坐在轮椅上的老人跟前，老太太疑惑地看着她问道："你是谁？"

"我是你的女儿清子啊。"

"清子不是去外地读书了吗？"

安妩笑了笑，握住老太太的手道："我已经读完书回来了啊，妈妈，你忘记了吗？"

老太太眼中一亮，"哦"了一声，激动地拉住安妩的手道："我记起来了，清子已经读完书回来了，你是我的女儿清子。"

安妩仰起脖子看向推着轮椅的江允，江允对她投来满含谢意的眼神。

江老太太患有老年痴呆症，不算严重，清醒的时候跟正常人一样，不清醒的时候，就会以为自己还是那个刚送小女儿出国留学的母亲。

三年前，在外地开会的江允收到养老院的消息，说老太太犯病跑了出去。因为赶回来需要点时间，他便联系安妩，让她先跟着养老院的工作人员还有警察一起帮忙去找。

等他抵达养老院的时候，就看到老太太死死地拉着安妩，一个劲儿地喊他小姑的名字。

江允的小姑清子前几年出了意外去世了，这对老太太打击很大。老太太会将安妩认作小女儿，是因为安妩左手上的伤疤跟她小女儿左手上的相似。老太太一犯病，就跟个小孩一样谁都不认，只有安妩来才行。

"奶奶，我们去花园里逛逛好吗？"江允俯下身道。

老太太没在意，拉着安妩的手乐呵呵地点了点头。

"奶奶的情况好些了吗？"安妩问道。

江允嘴角凝着笑，叹了一口气，道："还是老样子，有时候清醒，有时候不清醒。老年痴呆症就是这样子，倒是麻烦你一次次帮忙了。"

"没有什么麻烦的，你平时帮我的够多了。"

"我上次去看你大姨，她转了单人病房，感觉气色也好了很多。"

安妩讶异道："你后来又去看我大姨了？"她都不知道。

江允颔首，微笑道："我还看到一个人，是一位很帅的医生，我听你大姨叫他周医生。安妩，是他回来了吗？"

闻言，安妩神情一滞。

江允还记得当年，安妩因为做完手术没有仔细护理，术后感染发起了高烧。那时他送她去医院，听见她满口胡乱叫着一个名字，一声声啜泣着，像只受伤的小兽。她喊着那人的名字，饱含复杂的感情，像是浸在了某种痛苦的回忆中难以自拔，整张脸上都是泪水。

他自认识她以来，看到的她都是沉默、刻苦、努力的，还从未见过她如此不堪一击的脆弱的一面。也就是在那个时候，他知道她心底深藏着一个人。

等她醒来后，他问她："周怀瑾是谁？"

她听到那个名字时，身子骤然一僵，沉默了很久，才哑着声音道："我刚才叫这个名字了吗？"

他点了点头。她面无表情地道："是我的前男友。"

回家的路上，安妩目视前方，说："其实撇开我跟他之间发生的那个导火索事件，我们的矛盾早在实习的那一年，就不断发生。或许没有那件事，我和他分手也是注定的。"

"那你有没有想过，可能是因为两个人彼此都太在乎对方，所以矛盾才不断呢？况且任何情侣都会有磨合期的。"江允停下车，偏过头看向安妩。

安妩脑海里突然蹦出赵老师对她说的那句话，"他说会在毕业前跟你求婚，让自己跟你都安下心……"

她有些慌乱地答道："过去的事情多说也没有意义，今天谢谢你送我回家。"

下车后，江允降下车窗喊住她："安妩，你东西落下了。"

她回过头，看到了江允手中的红色小喷瓶，原来是她自制的辣椒水从口袋里掉了出来。

三楼阳台处。

"你到底在看什么，站在阳台上看了这么久？"许梓欣拿着拖把走到窗户边，往外瞧着，只看到一辆离去的小轿车。

"下楼。"男人的语气冷得仿佛二月的天气。

"下楼干什么？"

"倒垃圾，顺便送你走。"

许梓欣看着他随手拿起只装了一条脏毛巾的垃圾袋，不敢置信地道："我觉得我败家已经够厉害的了，没想到你比我更厉害！垃圾袋连一半都还没……"

"装满啊"三个字还没说出口，许梓欣就看见那人已经消失在门口。她连忙扔下拖把，追了上去："等等我啊！"

安妩上楼梯时，听到楼上匆忙的脚步声，下意识地抬起头，一瞬间看到站在自己跟前的男人，脑袋有些发蒙。

"周怀瑾！你突然抽什么风，等我一下会死啊！"许梓欣气急败坏地下着楼，看到楼梯上相望的男女后愣了愣。然后，她的目光落到安妩脸上，诧异地道："你不是……郭莹的那个同事吗？"

"许小姐？"安妩看到许梓欣也一怔。

"不是！"许梓欣反应过来，立马用手遮住自己的脸，"我不是超模许梓欣，我不住这儿！"

安妩不由得愣住，难以置信地问："……三楼新搬来的人是许小姐吗？"

闻言，许梓欣惊诧地问："你该不会是住在三楼的另一户吧？"

周怀瑾没理会这两个人的攀谈，径自往楼下走去。许梓欣见状，急急地对安妩道："我得走了！记住，你没在这里看到过超模许梓欣！"

安妩转过身，看着那道消失在楼梯拐角的背影，心乱如麻，搬到她家隔壁的人，是他们？

"喂！周怀瑾，你们是认识的吧？"下了楼，许梓欣追上周怀瑾道。

不待周怀瑾回答，许梓欣便摸着下巴自顾自地道："认识的男女见面却不说话，八成是前任。啧，我就说你干吗要搬到这里住，是不是因为……"

对上周怀瑾冻死人的眼神，许梓欣立刻闭嘴。

"自己开车回去。"

许梓欣震惊地看着眼前的男人道："我是超模啊！你让我自己开车？你小姨知道了不会骂你吗？"

"我小姨知道超模有手，是可以开车的。"

见对方直接转身往楼道方向走去，许梓欣咒骂一声道："多年同学情喂了狗。"

安妩心情复杂地走到自家门口，此时楼上下来一个戴帽子的年轻男人。

楼道里每天有人上上下下很正常，但是这个小区住户不多，邻里之间都比较熟悉，而安妩从未见过这个人，便习惯性地瞥了对方一眼。

原本这也没什么，因为谁家都会有几个亲戚朋友到访。但就是这一眼，让安妩原本混乱的思绪一下凝住——那个男人裤兜里装了一把刀，而他原本是要下楼的，却在发现她家对面的门半掩着后脚步一顿。

安妩的心不由得狂跳起来。她听到对方缓慢地掏出钥匙，好像在等她进一步动作。她不太确定这个男人是要等她进了屋再进对门，还是把主意打到了她的身上。

她握着手里的小喷瓶，急中生智，敲了敲门喊道："亲爱的，我回来了，快开门！"

屋内自然没人回应她。她在抱怨一声"又戴着耳机玩游戏"后，掏出手机。几乎是第一时间，她没有任何思索地拨了那个号码。

"喂？"电话那头传来低沉的男声。

安妩心尖一颤，单手叉腰破口大骂道："周怀瑾，你是不是又在玩游戏！"

周怀瑾站在一楼往上看了一眼，楼道里回荡着安妩的怒吼。还没待他说话，她在电话里继续咆哮道："不在家？我一天天上班累得跟狗一样养着你，为的不就是希望你像个小白脸一样，每天只需要等我回家帮我开门递鞋、端茶送水服侍我吗？你倒好，一天天在外面玩，这会儿不在家做饭，又死哪儿去了？"

身后传来一声陌生的轻笑，安妩拿着手机的手都在抖，她咽了一口吐沫，道："我下楼等你，三分钟看不到你的影子，你就给老娘卷铺盖滚！"

安妩当机立断挂断电话，发现那戴帽子的年轻男人看着她，她瞪了一眼过去，"火气冲天"地道："看什么！真是的！现在的年轻人太没礼貌了！"

安妩骂骂咧咧地下了楼，在二楼遇见周怀瑾的时候，连忙冲上去捂住他的嘴。

"嘘！"她拼命地做"噤声"的动作，周怀瑾感受到她的手掌冰冷发抖。

等楼上响起关门的声音后，她才放下手紧张地问道："除了许小姐，还有其他人跟你们在一起吗？"

"没有，怎么了？"周怀瑾见她一副紧张的神情，神色凝重起来。

她睁大眼睛，郑重其事地道："你家进贼了。"

见周怀瑾垂眸没说话，安妩急道："你是想要找武器吗？我这儿有辣椒水！"

周怀瑾看了一眼她手心里的东西，目光凝视着她吐出两个字："报警。"

4. 意料之外

半个小时后。

"你确定亲眼看到他进屋了？"警察走到安妩跟前，掏出笔边问边记录着。

安妩尴尬地道："这个没有亲眼看见，但是他家房门没有关，我下楼后听到关门声，推测小偷应该是进去了。"

她跟周怀瑾说完他家进贼后，他当即就报了警。

"又搜了一遍，能藏人的地方都检查了一遍，还是没发现有藏匿者。"另一名警察走到做笔录的警察跟前道。

"你还记得那个人长什么样吗？"

"我没看清楚长相，但是对方应该很年轻，穿着蓝色格子上衣，戴着黑色棒球帽，裤子的口袋里装了一把水果刀。"安妭道。

警察又环视了一遍整个客厅，见屋子里还有许多未拆封的纸箱，转向周怀瑾，问道："有没有丢东西？"

"没有。"

安妭更加窘迫了——经过刚才警察询问，她才知道这套房子的租户是周怀瑾。他为什么会搬到她家对门？

她正胡思乱想，警察继续道："屋子里没有发现可疑人，很有可能那人进屋了，后来听到动静顺着阳台或者窗子逃走了；要么门是被风带上的，那人没进屋而往楼上走去了。我们会继续调查，最近出门锁好门窗。"

警察走后，安妭连忙站起身道："那我回家了！"她没有给自己任何听周怀瑾说话的机会，直接冲回了家。

安妭觉得自己的脸烫得有些厉害，这种没找到小偷的感觉就像自己弄了一出乌龙事件，觉得有些抱歉，又有些尴尬。

她拍了拍自己的脸，朝卧室走去，手刚摸到卧室灯的开关，一把刀就抵在了她的后腰处。

"小姐，刚才演得挺像的啊。"

阴恻恻的声音自身后响起，一股寒气从安妭的腰间腾起，她通过卧室里摆的试衣镜，看到自己的身后站着一个戴帽子的男人。

"你要钱的话，我都可以给你。"

"然后再报警吗？"那男人说话戾气十足，不知从哪里弄来了绳子，将安妭的手反捆在身后。

"我不报警，只要你不伤害我。"安妭努力让自己的语气变得平和，以安抚对方此刻有些偏激的情绪。

他大概是听到动静的时候从阳台那边翻到她家的，然后一直待在她家观察隔壁的动静。

"现在跟我谈条件了？刚才我没招惹上你的时候，为什么不放过我还去报警呢？手机密码！"男人拿过安妭的手机，恶狠狠地道。

安妭将手机锁屏密码告诉那男人，然后说："我微信里没钱，我房间的衣柜里有个钱包，里面有几张银行卡。"

那男人盯着安妩点了点头，一副"算你识相"的表情。然后，他找来胶带封住安妩的嘴，将手机扔在床上，过去开衣柜。

那男人很快找到了银行卡，拿过安妩的手机一通操作。

"手机号怎么不对？"

安妩这才明白，他并不打算拿着银行卡通过 ATM 机取钱，而是打算直接用她的微信绑定她的银行卡，再转账。可是她有点想不明白，这样操作，他就不怕暴露他的个人信息吗？

她"嗯嗯"了两声。男人将她嘴巴上的胶带撕开，她道："我有两个手机，这几张银行卡绑定的手机，在床头柜里放着。"

以免她喊叫，男人再次封上了她的嘴。

然后，他在床头柜果然找到了一部旧一点的手机，因为许久没充电，手机打开后就立刻关机了。

安妩看着蹲在床边给那旧手机充电并一顿操作的男人，视线落在床边被小偷随手扔下的自己现在使用的手机上。然后，她慢慢地挪过去，边盯着那男人，边侧过身按下了最近拨过的号码，又将音量调到最小。

周怀瑾走到阳台上的时候，发现有一盆花倒了，他看向只有一米之隔的安妩家阳台，发现窗户半开着，还沾有些许泥巴。

他的心猛然一跳，这时手机忽然响起。

"好了。"说着，那男人突然回头。

安妩一个激灵，手机从床上跌落在她身后，吓得她心跳如擂鼓。

但是那男人没有在意这声响动，只是拿着手机，抑制不住兴奋地对安妩道："以防你报警，我要给你拍几张照片。"

安妩心中瞬间警铃作响，她"嗯嗯"着，年轻男人眼中的恶意吓得她坐在地上不断往后退着。

那男人不紧不慢地蹲下身，伸出手抓住她纤细的脚踝往自己跟前一拽，安妩重心不稳一下倒地，额角磕在地板上，发出重重的声响。

"只要你这辈子不报警，我也会保证我拍的照片一辈子不发布到网上。"男人低低地笑出声。

安妩万万没想到对方会用这一招对付她，这也可以解释这个男人为什么敢明目张胆转账，还不怕她事后报警。

"嗯嗯！"安妩剧烈地挣扎着，奈何双手被捆住，无法阻挡男人的侵犯。

那男人一只手掐住她的腰，一只手撕扯她的上衣。夏天的衣服本就比较单薄，安妩今天穿的又是一字肩上衣，他用力一扯，就露出里面的抹胸和大片雪白的肌肤。

听到快门声，安妩整个人都陷入绝望中。

那男人看了一眼有些模糊的照片，说："小姐既然不配合，那我们就拍视频吧。"

"嗯！"安妩绝望地抗拒着。

那男人的手刚摸上她的抹胸准备扯掉时，突然一道身影闪过，他就被人一拳头打趴在了地上。

"找死吗？"

帽子掉在地上，那男人还没反应过来，第二拳就稳准狠地再次击在了他的脸上。

周怀瑾拿过那男人手中攥着的手机，语气冷酷决绝地道："密码！"

"你个……"

安妩歪过头看去时，周怀瑾一只脚踩在那男人的背上，一只手反拧着那人的左手。那个男人的脏话还没说完，一阵清脆的骨骼错乱声就响起了。伴随着男人凄惨的吼叫声，安妩看见他像一条死鱼一样躺在地上一动不动了。

"没事了，我来。"周怀瑾眸光森然，下颌线紧绷，扶起不停地颤抖的安妩安慰着。

刚才被人侵犯时，安妩都没有哭，但是不知道为什么，周怀瑾说的这六个字，让她瞬间红了眼眶。

然后，他撕掉她嘴巴上的胶带，又解开捆着她双手的绳子。看到她手腕上被勒出来的红痕，还有腰上的红印后，他眼底阴沉一片，从大开的衣柜里拿出一件衣服裹住她的身子。

"有哪里受伤了吗？"

安妩摇了摇头。

然后，周怀瑾将她抱到客厅里。

"你……你打死了他吗？"安妩牙关打战，问道。

"没有，只是一时手边没有可以捆住他的东西，为了防止他逃跑，只能让他安静一会儿了。"

说完，周怀瑾就掏出手机报了警。电话挂断后，他看着她道："警察马上赶到，你在这里等我一下。"

他一站起身，安妩就立刻从沙发上跳了起来，当下有些窘迫。

周怀瑾回过头看向她，笑了笑，声音温柔地道："我哪儿都不去，只是去给他接个骨，让他醒过来。"

"你把他手臂弄脱臼了？"安妩差点咬到自己的舌头。

周怀瑾"嗯"了一声，说："我熟悉人体骨骼结构，他不会有任何生命危险的。"

没有生命危险？听刚才那一声惨叫，她差点以为小偷就这样一命呜呼了！

骨科专业的大佬果真是惹不起，分分钟让你脱臼。

伴随着又一声惨叫，安妩听见房间里传来小偷求饶的声音。

"同样的话我不想重复第三遍，密码是多少？"

"六六六八八八。"

周怀瑾抿着唇，解开手机锁屏后翻看相册。当他看到里面的视频后，屋内再次发出杀猪般的惨叫。

安妩连忙跑到卧房门口，看着从里面走出来的面容阴沉的男人，颤着声音道："周怀瑾，你……"

"你是猪吗？这么大人了，出门前门窗不会锁紧吗？"

安妩定定地看着怒气十足责备她的他，脑袋"轰"的一声炸了。

"你知道他是从窗户那里翻过来的吗？如果我来晚一点……"

"若是你家窗户锁紧了，他也不可能跑我家来啊！"安妩拔高音量打断他的话，显然是被周怀瑾突如其来的责骂刺激到了。

周怀瑾眸色黑得似看不到底，他定定地看着她道："你还讲不讲道理了？"

"对！我就是不讲理！所以我谢谢你的说教！谢谢你的……"

突然，周怀瑾一把将情绪激动的她揽进怀里。

安妩觉得自己很没用，一遇到这种类似吵架的情况，身体就止不住发抖，眼泪涌上眼眶，看起来很没出息的样子。她推着他，带着哭腔道："周怀瑾，你个浑蛋，谁要听你骂人，你放开……"

"对不起。"

头顶传来冷静下来的男声，安妩一下愣住了。

周怀瑾垂下眼睑，一点点收紧自己的臂膀，将她抱紧，声音低哑地说道："你没有错，我只是在生自己的气。"

他在生他自己的气？

警察很快到了安妩的家，经过盘查，确定了该小偷正是最近几起失窃案件的嫌疑人。

"以后出门，门窗一定要锁好。今天多亏这位先生不顾自身安危，从阳台那边翻过来，你可要好好谢谢这位先生……"

屋里人多声杂，楼上楼下的邻居听到动静，都在门口往屋里看着。安妩此时此刻汗流浃背，热得够呛，实在是没心情听警察说了些什么。

好不容易警察带着小偷走了，安妩也送走了"慰问团"的邻居们，周怀瑾却没有离开，而是到阳台上检查他翻过来的那扇窗户。

"窗扣坏了，明天找人来修。"

安妩有气无力地点了点头，心想：他怎么还不走？

周怀瑾回过头看着她发红的双颊，眉头一皱，道："你是不是还有哪里不舒服？"

安妩指着自己身上的衣服，面无表情地道："大哥，你给我找了一件冬天才会穿的呢子大衣，我真的很热，想换衣服。"

周怀瑾看向她身上那件过膝的大衣，又看了看她发红的小脸，眼神有些躲闪。

一时情急，他都忘记季节了。

1. 小猪佩奇存钱罐

第二天，安妩就联系了秦师傅来修窗扣。

"周一上午奶奶体检是吗？好的。"

安妩挂断江允的电话后，身侧的秦师傅好奇地问："你们这儿发生了什么？命案吗？怎么还有记者来啊？"

安妩顺着秦师傅的视线看向隔壁阳台，年轻女记者的目光自始至终粘在她对面的男人身上。

虽然安妩和周怀瑾说了不接受采访，只让女记者拍摄一下阳台情况，但是拍摄结束后，女记者也并没有立刻离开。

安妩站在这里看修窗户的师傅修了多久，那边的攀谈就有多久。

"倒霉案。"安妩收回目光，没好气地道。

"啊？"

"周先生，可否……加一下你的微信啊？"年轻的女记者忐忑地看着面前的男人。

一开始跑这条新闻，她还抱怨没什么意思，哪里想到新闻主角会是这么一个好看的男人！只是这男人一直盯着她身后，她还以为是她踩到了他的花，后来才发现他是在看隔壁人家修窗户。

年轻女记者脸红着补充道："我觉得周先生很有魄力，能够不顾自身安危去救别人，还徒手制服了小偷，我想……"

"我不需要锦旗。"

"啊？"女记者错愕地抬起头。

正好周怀瑾手机响起，他对记者说："不好意思，我还有事，拍摄完了的话，可以离开了吗？"

女记者看着跟前的男人，眼底清明，丝毫不理会她刚才那番话的意味，分明是间接性拒绝。

"喂？"周怀瑾看向对面准备离开阳台的两人，边接电话边朝屋外走去。

"周怀瑾，你小姨让我今天继续帮你布置新家。你要是需要我的帮忙，我现在就可以掉个头过去。"电话那头混杂着摇滚音乐，许梓欣坐在车内哼着歌，明显心情颇好。

"我不需要一个连门都不关好的人帮忙。"周怀瑾打开门，看到对面出来的两个人，挂断电话。

电话另一边的许梓欣有些莫名其妙，大早上这是有起床气吗，凶成这样？！她什么时候没有关好门，昨天吗？

"秦师傅，你慢走啊！"安妩站在门口送着人，余光瞄到对门出来的人，眼神有些飘忽不定。

待到楼道里只剩下他们，安妩跟周怀瑾齐齐开口说："我有话要对你说。"

安妩说："那你先说！"

周怀瑾的视线落到安妩身上的粉色睡裙上，睡裙很短，刚刚遮过大腿根，他道："你最好先说。"他现在的心情可能没办法太好。

"昨天你帮了我，这件事我谢谢你，但是我有一个问题……"安妩握紧了拳头，定定地看着面前的男人，"你为什么要搬到我家对面？"

她昨天晚上想了一宿，也没有想明白，实在是电视剧跟小说看多了，让她脑补了太多的东西。但是，到了早上，她就想通了，与其在这里胡思乱想，不如直接去问他葫芦里到底卖的什么药。不是说好彼此再无关系了？怎么又搬到她家对门了？

"你想问的就是这个吗？"周怀瑾看着她有些青黑的眼底，嘴角微微上扬。

"对！"

"我收下你刚才的感谢。至于我为什么会搬到你家对面，你应该去问你大姨。"

她大姨？跟她大姨有什么关系？安妩顿时愣住。

"你要对我说什么？"

周怀瑾双手环胸，靠在门边道："刚才的女记者让我告诉你，要加强自我防范意识。"说完，他上下打量起安妩的穿着。

安妩低下头，看了自己的穿着一眼，现在这个季节，就算这样穿出去，也不会有任何问题啊！那女记者在阳台那里跟他聊了老半天，说的就是这个？

"修窗户的秦师傅是这一片的熟人，他……"

"多的就是熟人作案。"周怀瑾打断安妩的话道，"因为担心会有情况发生，那位女记者在阳台上拖了我很久，一直跟我聊天，以便观察你们的动静。原本我准备八点钟开始整理房间的，但是现在都十点半了，我下午一点还要去医院开会。"

安妩撇撇嘴，他这么一解释，倒显得她刚才想得太多了，气愤道："你的意思是，她耽误你的时间，是我的错了？"

"没错。"

"你！"安妩话锋一转，突然笑眯眯地说，"既然你觉得是我的错，我可以帮你整理，你需要吗？"

周怀瑾的客厅里摆放着不少大大小小的纸箱，有拆封的，还有未拆封的，这些昨天晚上安妩进屋的时候就已经看到了。

"将这些书摆到书架上，按照箱子里摆放的顺序放上去就行。"

"这些是乐高，还有一些电子产品，不要碰坏了，也放在书架上。"

"这个纸箱里是……"

……

安妩皱着小脸听着周怀瑾的吩咐，他使唤她倒是一点也不客气。

"听明白了吗？"说着，周怀瑾看向她。

安妩不由得握拳，如果不是为了趁机拿到她的情书，她脑子有病才会来帮前任搬家！

"这个箱子不要去动它，晚上我会来处理。"周怀瑾指着角落里的一个小纸箱说。

安妩闻言看了过去，估摸着是周怀瑾喜欢的手办，便没怎么在意，而是将关注点放在了其他的纸箱上。她的情书，按照物品分类，一定跟那堆书放在一起！

第一个目标就是清空那半人高的纸箱，安妩从那纸箱里不断抱出一摞摞书往书房里运，检查是否有她的情书。

周怀瑾的书，不仅有专业书籍，还有一些世界名著、奇闻杂谈、热血漫画等，这些安妩就不吐槽了。他居然连大学五年的书全部保留着，专业课的书也就算了，连选修课的书也在！

安妩感觉她现在真的是知识的搬运工。

她大学四年的书，早就在大四课程结束后，以四十二元八角的低价卖给收废品的了。而周怀瑾的这些书，恐怕运费都是她四十二元八角卖书钱的好几倍。

理工科的男人果然不会过日子，安妩摇了摇头。

安妩一点点地清空了纸箱里的书，直到见了底，也没有看见她的封粉色情书。

"难不成扔掉了？"安妩叉着腰在书架跟前喘着气，自我怀疑道。

"什么扔了？"周怀瑾的声音在身后响起。

安妩一个激灵，忙不迭地回过头，说："没……没什么。这些也摆书架上吧，我来！"

安妩边整理，边思忖着情书可能会放的地方。见周怀瑾进了卧室，她连忙检查其他打开的纸箱子，但一无所获。难不成是因为她写得太不堪入目，周怀瑾在搬家的时候扔了？

安妩打量着整个屋子，视线最终落在角落里那个一开始周怀瑾不允许她碰的小纸箱上，眸光骤然一亮。

周怀瑾不让她碰，里面除了他喜欢的东西，应该还有他不想让她发现的东西！

于是，安妩拿过一旁拆包装的小刀，满怀信心地划开纸箱的封口。

目光触及里面的东西时，安妩猝不及防吓了一大跳，身子往后一退，又踢到一个未拆封的纸箱。她一个没站稳，一屁股跌坐了进去，原本密封的箱子就这么被她一下坐瘪了，发出沉闷的声音。

安妩头皮发麻，看着出现在她跟前的周怀瑾。此时此刻，她像只被人翻了身的王八，屁股卡在纸箱里，浑身上下写满了"狼狈丢人"四个大字。

"你是拆迁队派来的吧？"周怀瑾睨了一眼被她打开的小纸盒，继而看向安妩道，"仿生骨骼模型好看吗？"

"我……"安妩自知理亏，这才反应过来那堆东西应该是模型，但她还是在乍一看见人头的时候被吓了一大跳。

她双手扶着纸箱试图起身，周怀瑾却突然走近弯下腰来。

"周怀瑾，你想干吗？"安妩伸出手，这才发现手里还握着刀，刚才若是不小心，一定会伤到自己。

周怀瑾看了她一眼，将她手里的刀拿走。如果眼神能够说话，安妩感觉周怀瑾一定是在骂人。她瞬间觉得自己的脸颊烧起了一把火。

"就算我想干什么，你觉得你现在叫有用吗？"他一把将她从纸箱里拉起，皱眉看着被她坐瘪的箱子。

安妩略有些尴尬，连忙转移话题："我好像把什么东西坐坏了，要不要打开检查一下？"屋里目前只剩下这个她坐瘪的箱子没有打开了。

"让你检查，好让你找东西吗？"周怀瑾侧过脸看向安妩，一针见血地说道。

安妩睁大眼睛，支支吾吾地道："你……你说什么？我……我能找什么？我只不过是想让你确认一下你的东西是否有损坏，这样好当面解决，以免你背后讹我！"

"那倒不必，这里面都是我的私人物品，就算坏了你也无法赔偿。"周怀瑾看了一眼手表，冷冷地道，"时间也差不多了，我得去医院了，安小姐的帮忙就到此结束吧。你可以离开了。"

安妩瞧着他深吸了一口气，转过身默念道："别人生气我不气，气出病来无人替，我若气死他如意，伤我神智又费力……"

"安小姐记得随手关门。"

安妩闭上眼睛握紧拳头，从牙缝里挤出一个"好"字。

"莫生气……莫生气，人生就像一场戏……"

"砰"的一声，门被人狠狠地关上。

周怀瑾弯了弯嘴角，垂眸看向瘪掉的箱子，沉思了一小会儿。然后，他用手中的小刀缓缓划开封口，打开之后静静地看着里面的东西。他从中取出一大一小两个存钱罐，其中一个存钱罐上的卡通人物已经断裂掉了下来。

周怀瑾将损坏的那个暂且放下，拿着另一个完好无损的存钱罐朝书房走去。

书架上井然有序地摆放着各类书籍，周怀瑾想到刚才安妩一边抱怨，一边强迫症发作必须要摆好书的模样就觉得有些好笑。

他随手抽掉一些书空出一个位置，"啪"的一声，一本书从他手中掉落，在地上摊开。周怀瑾弯腰去捡，视线落到书上画得乱七八糟的数独题与旁边两个人的字时，温柔的眸光不由得一凝。

那是一本他大学选修课的书。

"为什么要出数独题给我做？难道这就是你们理科生的表白方式？是等你女朋友我现在来解？"

"嗯……为什么四个角填一三一四不对啊？"

"认真点做，别想太多，我只是想让你上公共课的时候专心点，别老盯着我。"

"……周怀瑾，我们分手吧。"

周怀瑾嘴角慢慢弯起，记忆里坐在自己身侧的女生，最后并没有因为他而向数独题妥协。他不让她盯着他，她就拿着他的"一卡通"，在他的证件照上给他画各种各样的刘海……

周怀瑾将那本书放回书架上，紧挨着粉色存钱罐。

2. 暗中观察

"大姨，你能告诉我，为什么周怀瑾会搬到我们家对面吗？"病床前，安妩叉着腰质问安香荷。

安香荷干笑一声，说："我不是听你说隔壁出租嘛，正好周医生最近要找房子，我们那里虽然是老式小区，但是胜在环境好，离医院也近啊！如果不是周医生帮了我那么多次，我也不会去管这闲事。怎么，他已经搬进去了吗？"

安妩看着眼神熠熠生辉的安香荷，最后一句话已经暴露了她完全"不单纯"的心思。

"大姨！你下次不要这样了！"

一想到中午周怀瑾那冷冰冰的语气，安妩就感觉自己丢脸丢到太平洋了。但是她不能跟安香荷细说，毕竟那些过往太过不堪。

"你要是能找到一个男朋友，我也就不用这样了。"安香荷也有些生气了。

她担心安妩因为父母的问题，这辈子都不相信婚姻，也不交男朋友了。若是她能陪安妩一辈子，她也不会说什么，但她随时可能离开，那么这个世界上就只剩安妩一个人，孤苦伶仃、无亲无故。

两个人一下午也没有说过话，晚上安妩买了饭菜回来，安香荷正躺在病床上听 A 市地方台的新闻广播。

见她进来，安香荷主动开口说："我刚才听到一起入室偷窃案，你知道吗？被抢的是一个独居在家的女孩子！幸好隔壁邻居听到动静救了她，不然还不知道她会遭遇什么！你现在天天一个人在家也要小心，门窗要锁紧知道吗？"

安妧本来想以叫安香荷"吃饭"为台阶，缓和一下两个人一下午生闷气带来的尴尬气氛，没想到安香荷主动开口。她笑了笑，说："放心啦，我今天早上已经叫了秦师傅将家里面有问题的窗户修好了。"

　　这话说出口，安妧才后知后觉，心中"咯噔"一下，她大姨听到的新闻，该不会就是她的那个亲身经历吧？

　　"门窗锁紧了你也要万分小心。我听新闻上说，独居的女孩子最好在家门口摆上一双男式拖鞋，要么就在阳台上挂一件男式衣物，这样能够迷惑有歹念的人，减少单身女孩被盯上的危险。"

　　安妧松了一口气，好在她跟周怀瑾没有接受采访，不然她大姨要是知道自己嘴里说的新闻主角是她，还不得疯掉。

　　"既然新闻都说了，那小偷肯定也都知道这一招，那我觉得这一招就没有什么迷惑性了。"安妧分析道。

　　"你这丫头，有总比无要好吧，万一那小偷没听过呢？你回家路上买一双男式凉拖放门口，然后再拍个视频给我检查一下，我不检查你肯定不会去做的，听到没有？"

　　安妧无奈又好笑地摇了摇头，道："遵命，我的女王殿下，我会拍视频的，现在吃饭好吗？"

　　安香荷看了她一眼，道："别以为帮我买个饭我就不生气了。"

　　"大姨，这件事明明是你做错了，生气的应该是我好吗？"

　　两个人又进入了拌嘴模式。

　　晚上回到家，安妧将从超市买的男式凉拖放在门口，掏出手机开始录视频。

　　把视频发给安香荷后，她觉得有些好笑，便顺手将视频发到了朋友圈，配字道："遵从我大姨的指示，给我男朋友买了一双拖鞋。"

　　待安妧进屋的时候，下面就已经有了回复。

　　郭莹："哈哈哈！你大姨是不是也听了今天的新闻啊，我妈刚打电话过来也让我摆一双。"

　　安妧才在朋友圈回复郭莹，突然隔壁的门打开了，站在门口的男人穿着一身家居服，手里拎着垃圾。原本要下楼的他，目光触及对门门口摆着的深蓝色男式凉拖时一顿，楼道间昏黄的灯光让他的面容显得有些不真切。

　　周一上午，江允按照约定，来接安妩一起陪江老太太去体检。

　　"不好意思，我睡过头了！"安妩看着站在门口的男人，懊恼地道，"进来坐会儿吧，等我洗个脸马上就走。"

　　"你不用着急，今早养老院那边打电话过来说奶奶的状态很好。我原本打电话想告诉你的，结果你电话没打通，你可以不用陪我们一起的。"

　　"我睡死了，闹钟响都没听见。我还是跟你一起去吧，你忘记去年的经历了啊？"安妩边说，边低着头四处找拖鞋。

　　江允想到去年老太太半路上犯病的事情，笑了笑，道："我穿这双吧。"

　　安妩看着他指着的那双拖鞋，笑道："好，这双鞋在门口摆着，我都差点忘记了。"

　　等安妩收拾好自己，她打开门跟江允在玄关处一边换鞋一边说："你吃饭了吗？待会儿我买点豆浆油条吧。"

　　"不用，你买你的那份就是……"江允话还没说完，隔壁的门突然打开，他看到从屋里走出来的男人时愣了愣，这个人不就是……

　　周怀瑾看着江允跟安妩，目光一顿，视线落到江允的脚上，下颌线一绷，转身下了楼。

　　江允下意识地低头看向自己的脚，刚才那个人看的是他穿拖鞋的那只脚吧？

　　"走吧。"安妩淡淡地道。

　　A市医科大学附属第一医院。

　　安妩拿着体检单核对尚未检查的项目。

　　江老太太今天的状态的确很好，看安妩为他们跑来跑去，有些不好意思地道："小丫头，辛苦你了。"

安妩笑了笑，说："江领导平日里帮过我很多忙，我做这些并没有什么。"

郭莹经常打趣说，江允对她特别关照是对她有意思。其实安妩知道，江允处处帮她，只是因为她平时帮他照顾了老年痴呆症的奶奶。

"血检结果差不多出来了，我去拿，你们先去骨科拍片检查一下，我待会儿过来。"安妩对江允说。

安妩乘扶梯下楼，站在她前面的是一个身材挺拔的中年男人，正在打电话。看着他的背影，安妩不由得心中一跳。

"待会儿我还要回公司开会……"熟悉的男声响起，安妩瞳孔一缩，怎么会是他？

林天对着电话那头温柔地说道："好啦，都老夫老妻的就不要闹了，等我回家买礼物给你。"

安妩不由得握紧拳头，记忆里，眼前的这个男人也是用这样亲昵的语气，对着电话那边的女人温柔地说着话。

当他挂断电话，回头看见身后的她时，那张英俊的脸瞬间失了血色……

只不过就算现在他回头看见她，也不会像当初那样震惊慌乱，毕竟如今的他已经是对方名正言顺的丈夫了。

扶梯一路到底，安妩跟林天朝着相反的方向走去。

林天挂断电话，看着面前走过五六个医生，他视线一掠顿住，转过身看向其中一个年轻的男人，喃喃道："小妩的男朋友？！"

上午一下班，阚北就悠闲地走到周怀瑾的办公室门口，敲了敲门，道："我刚才在骨科，看见安妩跟一个男人陪一位老太太在做体检。那男人是谁你知道吗？我看着感觉他们很熟的样子。那老太太体检完还不太想回家，然后安妩提议带老太太到处走走，好像还约了晚上一起在她家吃饭。"

"你是医生还是狗仔？"周怀瑾抬眸看着阚北。

阚北嘴角笑意渐浓，反问道："你难道不想听吗？"

原本安妩跟江允说好，趁着江老太太今天状态不错，下午陪老太太到处逛一逛，晚上她再在家做饭招待他们。结果下午在公司小群里，她的组员在郭莹带头下，起哄说安妩和江允是想在约会。

于是，晚上的饭局就变成自证清白的同事聚餐，而始作俑者郭莹却因为有约没有来。

"你们安经理今天请假了？"坐在韩秋水对面的男人微微一挑眉，"因为什么事？"

"这个我也不清楚，安经理是跟我们公司的江领导一起请假的，应该是处理工作上的事情吧。"韩秋水道。

"江领导？你们公司的江允吗？"

"是的，程总也认识我们江领导吗？"

程涵冷笑一声，道："所以她今天让你来吗？"

韩秋水摇了摇头，解释说："今天安经理本来是请半天假的，但是到了下午，江领导又替安经理请了半天假。安经理让我把流程做好，没问题就可以上交。而且这又是我平日负责的单子，所以我就……"

"等等，你说，我的单子是你们安经理交给你的？"程涵眯起眼睛问道。

韩秋水点点头，神色认真地道："安经理为了锻炼我们新人的能力，给我们都分配了工作。程总的单子除了每月打电话催款是由安经理负责，其他的流程都是我负责跟进的。"

"原来如此。"程涵靠在椅子上，意味不明地道。

江老太太在外面待到三点就有些累了。

"你们年轻人的聚会，我就不去了，而且我今天也累了，送我回去之后，你们就自个儿去玩吧。"

江允跟安妩只好提前将江老太太送回养老院，再去菜市场买菜，然后回安妩家准备晚饭。

再次换鞋的时候，江允想起今早那道冷冰冰的目光，突然了然地笑出声。安妩有些莫名其妙地看着他问："你怎么了？"

江允笑道："没事。如果不是知道你没有男朋友，只看你的朋友圈，我还真的会以为你的这双拖鞋是为了男朋友才买的。"

安妩歪着头道："别说，我那条朋友圈下面，除了能看到郭莹评论的同事知道真相，恭喜我的同学朋友还不少呢。"

江允点点头，忍俊不禁地说："还是蛮让人误解的。你隔壁是什么时候搬来的？"

安妩不知道为什么话题突然就转到了周怀瑾身上，但是她也不意外，毕竟早上江允看到了周怀瑾，他又知道她跟周怀瑾之间的关系。

"别想太多，都是我大姨她……"安妩一边说，一边拎着菜进了厨房。

3. 陪他修理电闸

六点一过，安妩的组员陆续来到她家。她一开门，就看到大家面色兴奋，挤在门口叽叽喳喳地聊着——

"真的超帅！"

"天！我从进小区大门开始就盯着他看，真的是极品！"

"在聊什么？怎么都不进来啊？"江允系着围裙拿着锅铲走到玄关处，大家立即齐齐问好。

"哎，怎么是江领导下厨啊？"有人眼尖地说。

江允笑道："我只是帮你们安经理打下手。"

"不过，江领导跟安经理身上系的是情侣围裙吗？"

安妩哭笑不得，这围裙她家有一堆，都是她大姨之前工作的厂里送的，一模一样就叫情侣围裙了？

"快进来吧，进屋者一人免费送一件油厂出品的围裙。"

闻言，大家哄笑着一起进了屋。

"菜都做好了，大家直接入座吃吧。"安妩端上最后一道菜，招呼道。

"安经理。"韩秋水有些忐忑地走到安妩跟前。

"怎么了？"

"我下午……"韩秋水有些丧气地将下午的事情说给安妩听,她最后还是没有让程涵按时缴费。

"没事,倒是我忘记这件事了。这个客户本身就很难搞,明天才是这个月的最后一天,到时候我来搞定。你去吃饭吧,辛苦你下午跑一趟了。"安妩安慰道。

"谢谢安经理!"

安妩拍了拍韩秋水的背,落座后,她好奇地问:"你们刚才进屋之前在说什么啊?"

闻言,安妩的组员一个个眼冒爱心,齐声说:"安经理,我们刚才看见一个好帅的男人!"

"对啊,真的超帅!安经理,你有在附近看到这个帅哥吗?"

帅哥?安妩微怔,脑海里飘过很多这附近她看到的高中生的脸,现在的小孩长得是都挺好看的。

"帅哥我这边还蛮多的,不知道你们说的是哪一个哎……"安妩故意拖长尾音。

饭桌上瞬间沸腾了,乱叫成一团。

"哇哇哇!安经理,救救孩子们吧!"

"咚咚咚。"敲门声突然响起,安妩看了一眼桌上的人道:"还有谁没来吗?"

众人摇了摇头。

安妩疑惑地去开了门,在看到来人时有些发蒙。

"我家停电了,你家有电吗?"周怀瑾看着她身上还未摘下的围裙,语气低沉地问道。

安妩愣了愣,道:"有啊。"

"那应该是跳闸了,这边电闸在哪儿?"

安妩朝往四楼去的楼梯那边指了指,道:"在楼梯拐角处,左边是你家的,右边是我家的,如果是跳闸了,推上去就行。"

安妩家这块的老式小区,一层就两户,每层住户的电闸都安装在楼梯拐角处,因为年代久远,毫无缘由地跳闸也是常事。

"知道了。"周怀瑾上了楼梯，听到身后关门的声音，转过身，脸有些臭。

　　再次回到席位间，大家询问安妩敲门的是谁，怎么没见着人进来，她答道："邻居家停电了，问我电闸在哪里，大家继续吃吧。"

　　韩秋水好奇地说："安经理为什么不换一个条件好一点的新式小区住啊？我听说这边不久前还发生了失窃案。"

　　"其实小偷哪里都会有，这边我之前也住过，环境好还安静，就是那个老式电闸从没见过，遇到跳闸还真有些麻烦。我之前住的那房子电闸都老化了，一碰就'嘶嘶'地冒火光，每次去弄，都很怕自己被电到。"有组员半开玩笑道。

　　"哈哈哈！"

　　安妩想到前几次看张阿姨推电闸时的画面，当时那紧张的感觉不亚于小时候看人点爆竹。隔壁的电闸确实有问题，但是张阿姨因为打算搬走，就一直没有修理。

　　组员还在聊房子的问题，安妩猛然间站起道："嗯……你们先吃，我……我下楼买个东西。"

　　"买什么呀？待会儿吃完再买呗！"大家喊道。

　　安妩没说话，直接出了门。

　　楼梯间黑乎乎的，对门虽然开着门，但是屋内漆黑一片。

　　安妩"嘿"了一声，楼梯间的感应灯瞬间亮起，她朝楼梯上看去，并没有看到任何人。

　　"你是打算转行唱戏吗？"

　　安妩吓了一跳，转过身就看到周怀瑾从屋里出来。

　　"你要干什么？"安妩指向他手里拿着的塑料凳。

　　"修电闸啊。"

　　"你会修？"安妩诧异地道。

　　"那没电怎么办？"周怀瑾没好气地上了楼，没走两步又回过头道，"你在这儿干什么？过来帮我。"

"我还在吃饭呢！"安妩说着，扭头就要进屋。

"那你出来干什么？"

她只是出来看他有没有触电……

"你要是觉得我被电死在这里，作为前任的你嫌疑不怎么大的话，你就走吧。"

"周怀瑾，你真是个狠人！"安妩认命地跟在周怀瑾身后，见他踩在凳子上，打开手机的手电筒检查电闸。

安妩听到"嘶嘶"的电流声时缩了一下脖子，有些害怕地说："周怀瑾，要不你就将就一晚上吧，明天找人来修。"

"你难道不知道这个天气晚上没电会热死人啊？"

安妩腹诽道，那你知不知道，你分分钟可能触电身亡啊！

见他要碰电闸，安妩连忙出声阻止："哎哎哎！你小心触电啊！"

周怀瑾用导电笔碰了一下电闸，低下头看着捂着耳朵的女人说："你还是回屋吧，不是有人等着你一起吃饭吗？"

安妩愣了愣，他怎么知道她在宴客，客厅动静应该不大吧？周怀瑾扭过头"哼"了一声。安妩一头雾水，难道吵到他了？

这时候，手机铃声响起，安妩慌忙接听："喂，怎么了？"

江允看了一眼桌上的菜，问："你去哪儿了？怎么还没回来？"

安妩看着周怀瑾的动作不禁捏了一把汗，这东西不会突然爆炸吧？如果爆炸，他那张脸可是首当其冲，百分之百毁了啊！

"好的，我马上就回来了，你们不用等我，先吃吧！"

周怀瑾听安妩打电话有些心烦。

江允在电话里轻笑一声道："你该不会是听到她们说的话，担心那个人的安危，现在在帮他修电闸吧？"

闻言，安妩一个激灵，看向自家紧闭的房门，江允他是在她身上安了监控吧！

"怎……怎么可能？"安妩盯着周怀瑾，支支吾吾道。

"那你赶快回来吧，不然组长不在，你的组员要挨个儿打电话关心了。"

"好，我马上回去。"说完，安妩连忙挂断电话。

她看了一眼周怀瑾，这里……好像也不需要她帮忙吧？

她刚转过身，步子都还没迈开，周怀瑾的声音就自她身后响起："又要不说一声就离开吗？"

又？安妩顿住脚步，扭过头看他。楼梯间的感应灯熄灭，黑暗的楼道里，只有周怀瑾的手机亮着，照向她，她有些不适应地眯起眼。

"我问你，你很喜欢他吗？"

"你在说什么？"安妩大脑有些乱，不知道是不是在高温的室外待久了的缘故。

"算了，你走吧。"说着，周怀瑾将手机光照向电闸。

安妩张了张口，这时又一个电话打了过来，是韩秋水打的。她边接电话边下楼，道："我就到门口了，马上进屋。"

安妩一打开门，就发现有几个人已经走到了玄关处，他们看见她道："哎哟，经理，你买什么去了啊，我们正准备去找你呢！"

"我本来是要去商店买点饮料的，结果发现商店关门了，就回来了。"

安妩没走两步，脑海里就浮现出周怀瑾一个人可怜地在黑暗的楼道里修电闸的画面。她甩了甩脑袋，手捂上胸口，这突如其来的母爱般的怜惜是怎么回事？

坐下没过两分钟，敲门声再次响起，安妩迅速弹起，道："我去开门！"

该不会是周怀瑾触电身亡被人发现了吧！

众人还没有反应过来，安妩已经一溜烟跑去开门了。

"有没有铜线，我需要一根铜线。"门口的男人沉着一双黑眸盯着她，因为热，领口已经解开。

现在是盛夏时分，就算是夜晚，不开空调的室外依旧热得让人头晕。

安妩机械地点了点头，盯着他喉结处滑过的汗珠，不假思索地道："有……你要不要……"

"好。"还没待她讲完话，周怀瑾就进了屋。

安妩石化在门口，她想说的是他需不需要一杯冰水，他好个什么好啊？怎么就直接进屋了？她又不是问他要不要进屋避暑。

"等等！你去哪儿啊？"安妩见周怀瑾没等她说完话就直接往屋内走，眼珠子都快瞪出来了。

"本来我是不想打扰你的二人世界，但是你既然邀请我进……"周怀瑾的话在他看到客厅里的一大桌人时戛然而止。

安妩在后面再想喊"等等"都来不及了，只能在身后一拍脑门，这她待会儿还不得被江允笑话死啊！

原本还叽叽喳喳的众人瞬间安静下来，双方安静地看着彼此。

"呃……这个是我邻居，就是他家电闸坏了。"安妩硬着头皮介绍道。

"天哪！是那个帅哥！"饭桌上有人惊呼一声。

安妩连忙对周怀瑾道："你不是要铜线吗？我现在就给你找！"

她拉过周怀瑾直接奔向杂物间，周怀瑾在她身后咳嗽一声，说："你没有告诉我，你家里面有那么多人在吃饭。"

你也没问啊！安妩在心里咆哮。

找到铜线后，安妩问："这根可以吗？"

"可以。"周怀瑾心情稍微好了点。

再次路过客厅，听说周怀瑾要自己修电闸，安妩就看见自己的组员们用星星眼看着他。

原本安妩还说要不要帮周怀瑾打手电筒，方便他修电闸，结果她的组员们吃完饭全部围上去，打开了自己手机的手电筒，一时间，场面堪比演唱会，就差一起挥手了。

"那么，明天公司见。"江允对安妩挥了挥手。她点点头，将手中的男式凉拖随手放在门口。

有人调侃说："安经理，在门口放拖鞋虽然可以让小偷顾忌家中有男性，但经理有没有想过，这招也很容易阻挡桃花啊？"

闻言，从楼梯上下来的男人看向他们。

"嗯？"安妩狐疑地发声。

韩秋水笑嘻嘻地道："如果有喜欢安经理的人，看到这双男式拖鞋，以为你名花有主了怎么办？”

　　"应该没人那么傻吧？"安妩道。

　　"喀喀！"周怀瑾猛然间咳嗽起来。安妩看向他，这种天气他还感冒了吗？

　　众人齐齐看向面色有些不自然的周怀瑾。

　　江允微微一笑，道："话可不要说太满。"

　　安妩突然想起，江允也是上网搜了才知道的。

　　"行吧，江领导是贵人事多，忙得不知道这件小事，其他人是傻。"领导马屁还是要多拍拍的。

　　安妩一回头，不由得吓了一跳，周怀瑾干吗瞪她啊？有病吧！

1. 牙痛不是病

窗外梧桐树上的蝉鸣声尖锐悠长，周怀瑾垂眸看着在水中沉浮舒展开来的茶叶，开口道："这件事我恐怕不能帮你。"

林天微微一怔，问道："是很难办吗？"

"不是。"周怀瑾看向眼前的中年男人道，"我知道叔叔是什么意思，只是叔叔已经找了安阿姨，安阿姨也拒绝了。若是再去做这件事，让安妩知道了，恐怕会与叔叔想的结果适得其反。"

林天脸色有些发白，低声道："我只是想尽量弥补安妩。"

周怀瑾看着林天，想起安妩以前提到过的家庭情况。

那时他还不知道她口中的"那个人"就是程涵的继父，只知道安妩的爸爸在她小时候出轨，抛弃了她和她妈妈。即使她妈妈以死相逼，也没有等到丈夫回心转意。

林天有些丧气地说："行，我知道了……其实我也知道小妩她是什么性子。因为我跟她母亲的事情，她已经恨透我了。只是我……"

周怀瑾听完最后一个字，问道："很久了吗？"

林天点点头，叹了一口气说："我还记得小时候的小妩总是喜欢黏着我……"

周怀瑾安静地听着林天说小时候的安妩有多么乖巧可爱，渐渐地，他眼前似乎浮现出一个笑嘻嘻的小女孩，扎着两个羊角辫望着他。

"人上了年纪，就喜欢回想从前的事情，我还记得程涵出事那天，她在手术室外看我的那个眼神。我明白，我没有尽到父亲的责任，却对一个毫无血缘关系的孩子视若己出，她恨我也是应该的。"

林天闭上眼睛，想起程涵意外那天，他们在手术室门外的画面。

"我儿子要是有什么事，我不会放过你的！"一向温柔的高文睿面目狰狞，怒不可遏地扬起手给了安妩一巴掌。

而安妩不哭不闹，只是看着他上前拽住高文睿。

"具体看医生出来怎么说，你先别生气。"

"别生气？！那可是我儿子，我能不生气吗？我心疼啊！林天！这就是你前妻的女儿，你看看她有多狠毒！她想害死程涵啊！你难道不心疼程涵吗？我要报警！"

林天搂着边哭边报警的高文睿不断哄道："别气了，别气了……"

很快警察便来了，带走了那个一言不发的女孩。

从回忆里出来，林天叹了一口气，抬眸看向眼前的年轻人道："我能问你一个问题吗？"

"请说。"

"你这么优秀，为什么一开始会选择小妩呢？"

在林天听到答案后，窗外的蝉鸣声奇异地在他耳边销匿。

"抱歉叔叔，我还有事，得先走了。"

林天坐在茶馆内望着周怀瑾离去的方向看了半天，等他回过神后，才惊觉手中一开始还觉得温度合适的茶水不知什么时候已经凉了。

"安小姐，我们程总现在在开会。"秘书小姐看着眼前的女人说道。

安妩料到是这个情况，她也没打算等，说："既然如此，等下次程总有空，我再拜访。"

秘书小姐没想到安妩会是这个反应，连忙喊住她。

"这就是你登门道歉的态度吗？安小姐？"程涵出现在门口，表情没有一丝动怒或者意外。

安妩转过身道："程总的时间是时间，别人的时间也是时间，我总不能为了等程总出来，自己的工作就不做了吧？"

"你是笃定我会出来。"程涵盯着安妩道。

"你也猜中了我会离开啊。"

程涵微微挑眉："你就不怕我让你们公司炒了你吗？"

"怕啊，所以我这不是来了吗？"安妩敛去嘴角的冷笑。

她今早一到公司，就收到一份客户投诉，投诉人正是程涵。若是放在正常情况下，被客户投诉基本上是要换人接手工作的，但是程涵说这件事只要她登门道歉便可一笔勾销，要不是因为公司最近跟程涵的公司有合作，她才不会来这里。

程涵投诉她，无非是变着法子找她麻烦。

"程总说吧，想要我怎样道歉？"

安妩还记得他投诉的理由是她将他的单子交给新人去做，新人做事不稳妥，他很不满意，但追本溯源论其过错，还是因为她怠慢了他的这份单子，没有亲力亲为。

程涵盯着安妩的脸，半晌后才语带玩味地开口道："既然是道歉，那就走正常的道歉流程，先请我吃饭吧。"

话音方落，程涵毫不意外地看到了对方有些错愕的眼神。

安妩都做好被程涵刁难的准备了，没想到他开口却是让她请吃饭。她不知道他葫芦里到底卖的是什么药，因为这样的他有些反常。

"我不会刁难你，你大可放下戒备。"程涵扫了一眼她餐盘里丝毫未动的菜肴，放下手里的刀叉道。

见她依旧用那种眼神看着自己，程涵有些烦躁，出言讽刺道："你要是觉得我真的想对你做什么，大可像从前那样与我相处，你不是一直喜欢与我拌嘴吗？"

安妩在心底咒骂了一声"神经病"后，开口道："我的确不相信，你投诉我就是为了让我请你吃一顿饭。说吧，你到底想干什么？"

这三年里他找她的麻烦还少吗？这次又想搞什么花样？

"如果非要我提出点什么，你才能稍微舒服一点的话，那……"程涵单手摸上下巴，做思考状，"那你就告诉我，上次赵老师留下你跟周怀瑾做什么？"

"呵。"安妩眼角一挑，冷嘲道，"你放心，不是让我利用周怀瑾再来接近你。"

"是周怀瑾压根没有再给你机会靠近他吧。"程涵嘴角弯出一抹愉悦的弧度。

那天，他可是听到了周怀瑾与安妩之间的对话，也听到了周怀瑾冷冰冰的语气。

"也是，他那样骄傲的人，能够去见恩师还带上你，让恩师以为你俩还没分开，自然是在乎自己的面子。不过，在你身上栽过跟头，他肯定也不会再给你机会。"

安妩算是明白他这次的目的了，无非又是来嘲笑、挖苦她。她毫不示弱地道："给没给我机会，这好像也与你无关吧？"

"有关，当然有关。"程涵看着安妩，眸子里闪烁着异样的光，继续道，"既然周怀瑾与你不再有什么可能，你我当年的恩怨，就可以一笔勾销了。"

"什么？"安妩皱紧眉头，有些看不明白对面的人了。

"我的意思是，我这辈子做不了医生的事情，我放下了，而对你这个罪魁祸首，我也停止怨恨了。"

他知道，就算一开始是利用，安妩当年也喜欢上了周怀瑾。不管当初她是有意之举，还是无心之过，他的右手这辈子也无法拿手术刀了。他不能达成自己的梦想，而他也让她痛失了自己喜欢的人。

这就是他对她最大的报复。

"程总。"

有人走过来在程涵耳边说了些什么，他点点头，站起身对安妩意味深长地说："今天的菜我很满意，我会撤掉对你的投诉。我有事得先走了，我们来日方长。"

来日方长？谁想跟他来日方长！安妩突然有些想打人了。

也不知道是因为天气太热，还是因为昨天被程涵气得上了火，安妩早上一起来，就感觉后槽牙隐隐作痛。

"你要不去医院看看啊，万一是长智齿了呢？"见安妩吃饭有些没胃口，郭莹建议道。

"应该不是长智齿吧……我可能就是单纯的上火，喝点降火的东西过几天看看吧，如果还是这样，我就去医院。"安妩说完，喝了一口西瓜汁。

就这样得过且过了一个星期后，郭莹从外地出差回来，看到安妩高肿的脸吃惊地道："我的天，你还没有去医院啊？赶紧去看看吧！瞧你这半边脸，肿得跟松鼠的腮帮子似的。"

安妩点点头，有些萎靡不振。这一个星期她是吃也没吃好，睡也没睡好，算是明白了什么叫作"牙疼不是病，疼起来真要命"。

等到下午下班回家，安妩一路上都捂着右脸，不断地叹气，又疼得吸气。

走着走着，看见楼下的垃圾桶，她脚尖一顿，思忖后掏出包包里的止疼药，将最后一片剥出，丢进嘴里。

药片外包裹着一层黄色的糖衣，意外还有些吃糖的快乐。安妩想着这几天吃的止疼药之所以不管用，可能是因为被她直接吞了下去，药效没能在口腔里直接起作用。那么这次她直接含在嘴里，不吞进肚子，让药物充分融入自己的后槽牙，说不定第二天就好了。

这样想着，她将手中的药盒随手扔进了垃圾桶，像吃糖一样咬开口中的止疼药。瞬间，一股难言的苦味在舌头上蔓延开来……安妩脸色大变，急忙往楼上冲去，想赶快进屋喝水。

她在楼道里看见周怀瑾，都没顾得上仪容姿态，而那股苦味愈来愈浓，她想吐，但想到这是最后一片止疼药了，又尝试着吞了一小口，结果引起肠胃的应激反应，"哇"的一声吐了出来。

安妩狼狈至极地弯着腰咳嗽。

有人递给她一瓶矿泉水，她想都没想就接了过来，含了一大口水在嘴里，"咕噜咕噜"地漱了一遍口腔。等看到自己手里的矿泉水只剩四分之一时，她"嗯"了一声，瞪大眼睛看向站在她跟前的人，一下喷了。

"周怀瑾，你把喝了一半的水给我？！"她不爽地吼道。

周怀瑾不着痕迹地往后退了一步，目光掠过她胸前说："之前又不是没喝过。"

话是这样说没错，但是之前是之前，现在是现在，两人关系都变质了，能一样吗？

"你……"见周怀瑾盯着她肿起来的右脸，安妩倒吸一口凉气，想到自己现在这个丑样子，连忙捂住脸，将矿泉水瓶塞到他手里说，"我回家了！"

"站住。"周怀瑾不紧不慢地喊住她。

安妩像是被班主任罚站一样定在原地。周怀瑾走到她跟前，伸出手抬起她的下巴。然后，他虎口微微一用力，安妩的嘴巴就自动张开了，还没待她反应过来，一道白光就照了上来。

"嘶，疼——"安妩的脸，都痛得皱出褶子了。

周怀瑾借着手机手电筒的光检查她的牙齿，只是这种感觉，太像是主人在给不配合的宠物检查牙齿……

"喂！"安妩推开他。但周怀瑾早有防备，捉住她的手，看着她高高肿起来的右脸问："多久了？"

"一个星期。"安妩有些不高兴地道，"好了，周医生，你可以松开我了吗？"

"一个星期？"周怀瑾松开她冷笑一声，"那我应该佩服你是女中豪杰吗？肿成这样还不去医院？明天给我去医院！"

"不去。"安妩斩钉截铁地道。

"不去就一直吃止疼药吗？"周怀瑾睨了一眼地上刚被她吐出来的半片药，抬眸看着安妩说，"亏你还是从医科大学毕业的，如果吃止疼药就能根治的话，那还要牙医做什么？"

"周怀瑾，你说话可不可以不要夹枪带棒的啊？疼的是我，我的身体我自己做主，要你管！"要不是他走在她前面，安妩都要怀疑周怀瑾是不是暗中观察她了，他怎么知道自己在吃止疼药？

"我是医生。"

"可你是骨科医生，不是牙科医生，跨专业啊？那你管得还真有点多。"安妩没好气地反驳道。

周怀瑾抿了抿唇，看着安妩有些小得意的表情，黑着脸说："有本事别让我在牙科看到你！"

"放心，就算我疼死了，也跟你没关系。"

"砰"的一声，带着怒火的关门声在楼道里响起。

安妩看着紧闭的他家的门，心情大好。

没想到跟周怀瑾吵架她也有占上风的时候，以前都是她被周怀瑾说得欲哭无泪，这回能让周怀瑾吃瘪，她感觉牙疼都轻了许多！

可等回到屋，看到镜子里的自己时，安妩傻住了。大概是因为刚才吐水，她胸前的衣服湿了大半，半透明的白色衬衫下是清晰可见的蕾丝内衣花边……

怪不得周怀瑾刚才看了她胸口好几眼，敢情她就是以这副模样在门口跟他唇枪舌剑的？！亏她还傻兮兮地以为自己气势不足，挺了腰杆好几次，真的是……大意了！

2. 偷偷去医院

医院。

顾莜围着安妩转了两圈，"啧啧"两声后说："我原来还不相信明星说拔牙可以瘦脸，但你这样子，我突然觉得多长一颗牙，确实会显得脸大。"

安妩白了她一眼，说："别打趣我了，快帮我查一下，明天周怀瑾上不上班？我明天来拔牙。"周怀瑾都撂狠话了，她拔牙自然要避开他。

"拔牙就拔牙，干吗问周怀瑾上不上班？难不成你还在躲着他？"顾莜嘴上虽然吐槽着，但帮安妩查看排班表的动作也没有停下。

"明天他没有班，不过今天他也休息，你为什么今天不拔啊？"顾莜好奇地道。

"我大姨妈刚走，所以今天先不拔，万一我大姨妈又回来了呢？明天拔保险一点。”

安妩知道月经期间不适宜拔牙，所以昨天周怀瑾让她去拔牙，她才说不去。

“需要我陪你吗？”

顾莜知道安妩因为小时候拔牙的经历对拔牙有心理阴影，不然她也不会拖那么久不来看牙。

“不用，不用，不就是拔个牙吗？我已经不是小时候那个一拔牙就哭的小姑娘了，我明天来医院看我大姨，之后直接去拔。”安妩豪情万丈地说道。

待安妩走后没多久，又有人来服务台找顾莜。

“最近安妩如果要拔牙，记得告诉我。”

顾莜狐疑地看着眼前的男人，问：“她拔牙关你什么事？”

阚北见她这副表情，嘴角一咧，说：“不是我要问的。不过，你的表情已经告诉我答案了。”

“什么？”顾莜不解地望着他。

阚北伸出手点了一下她的眉间，轻笑道：“如果你不知道安妩要拔牙，第一反应应该是问她怎么了，而不是问关我什么事。”

顾莜一噎，所以她刚才是无意间出卖了安妩吗？！她连忙拿起手机准备打电话给安妩，阚北却伸出手拿走了她的手机。

“喂！你怎么又抢我手机！”顾莜仰起头看着他。

阚北耸耸肩，道：“他俩的事，就让他俩自己去解决吧。反正，你什么也没说，是我猜到的。”

顾莜闻言，也同意阚北的说法。

周日早上，安妩在阳台上晾衣服的同时，顺便偷瞄对面阳台上正在喝茶看书的周怀瑾。

她摇了摇头，明明才二十七岁的帅气男人，怎么就跟在公园里遛弯的老大爷似的，身边就差放一只鸟笼了！但不可否认，这样的画面是很养眼、很让人动心的，也是她曾经想象过的一幕。

安妩没心思再去感叹前男朋友看书的画面有多美好，他如果能一直在阳台上待着，那真的是天助她也！

安妩快速晾完衣服后，拿着手机假装有人打电话约自己出门，还故意提高嗓门说："我今天不出门，这天太热了，我还是在家躺着吧。你们去玩吧，玩得高兴！好，我们下次找个天气凉快的时候再约！"

确保自己的话对面听得很清楚后，安妩进屋换了一身衣服就偷溜出门了。

到了今天，安妩的牙已经疼到难以忍受了，尤其是昨晚，她疼到睡不着。她真心觉得周怀瑾那天的话说得很对，她真的就是一个女中豪杰，居然可以忍这么久！

等到了医院坐在医生跟前后，安妩一颗心乱了，开始高唱《忐忑》。

"麻醉后还会有感觉吗？"安妩紧张地问道。

"局部麻醉还会有一点感觉，不过拔两颗智齿也就几分钟的事情，没那么恐怖的。呵呵，小姑娘，你可以不用这么紧张。"牙医是个五十岁左右的老医生，笑眯眯地安慰着安妩。

安妩咽了一口吐沫，道："能不能全麻？如果局部麻醉，我怕我会受不了，出现不配合甚至逃跑的情况……"

"如果是这样，为了减轻你的心理负担，我们可以为你全麻。"

等麻药发挥作用后，安妩的大脑已经变成了一团糨糊，其间，有人走进来找老牙医她都不知道。

一切结束后，安妩怔怔地盯着天花板，感觉整个人像是在梦里一样有些飘飘然。

老医生笑着对坐在安妩身边的年轻男人说："她说想选择全麻，我上一个遇到的要求全麻的病人还是在两年前。"

"她胆子很小，牙疼都忍了一个多星期了，不肯来医院。"年轻男人礼貌地开口。

老医生笑眯眯地盯着眼前的男女，说："我一直听说周医生有女朋友，没想到今天倒是让我遇见了。那你就在这里陪她一会儿吧，麻药的药效还需要一段时间才能全部消退。"

年轻男人点了点头，站起身来送老医生。

周怀瑾回过头去看安妩的时候，她的视线已经从天花板转到他的身上了，像是刚发现他的存在一样。

麻药药效还没退，她整个人看起来就跟喝醉了似的，满脸傻笑地盯着他。一般人在麻药药效消退的过程中会有些神志不清，而安妩的具体表现为：对他说胡话。

周怀瑾走到她跟前，问："知道自己是谁吗？"

"我？"安妩迷迷糊糊地反问着，然后笑了起来，很开心地道，"我是小仙女啊！"

周怀瑾看着她没说话。安妩保持着仰头瞧他的姿势，越看越欢喜，最后她艰难地伸出手抓着他的衣角，歪着头对他笑得越发灿烂，说："帅哥，给个联系方式好吗？我很中意你哦！"

"你知道我是谁吗？"周怀瑾低下头问。

"不知道。"

"不知道你就随便拉着别人说喜欢？"周怀瑾很轻松地掰开她抓住自己衣角的手，握在了手里。

安妩委屈巴巴地说："你长得好看，我对你一见钟情不行吗？"

"不行。"周怀瑾看着她的眼睛说。

安妩不高兴地"哼"了一声，扭过脸嘟囔道："怎么跟周怀瑾一个德行。"

周怀瑾听到那声抱怨，愣了愣，故意问她："周怀瑾是谁？"

安妩没说话，周怀瑾伸手勾过她的下巴，迫使她看向自己，又问："周怀瑾是谁？"

"蛋。"安妩吐出一个字。

"嗯？"周怀瑾皱起眉头。

"王八蛋、浑蛋、鸡蛋、鸭蛋……"

周怀瑾黑着脸听安妩"报蛋名"，直到她绞尽脑汁再也想不出还有什么蛋后，他才说："为什么记得周怀瑾这个名字，却不知道我是谁？"

“你？”安妩眯起雾蒙蒙的眸子看着眼前的男人，怅然若失地说，“你长得可真像他啊，但是他走了，不会回来了……”

这样的她，像个被人丢弃的小孩一样可怜。

“他……去哪儿了？”周怀瑾看着这样的她，眸色有些复杂。

“去哪儿了？”安妩眼神有些空洞，一直重复着“去哪儿了”这四个字，最后她轻轻地说，“抛弃我的男人，大概是死了吧……”

闻言，周怀瑾额角的青筋欢快地跳了起来。

安妩睁开眼，惊恐地发现自己躺在一张陌生的大床上。她不是在医院拔牙吗？

正当她满脑子都是惊悚电影情节时，卧室的门被推开了。

“周怀瑾？”安妩一个激灵。

对方看了她一眼，拿起屋里的吹风机对着刚洗完的头发吹起来。

安妩皱起眉头，卧室、刚洗完澡的男人，那她？她一下从床上跳了下来，但看到身上仍然妥帖的衣服，一时有些分不清楚这是现实还是梦境。

嘈杂的吹风机声音陡然停了下来，安妩看向周怀瑾，连忙问道：“为什么我在你家？”

周怀瑾转过身，随手拉下肩膀上的白色毛巾，擦拭着头发，冷着一张脸说：“自己看手机。”

手机？安妩下意识地摸了摸自己的口袋。

“在身后的床头柜上。”一道清冷的男声提醒着她。

安妩发现手机里多了一个二十多秒的视频，她疑惑地打开，看到里面的内容后瞬间如五雷轰顶。

“我好难受啊，你快点拍，用我的手机！对……就是这样。这下我拍视频了，你带我回你家，有视频为证，你可以放心了，我不会对你做什么的。”画面里的她傻笑着，对镜头那边的人说话。

“我忘记我家在哪儿了，但这不重要，我想跟你回家啊。小哥哥，你长得真好看啊。”她仰头朝着某个方向持续傻笑。

“你为什么不带我回家呢？是我不好看吗？”最后的画面是她傻笑

着对着镜头搔首弄姿。

安妩猛地将自己的手机一下扔到了床上，视频里那个对着周怀瑾搔首弄姿的小妖精是她？！

"不是很有骨气吗，怎么去医院了？"

安妩一转身，就撞到了周怀瑾的胸口，她抬起头看着他，震惊地道："那你为什么又会在医院里？你不是……"

"院里临时有事，所以去了医院一趟。你呢，一大早不是还嚷嚷着天气很热不会出门吗？"说着，周怀瑾缓缓地眨了眨眼睛。

安妩被堵得哑口无言。

所以，是周怀瑾去医院，遇上了正在说胡话的她，然后她缠着要跟他回家？还特有自知之明，怕被他认为是色狼，还让他录了视频作为证据？！

安妩捂上脸，她这回可是丢脸丢大了！

"我……还做了什么事，说了什么话吗？"安妩小心翼翼地试探道。

周怀瑾凝视着她，开口道："为什么……为什么你会认为当年是我抛弃了你？"

"什么……"闻言，安妩瞳孔微微一缩。

"当初是你提的分手，你搬的家，自始至终，都是你先离开的，为什么你会认为是我抛弃了你？"周怀瑾盯着眼前的女人，不放过她脸上任何一处细微的表情。

安妩手脚渐渐变得冰凉，她看着他反问道："难道不是你先不信任我，先抛弃我的吗？"

"好。"周怀瑾深吸一口气，说道，"那我再问你一次。当年，你是不是因为程涵，才接近我的？"

安妩的喉咙像是被人掐住了一样，咯咯作响，她指尖用力掐入掌心，最后面无人色地道："是。"

是，她最初的目的，的确是为了吸引程涵的注意力。但因为林天的关系，她才没有直接去结识程涵，而是想以程涵朋友的女朋友的身份出现。

谁都没有做错，是她自己把自己推进深渊的。

3. 替她出头

"你怎么回事？别人都说牙好胃口就好，你这几天的状态还不如拔牙之前。"郭莹用文件夹敲了敲安妩的桌面说道。

安妩将思绪从自己的世界里抽离，看向她淡淡一笑，解释道："下午要在那么多高层面前开会，有点紧张。"

"紧张什么？"郭莹略带夸张地道，"别紧张，你想想金字塔顶尖的那位程总，他还是你的客户呢！"

安妩好笑地看着郭莹，调侃道："那你中午怎么还在楼梯间来来回回走了一小时，怎么，不是紧张？"

"喂！我可是在鼓励你，你居然还敢笑话我！"郭莹伸出手佯装要打她。

最近，程涵公司的保险业务要重新挑选合作的保险公司。项目有很多，大到企业保险，小到员工的人身保险，所以安妩他们公司对拿下这次合作很重视。但参加竞争的保险公司不止他们一家，而且对手实力不输他们公司。

下午程氏的会议，安妩公司各项目组的五个经理都会参加，再加上领导层的江允还有张旭，一共七人。

而对手公司正好也带了七个人，面对面入座后，双方公司的竞争实质上就变成了个人一对一的竞争。

"我们程氏公司一直在谋求社会与人的和谐发展……"程氏总监一上来就说了一堆冠冕堂皇的开场白。

程涵坐在主位上没说话，只是看向那个背脊挺得笔直的女人。她好像在认真听，又好像陷入自己的思绪里，没有任何表情。

开场白说完，就由两家保险公司阐述各自的优势。程涵一直没有说话，只是仔细听着每个人的讲述，没有什么问题便会点头示意下一个接着讲。

直到安妩上场，他的视线才从电脑屏幕上落到她左手那道伤痕上，脑中跳出一段回忆。

"的确，不论是我无意还是故意，当初都是我推的你，才害你右手被毁掉。你不就是为了解恨，才这样处处找我麻烦，害我丢了入殓师的工作吗？那么，我就还你一只手。"

水果刀毫不犹豫地扎入左手手背，刺穿整个掌心，溢出的鲜血瞬间就刺痛了他的眼。

"你疯了吗？"他吼着。

安妩疼得小脸煞白煞白的，牙关不停地打着战，却没有叫一声。

"我没有……故意推你。我只是不小心……你要不信……我也没办法。一开始我接近周怀瑾的目的，的确……是你。但是后来我喜欢上了他，我就根本……没有再想对……你做什么！我舍不得……舍不得伤害他……"

……

"程总？程总？"

总监在程涵耳边唤了两声，程涵眸光重聚，见众人都在看着他，他点了点头，道："下一个吧。"

等到所有人都讲完，天色也不早了，程涵发表了几句比较官方的话，又说："我会仔细考虑的，三天后会给你们双方公司回复。"

对家的领导在程涵说完后直接开口邀请道："程总晚上有时间吗？不如赏脸一起吃顿饭吧？"

生意上的事情，自然少不了饭桌上的交谈。

紧接着，安妩听到自家老总张旭也对程涵说道："程总，中午的邀约不知道您是怎么安排的？"

程涵站起身，道："说了一下午，各位也辛苦了，不如今晚我请大家一起吃顿饭吧。"

闻言，两家公司的人面面相觑，难不成待会儿饭桌上双方还得拼一下酒量吗？

包间内。

郭莹跟安妩坐在一起，她不停地偷瞄着程涵，对安妩吐槽道："你这个客户到底走的是什么路子？我还是第一次遇上这种把对家安排在一起的饭局！'主办方'自己什么都不喝，而'参赛选手们'一头雾水地在互相拼酒量？"

"野路子。"安妩边说，边推了推郭莹。

郭莹见上一个敬酒的落座，连忙站起身道："程总，我敬你。"

程涵颔首，却并没有举杯的意思。

若郭莹是第一个敬酒的人，或许还会有些尴尬，但是从刚才到现在，程涵一直是这样不冷不热的，这种敬酒仪式就变成了走过场，人人都要站起来意思意思。至于程涵喝不喝，那就另当别论了。

郭莹将杯中红酒一饮而尽后坐下，伸手戳了戳安妩。

安妩是饭局上最后一个站起来敬酒的，她刚拿起杯子，还没有说话，程涵就拿起了面前的酒杯。见状，饭桌上其余人齐齐怔住，看向他们。

安妩愣了愣，但很快镇定下来，说道："程总，敬你。"

程涵一饮而尽。

安妩虽然不知道他又在整什么幺蛾子，但还是准备将自己的那杯喝掉。但是，她刚将酒杯往唇边一送，程涵就开口道："不准喝。"

闻言，众人再次怔住。

程涵看向安妩道："现在酒驾查得很严吧，你们都喝酒了谁开车？"

卫生间外的洗手池前。

两个男人低低地笑着，其中一个一边意味深长地叹了口气，一边摇头道："失策，失策，我们倒是没有对方有心计。"

"可不是嘛！你瞧瞧他们公司带来的那两位女经理多漂亮，现在哪有这么年轻就能当上经理的女人？对外说得好听点是经理，说得不好听啊……"

两人相视一笑，一开始说话的那个男人继续道："程氏的领导层到底还是年轻了些，你看，从开会起，他就目不转睛地盯着那个长卷发的女人看。刚才在酒桌上还直接说'你们都喝酒了谁开车'，这不明显就是暗示晚上要留下那个女人吗？"

"那女人确实长得漂亮，谁不喜欢漂亮女人陪呢？就算我不年轻了，我也喜欢啊，哈哈哈……"

两个男人猥琐地笑了起来。安妩在过道里听了，不由得握紧了拳头。但是，还没有待她出面怒斥，一道男声先从她身后传来："你们乾安公司的人都是这种背后诋毁人的货色吗？"

安妩转过身，看见程涵嘴角勾着冷笑，走过她身边，慢慢走上前去。

"程……程总……"刚才说话的那两个男人打了一个寒战。

"说啊，怎么不继续说了？"程涵慢条斯理地道。

"程总，我们……啊！"

那两个男人话都还没说清楚，就被程涵一拳打趴在水池边上。似是不解气，程涵又拎起其中一个人的衣领。

"啊！"女人的尖叫声响起。

安妩看着从女厕所出来被吓到的女生，连忙上前拉住程涵道："够了！程涵！别打了！"

程涵看了她一眼，又看了一眼吓得跑掉的女生，对那两个捂着脸叫苦不迭的男人严词厉色道："滚过来道歉！"

那两个男人看到这样的程涵吓得一抖，原本今天不说话的他看起来还挺好相处，他们根本想不到此刻的他会如此戾气十足刻。

"对……对不起程总，对不起这位小姐！是我们嘴巴臭！满口乱说！"

"赶紧滚吧！"安妩不想再多看他们一眼。

闻言，两个男人忙不迭连滚带爬地逃离。

"为什么帮我？"安妩松开抓着程涵衣服的手，问道。

"帮你？"程涵嘲笑一声，道，"你未免也太高看自己了，他们这么说，明显是在诋毁我好吗？"

安妩并没有因他的讽刺而生气，她道："那就行，你这样说，我心里也不会觉得对你有什么亏欠。"说完，她就迈开了步子。

"你去哪儿？"程涵下意识地抓住她。

安妩回头看了他一眼，疑惑地道："你来这里不是来上厕所的？难道是专门来找诋毁你的人的？"

程涵看了一眼女卫生间的标志，尴尬地松开安妩的手，转过身朝男卫生间的方向机械地走去："没错，我是来上厕所的。"

安妩皱眉，他最近真的是越发奇怪了。

程涵没有开车来，这对今晚任何一个想要寻求合作的公司来说，都是一个献殷勤的好机会。但奇怪的是，原本还跟安妩公司明争暗斗的乾安公司在此刻沉默了，有的人脸上还挂了彩。

看对家跟霜打了的茄子般没了斗志，张旭乘胜追击道："我们都喝了酒，安妩，程总就交给你送回去了。"

车内，坐在后排的程涵看着小心谨慎地开着车的安妩，原本的坏心情突然烟消云散，他道："就你这个车速，还不如直接送我回公司。说不定天亮了，我正好到公司门口，可以直接上班了。"

"你要是嫌慢，可以自己打车回去。"安妩毫不客气地怼了回去，说得好像是她求着送他一样。

"你是不是傻啊？正常人有跟我单独相处的机会，都会问我到底选择哪个公司，你居然还想让我下车？"

"不管我问不问，你都已经有了决定不是吗？问又不会改变些什么。"

程涵眯起眼，看着后视镜里的安妩，问道："你到底在想些什么？"

"你到底在想什么呢？"安妩的注意力都集中在前面的路况上，随口怼了回去。

"我？"程涵靠在椅背上，嘴角一弯低声道，"我也好奇我的想法，所以我正在一步步求证啊。"

安妩没有仔细听他说了什么，等红绿灯的时候，她架在方向盘旁边用来导航的手机屏幕上蹦出一个号码，虽然没有备注名，但那号码她早已烂熟于心。

安妩选择挂断，结果那电话再次打来，她犹豫了一下后，依旧选择挂断。自从上次拔牙后，她这段时间都在刻意避开周怀瑾，即便这次身边没有程涵，她也不想接他的电话。

"怎么不接？"程涵的声音从后面响起。

安妩道："没备注的电话我一向不接。"

"若是客户呢？"程涵反问。

"现在是下班时间，没有哪个上班族在下班后还想去处理工作上的事。况且，如果真的是客户，白天他还会给我打电话的。"

好在电话第二次被挂断以后再也没响起，程涵也没有起疑。

1. 只是邻居关系

将程涵送到私人公寓后，安妩直接掉头回家。等她到家时已经是夜里十一点半了，她拖着疲惫的身体上着台阶，却意外地在三楼楼梯转角处看见了那个坐在台阶上的男人。

"你……"她吓了一跳。

"你终于回来了啊。"周怀瑾捏着鼻梁站起身，眉眼显得疲惫不堪，他以一种极缓的语速开口道，"我的钥匙落在办公室里了，回去找的时候，发现办公室的门也锁上了，进不去。你开一下门，我从你家窗户那里翻过去。"

他到底是连着工作了多少小时，才会看起来这样劳累不堪啊？

安妩回过神，连忙掏出钥匙道："我去开门。"

"为什么刚才我打电话你不接？"周怀瑾盯着眼前女人的背影道。

安妩顿了顿，拉开门道："刚才有饭局，不方便接。"

走到阳台上拉开窗户，安妩看着对面漆黑的阳台道："你阳台上的窗户好像锁了，进不去了。"

"嗯。"身后的男人开口道，"我忘了我锁了窗户，那我出去住酒店吧。"

安妩转过身看着他疲惫的样子，问："你带身份证了吗？"

"没……"

安妩咬着唇，一跺脚道："今晚你在我大姨房间睡吧。"

安香荷的房间有段时间没住人了，安妩知道周怀瑾有洁癖，所以专门给他换了一套崭新的四件套。

等她换好从卧房出来，发现周怀瑾已经抱着抱枕，头歪向一侧靠在客厅的沙发上睡着了。几日不见，他的面容消瘦了不少，越发显得面部线条立体深邃。

安妩站在沙发边静静地看着睡着的他，一下子像是回到了从前同居的那段时间。她在小小的合租房里等他下班，有时候等得晚了，她自己就不由自主地睡着了，等醒过来发现他已经回来了，却不是睡在床上，而是像现在这样靠在沙发上睡着了。那时，他跟前还有亮着的电脑屏幕，上面是未完成的毕业论文。

安妩将空调的温度稍微调高了两度，又去厨房看了一眼煮着的粥，再次回到客厅，她小声唤他："周怀瑾，周怀瑾，你醒一醒。"

周怀瑾眉头一皱，缓缓地睁开眼。他的眸色有些暗，又有些许光，像是黑暗吞没黄昏前的最后一刻，眼里还映着安妩的脸。

安妩继续放柔声音道："你得吃点东西再睡，不然会胃疼的。粥我已经煮好了，你可以……"她突然怔住，看向被他抓住的手腕。

周怀瑾暗哑着声音道："为什么那天过后一直在躲我？"

安妩心里"咯噔"一下，她挣扎道："谁在躲你啊？"

周怀瑾手上的力越发收紧，他将她拉近继续追问道："你还在为那件事生气吗？你会生气吗？你还在乎吗？"

"你在说什么？你要是不吃东西就不吃！别突然发疯！"

他定定地看着她，突然叹息一声道："一开始我是相信你的。"

可是她亲口承认，是她推了程涵；也亲口承认，她的确是利用他接近程涵，还亲口提出分手，他不想发疯都难。

安妩终于明白他在说什么了。他说他相信她？可是事实又是什么呢？

安妩回想起那天早晨，天刚蒙蒙亮，她一个人从警局里出来，身心俱疲，闭上眼睛，脑海里都是监控画面上她推程涵的那一幕。

　　那时候周怀瑾大五，她大四，两个人都即将毕业。

　　虽然学校还没有公布去B市一医院实习人员的名单，但安妩知道以周怀瑾的成绩，他一定会在名单上面。

　　能去B市一医院学习三年，是难得的机会。而A市医科大学本就是全国重点医科大学，这样的重点大学每年只有七个实习名额，可见B市一医院的地位。所以，不管是实习结束后继续留在B市，还是回来当医生，都是前途光明。

　　虽然周怀瑾一直说他去不去，要等名单出来以后才能确定。可是安妩一直计划着，跟他去B市那边待三年。为此，她还请人吃饭，想托关系，去B市工作。结果这件事被周怀瑾知道后，他们大吵了一架。

　　周怀瑾希望她留在A市做入殓师，毕竟招考政策对本地人还是很友好的，可是安妩觉得周怀瑾是不相信她能考到B市那边。

　　说是冷战，其实是因为两个人那段时间即将毕业，各自忙得焦头烂额，也没时间见上一面，所以根本没有缓和关系的机会。

　　意外发生的那天，正好是程涵的生日。

　　她跟周怀瑾都收到了程涵的邀请，她原想利用那次见面的机会，缓和一下她跟周怀瑾的关系，但由于周怀瑾有事回来晚了，她就独自一个人先去了。然后，在生日宴上，她看到了林天。

　　程涵对她说，这是朋友之间的一次生日聚会，结果到场的只有她。

　　在程涵的眼里，林天虽然不是他的生父，却胜过生父，两人关系很好。

　　程涵是一个从小在无忧无虑的环境里长大的孩子，所以养成了阳光大男孩的性格。一开始，安妩的确是嫉妒程涵能那么幸福快乐地长大，有她没有的幸福家庭与父爱。所以，她想去接近他、报复他。但是在喜欢上周怀瑾后，她就放下了这个念头。

　　她与程涵始终保持着距离，但是程涵很想与她亲近。知道她与林天的关系后，程涵更是试图让她跟林天和好。他始终觉得，林天很好，安妩跟林天之间的矛盾可以解除。

可那只是程涵一个人的想法。林天是爱屋及乌，所以程涵看到的都是林天给他的爱，而看不到林天对待安妩母女俩时冷漠决绝的模样。

安妩没想到还有这个安排，一气之下，从生日宴会上离开了。

程涵追了出来，因为安妩不留情面地离去，他俩就这件事发生了口角。当时程涵拽住她不放，他不明白为什么安妩不肯给林天一个机会去缓和父女之间的关系；更不满安妩见到林天时说的那些难听的话，并因此生气。他拖着她要往回走，而安妩不愿意再看到林天，他们在争吵推搡间来到了马路边缘，她一失手将程涵推到了马路上……

意外就这样发生了。

在警局那一晚，她看着警察调出来的监控视频，一遍遍地复述事情的经过。警方判定她是过失伤人，林天又以程涵监护人的身份同意双方调解，最终她被放了出来。

在医院里，她的生父看着别人打她、骂她，看着警察将她带走，却没有袒护她一句，只顾着哄那个女人。所有人都站在她的对立面，将她看作一个怀恨在心、报复父亲的问题少女。

从警局走出去后，当她看到站在门口等待多时的周怀瑾时，委屈难过的情绪全部涌上心头。因为就算全世界都舍弃她，还有一个人，在等她。

可是，她还没走到他跟前，就见他双目通红，第一句话就是问她："你真的推了程涵吗？"

她顿时愣住。

见她没有说话，他神色阴郁地道："我去见程涵了，他的手这辈子再也握不稳手术刀了。他跟我说了你跟他，还有和他继父之间的关系。他还说，你一开始接近我，就是为了接近他，这样就能报复你的父亲。我问你，这些都是真的吗？"

那一刻，她心底的最后一根弦也断了——原来这个世界上，没人相信她啊，就连眼前的这个人，也在质问她、怀疑她。

所有压抑的情绪在此刻瞬间爆发，她几乎是带着报复的怒火承认了一切，告诉他，她从未喜欢过他，看着他恼羞成怒，然后向他提出分手。

可如今，他对她说相信她，多么可笑。

安妩看着眼前的男人，情绪也有些激动地道："如果你相信我，为什么那天我从警局出来，你见到我的第一句话，就是在质问我有没有推程涵呢？"

"那是因为我想听你亲口对我说，你没有为了报复他而接近我。可是，我还没等到这个答案，你就先亲口否认了你对我的喜欢！"周怀瑾咬牙切齿地道。

闻言，安妩不由得愣住。

原来，这就是他们心中一直存在的结啊。一个耿耿于怀的，是他的不信任；而另一个耿耿于怀的，是她的虚情假意。

安妩眼眶渐红，她仰起头看着周怀瑾道："现在再提这些有什么意义呢？"一切都已经发生了，他们也回不到过去了。

周怀瑾嘴角一扯，眸光渐渐清明，仿佛破晓的光，他道："我早就原谅你了，原谅你一开始的接近，原谅你对我的那些虚与委蛇，原谅你的转身离开。只因为这一切对我来说都是过去式，都不重要了，你难道还纠结于我们的过去吗？"

安妩忽然明白那天他说的"我原谅你了"是什么意思，原来是不在乎了啊。她嘴角挤出一抹笑，看着眼前的男人轻轻地吐出两个字："忘了。"

周怀瑾盯着她，慢慢松开了抓着她的手，淡漠地开口道："好，一切说清楚就好，今晚谢谢你的收留，安邻居。"

安妩动了动唇，说："不客气。"

邻居，是他们现在唯一的关系了。

2. 她不知道的事情

三日后，程氏集团宣布与安妩所在的公司展开合作。

确定合作关系后，安妩这几日一直在公司跟程氏集团之间来回奔波，连歇下来喘口气的机会都没有。忙碌让她的大脑根本抽不出空去想其他事情，这倒也挺好。

这几天，她出门都会遇见周怀瑾，两个人仿佛真的只是普通邻居，打过照面后会客套地聊几句，然后各自去忙自己的事情。头两次的时候，安妩还觉得有些尴尬，次数多起来之后，她也就适应了。

"跟我待在一起，就那么无聊吗？"程涵盯着望向窗外发呆的安妩。

从他看合同条款开始，她就保持着这个动作，都将近三十分钟了，布偶似的一动不动。

安妩回过神，见他合上了手中的文件夹，说："程总看完了吗？如果您觉得条款有不妥之处，可以告诉我，我……"

"你还没有回答我的问题。"程涵打断她的话，有种打破砂锅问到底的意味。

安妩咬紧后槽牙道："没有。"

安妩觉得程涵这段时间很不正常，如果说从前他次次找她只是为了找麻烦，那么现在，她越来越搞不清楚他到底想干什么了。

程涵嘴角一勾，起身走到她跟前道："你这个样子，真的跟从前很像。"

安妩蹙起眉头看着他嘴角的笑容，还没分析出他话里的意思，他就已经将文件夹递到她面前，说："合同没问题，字我也签好了，拿去交差吧。"

安妩没想到今天会这么顺利，毕竟这合同他都看了快一个星期了，害她也白白跑了一个星期。以免他中途变卦说某些条款没看清，她立马拿过合同，道："谢谢程总，合作愉快。"说完，转身就走。

"拿到合同一点表示都没有，就这样走了？你这种态度，很影响我们两家公司的后续来往。"

安妩深吸一口气，转过身微笑道："程总还有什么安排吗？"

路上，程涵接了一个电话就下了车，还让安妩在车内等着，说是五分钟后就会回来。可是二十分钟过去了，安妩也没有看到程涵的影子。于是，她打电话给程涵，想说如果他很忙，那这顿饭以后再约。

结果，她话还没说完，手机里就传来程涵阴恻恻的声音："安妩，我可是你们公司目前最大的客户，你敢跑，我们的合作就告吹了。"

程涵撂下这句话就挂断了电话。安妮翻了一个白眼，在等待中无聊地玩起了手机游戏。

咖啡厅内，韩清见程涵挂断电话，关切地问道："小涵工作上还有事吗？我们是不是耽误你工作了啊？真是不好意思，没提前跟你打声招呼，如果你忙就去忙吧，男孩子还是要以事业为重。"

"再忙也不差这一时半会儿！"高文睿满意地看着韩清身边的韩秋水，扭过头对坐在身侧的程涵道，"儿子，你加秋水的微信了吗？"

程涵脸色有些不太好。他半路接到高文睿的电话，说有急事，没想到来了才发现是一场相亲宴。

韩秋水羞怯地看了程涵一眼，声音细若蚊蚋地道："伯母，我有程总的微信。"

闻言，韩清跟高文睿都眼睛一亮。

"你们认识？"

韩秋水点点头，道："因为工作的关系，之前跟程总有过联系，而且我们公司最近跟程氏建立了长期的战略合作关系，签约流程还是我们组经理负责的。"

"这就是有缘分啊！那以后可要多联系！"高文睿对韩秋水眨了眨眼睛，道，"秋水啊，我儿子是不是脾气不好，很难相处？"

韩秋水连忙摇头道："怎么会！程总对待工作的态度很认真的，我对他印象很好。"说完，她面色绯红地瞄了程涵一眼。

三个女人叽叽喳喳地说个没完没了，程涵盯着手机上的时间，已经过去快五十分钟了。

程涵猛然站起身，原本聊得火热的场面一下安静下来，三个女人都仰起头看向他。

"抱歉，我女朋友还在等我，各位慢慢聊，我先走了。"程涵无视在场那三个女人或尴尬或错愕的表情，迈着长腿面无表情地离席。

出了咖啡厅，程涵看着停在路边的黑色小轿车，松了一口气。

等打开车门他才发现，坐在副驾驶位上的女人早已歪靠在车窗玻璃上睡着了。他张了张口，到嘴边的名字又吞了回去。

韩秋水慌忙追出来的时候，看见程涵打开了车门，她正准备开口喊住他，却意外发现了副驾驶位上的人。

程涵盯着安妩的睡颜，脑海里浮现的画面与眼前的这一幕融合在一起。

图书馆里，看着趴在桌上睡着的女生，少年原本想捉弄的心，在凝视着女生的睡颜时涌出一股莫名的情绪，促使他鬼使神差地不断靠近……

"你在干什么？"一道清冷的男声响起。

少年一下站直身子回头看去，随后笑道："你回来了啊，你听，是不是有很小的打呼噜声？"

话音刚落，趴在桌上的少女似乎被对话声吵醒了，她睡眼惺忪，却在看到自己男朋友时眸光骤亮，像是跌落凡间的星星。

"周怀瑾！"少女笑吟吟地唤道。

程涵脑海中的画面戛然而止，他眸色愈来愈深，脸色也越来越难看，难道他在那个时候就对她不一样了吗？他紧绷起下颌，重重地将车门一关，发动引擎。

副驾驶位上的安妩听到动静后醒来，就瞧见程涵一言不发地加快了车速。

"程涵，你开反了，往市里不是这个方向！"

程涵置若罔闻，驾车朝着郊区一路飞驰而去。

程涵开车在郊区绕了一圈再回到市里时，已经是晚上九点多了。

安妩白着脸，见他终于将车停到路边，胃里翻腾的感觉才稍微好点。

"下车。"程涵开口发话，态度极其恶劣。

"程涵，你是有病吗？！"

莫名其妙被人甩了一下午脸色，安妩本就一肚子火，现在他又叫她下车？拜托，刚才是他提出来的"表示一下"，她很想看见他吗？很想跟他在一起吗？

程涵冷笑了一声，侧过脸看向她："我有没有病，难道你不知道？"

安妩不想跟他再废话，利落地打开车门。此时，公交站正好来了一辆直达她家小区的公交车，方向也对，她就直接上了车。

程涵急忙下车去追，无奈公交车已经离去，他狠狠地踢了车胎一脚。回到车内，手机恰好响起，是高文睿打来的。

"你终于肯接你妈我的电话了？你是想气死我吗？！赶紧去给韩家的那个小姑娘打电话！"

程涵沉着脸道："我不是跟你说了，我有女朋友了吗？"

"你有女朋友？你什么时候有女朋友的？如果你有，就带回来让我瞧一瞧啊！别再用这种烂借口推托！我知道突然被这样安排，你很不高兴。但是韩家的女儿那儿，你必须去道歉！那是妈妈朋友的女儿，你这样会让妈妈很没有面子的！"高文睿的语气不容拒绝。

程涵烦躁地挂断电话，在微信上找到韩秋水，拨了语音电话过去。

很快，韩秋水软软糯的声音从电话里传来。程涵开口直接道："韩小姐，我是程涵，今天下午很抱歉，我走得有些突然。"

"你不用道歉啊，毕竟是我们没有事先打招呼，这种场合，一般人都比较抗拒吧。况且，我知道你当时是真的有事。"

小姑娘柔柔软软的声音消了程涵大半的火气，他沉下声音道："谢谢韩小姐能体谅。"

韩秋水轻笑了一声，继续说："如果我没记错，我们安经理下午是去你那边签合同的，你说的'女朋友'，应该只是幌子吧？"

"你为什么会觉得是幌子呢？"程涵突然有些玩味地说道。

"因为安经理有男朋友啊。不对……这只是我个人的揣测，我也不知道那人是不是安经理的男朋友。不过那样的帅哥，又住在她家对门，看她那日的态度，即使不是她的男朋友，也是她喜欢的人。"

"住在对门的男人？"程涵一个字一个字地从口中蹦出，眉骨逐渐挑高。

第二日，A市医科大学附属第一医院内。

"从这几个月的观察来看，你大姨的病情正在往好的方向发展。但还不能放松警惕，这个病的治疗是场持久战，我奶奶的建议是，最好继续住院观察。如果半年后病情能够保持稳定，便可出院回家。"高曲绵放下手中的单子，看着眼前的女人道。

安妩点着头，神色很是欣喜，她激动地说："谢谢高医生，我们会继续住院观察的！"

高曲绵的视线从安妩的脸上移开，淡漠地道："别谢我，要谢就去谢周怀瑾，是他找的我奶奶，不是我。"

闻言，安妩一怔。

"怎么？难道他没跟你说这件事？"高曲绵嗤笑一声，笑自己，也笑周怀瑾。她有些搞不明白，那个对她绝情的男人，为什么会在喜欢的人跟前做好事不留名。

"周怀瑾那天找我帮忙，我是提了要求的。"高曲绵双手环胸靠在椅背上，看着陡然有些紧张的安妩，嘴角勾起一抹若有若无的弧度，"我从来不避讳喜欢他的心思，像他这么优秀的男人，喜欢他的女人如过江之鲫。你应该能猜出我提的是什么要求，我也以为自己胜券在握，可是他拒绝了。"

高曲绵想到那天站在自己跟前的男人，他看着她，眸色深得仿佛看不到底，说道："高曲绵，不要在我身上浪费时间，这种承诺只会伤害到你自己。"

"他只是跟我出席了我奶奶的生日宴，说服我奶奶接手你大姨的病，都是他一人之功，我并没有做什么。"高曲绵顿了顿，看着沉默的安妩继续说，"你难道没有什么想说的吗？"

安妩也不知道此刻要说什么，只觉得喉咙发紧。

"是不是很开心？即便你们分手了，他也依然忘不了你。"高曲绵嘲讽地笑道，"说实话，我真的从第一眼见到你，就很讨厌你。我跟他共事三年，却始终没能走进他的心。我想象过你的千百种模样，却唯独没想到你会是这番冷漠的样子。如果你不爱他，如果你身边有其他异性，就请早点离开他。"

安妩张了张口，眼神有些放空，说道："他已经放下了，或许你可以……"

"拜托你不要再侮辱他了！"高曲绵的声音一下拔高，"他会放下吗？他真的能放下吗？在我认识他的第一年里，他整个人就像是一台不知疲倦的机器，累到好几次昏厥，在高烧中，还满口胡话问'为什么'。在我认识他的第二年里，他不再作践自己的身体，却将自己所有的情绪收起，不展示给任何人。而在第三年里，他在听到一位姓安的大学同学结婚的消息后，毅然决然地选择回到 A 市！你告诉我，如果他真的已经放下了，为什么回来后还要去帮你、接近你？你到底是在骗你自己，还是在我面前变相地炫耀呢？"

安妩不知道自己是怎么离开高曲绵的办公室的，她的大脑乱成一团糨糊，一会儿是赵老师的声音出现在耳边，对她说周怀瑾曾经准备向她求婚；一会儿高曲绵尖锐的声音插了进来，质问她到底爱没爱过那个人。最后，那晚周怀瑾的话在脑海里回荡开来。

她不知道到底谁在说真话，谁在说假话。别人都在说他爱她，可是他跟她说他放下了。

3. 你还打算利用我吗

安妩在外面待了一会儿，才回到安香荷的病房里。

"周医生前脚刚走，你就回来了，你俩倒像是说好躲着对方一样。"安香荷打趣道。

安妩坐在病床边，愣了愣，问道："大姨，周怀瑾……经常来看你吗？"

"对啊，我住院的无聊时光里，多亏了这孩子经常来看我，陪我说话呢。"安香荷道。

"那你们……都聊些什么？"安妩试探着问。

安香荷看着面前的女孩，突然笑了："安妩，你终于要开窍了吗？"

"什……么？"

"这孩子经常会来看我、陪我聊天，你不在的时候，如果我有什么事，他都会为我跑前跑后，却不让我告诉你，甚至让我在你面前少提起他。从第一次见面，我就察觉到你们之间的异样，而每次我跟他提及你这三年为这个家的辛苦付出时，他就会变得沉默，一言不发地听我说。"安香荷微笑着忆起那些场景。

在她看来，周怀瑾虽然是一个话少的孩子，却足够细心，也有耐心。

"后来，就算他不说，我也能明白你们之间的关系。一个从未被你提起的人，一个突然出现的人，这已经能够看出很多东西。他跟我说，他回来之后听到了很多与他想象中不一样的东西。从前跟你在一起的时候，他没有好好照顾你，现在他只想好好保护你。房子的事情是他先得知消息，然后找上我，我去跟张阿姨说，张阿姨才从几个租房人里选中了他。"

······

安香荷话里的每一个字，都敲击着安妩的耳膜，她回忆起跟周怀瑾重逢以来的每一幕，别人口中的他，与她见到的他，是一个人吗？每次见面，他们彼此都是在伪装试探对方吗？

安妩失魂落魄地从住院部大楼出来后，才发现外面下起了雨。她站在屋檐下，眼神空洞地看着雨中打着伞来来往往的人，最后目光凝在一把黑伞上。

握着伞把的那只手白皙修长，与黑色的伞柄形成强烈的视觉冲击，却也颇具美感。来人身材颀长，将身上那件白大褂穿出一种禁欲的气息，宽大的衣角随着步伐在雨里翻飞着。虽然伞遮住了那男人的大半张脸，但是单从那完美的下巴线条与一张紧抿的薄唇，便可窥见来人的出挑样貌。

安妩看着那把伞离自己越来越近，然后上了台阶，最后伞檐轻抬，她被罩入伞下，一张清俊出众的脸也完完全全地落在她的视线里。

"我听高曲绵说，她见过你了。"低沉的男声随着雨声钻入安妩耳朵里。安妩见他薄唇上下翕动着，愣愣地出神。

"你难道没有什么想问我的吗？"

安妮抬起头，与他四目交接，她干涩着喉咙开口道："我大姨跟我说了很多……"

"所以，你是不知道该问什么，是吗？"他眼里有星星点点的光，灼得安妮心乱如麻。

"如果你现在不知道要问什么，那么我来问你。"周怀瑾认真地看着她说，"你现在还在气我当初在警局门口说的那些气话吗？"

安妮咬唇，她当时也说了气话，归根究底是她先说了气话惹了他。

"那天说'忘了'，你是在说谎对吗？"他继续问着。

安妮定定地看着他，道："周怀瑾，你说你'放下了'……"

"是'放下了'。"

"那你现在是在做什么？"安妮不解地问。

周怀瑾抬眸，笑容温柔明亮，看着跟前的女人道："放下过去，不代表放下你。我们重新开始，这次换我来追你。"

安妮呼吸一紧，喃喃道："我推了程涵。"

"我说过我相信你。"

她的声音开始发颤，说："我一开始接近你，真的只是为了利用你。"

周怀瑾轻笑一声，笑意从眉梢淡去后，只留下认真，他道："那你现在还打算利用我吗？我是医生，一辈子那么长，你总会生病，你可以利用我、接近我，成为我这辈子任何时候都会第一个关心的人。"

安妮眼角泛红，她盯着他的眼睛，不禁回想起从前。从前他们也曾承诺过永远，可是谁能想到后面发生的事情呢？

在没发生程涵那件事前，他们就争吵不断，日常的琐事消耗着两人之间的感情，才导致出事后累积的矛盾一次性爆发，一分开就是三年。这三年里，他们谁都过得不好，现在他站在她跟前说着重新开始，她却害怕会像从前那样甜蜜过后，再由云端跌入泥里。

而她不想再重复经历那些日子了。

从前她的爱是改变自己，而现在她的爱是克制，是保持清醒、互不伤害。

"周怀瑾，你有没有想过，即便没有程涵的事情，我们那时的结局也会是分手？"

周怀瑾抬眸，薄唇翕动，说道："那时候我们都在努力往前走，只想着赶快抵达未来，好让彼此都安心，却忘记了彼此的步伐不同。现在的我们，已经站在当初描述的'未来'里，情况已经变了，你怎么知道我们重新开始会是错的呢？"

雨越下越大，雨声如珠玉落盘般响亮。烧烤摊的一方小桌上，顾莜瞪大眼睛看着一杯啤酒下肚的安妩，问道："周怀瑾他真这么说？"

安妩点了点头，脸色开始发红。

"啧，真没想到啊！他不去读文科可惜了！"顾莜嘴角扬起，双眼冒着精光追问道，"那你答应跟他重归于好了吗？"

"怎么可能！"安妩大手一挥，指着自己道，"我是那种他招之则来，挥之即去的人吗？"

"好样的！"顾莜将手中的啤酒杯重重一放，扬眉吐气地道，"你当年追他可是费了九牛二虎之力，多少人在暗地里嘲笑你？这回就按他说的，让他追你，你也别轻易答应，虐虐他！"

安妩托着腮怅然若失地道："我不知道……"她不知道这样到底对不对，她走错过一次，已经害怕了。

"不知道什么？"

安妩笑了笑，道："没什么……"

"别想太多！你们之间的误会已经解开，你害怕的不就是当年在一起的那些矛盾摩擦会重演吗？"顾莜见安妩没反驳，继续开导道，"我觉得周怀瑾说得没错，当初你们毕竟年少，无论工作还是心性都不稳定，现在你们有了稳定的工作，经历了那么多，你也不是那个只会把他当生活中心的人了。情况已经改变了，或许重新来过，结局是好的呢？再说，你真的放下他了吗？"

雨声嘈杂入耳，顾莜见安妩沉默，她心中也有了答案。如果安妩真的放下，就不会那么恐惧向前迈出脚步，只有深陷在里面的人，才会害怕牵一发而动全身。

"再去试一试吧，当年撞得头破血流都不害怕，现在怎么还没有看到结果就退缩了？"顾莜打开几瓶啤酒，笑了笑道，"我明天没班，今晚陪你好好喝！来，干杯！"

"好。"

另一边。

屋内的周怀瑾擦着半干的头发，走到书桌前坐下，从抽屉里拿出一个粉色的日记本，翻开，目光触及上面算不上好看的字体，嘴角弯起一抹弧度。

姓名：周怀瑾

性别：男

星座：摩羯座（PS：但我怀疑是处女座！有强迫症还有洁癖！）

优点：长得好看

缺点：仗着好看目中无人，嘴巴还特毒！（不过我要是长得好看，我也横着走，嘻嘻嘻……）

……

今日份记仇：他今天嘲笑我了，呜呜呜，我的老脸丢尽了……死黄刘，我这辈子都不会在你那儿办宽带！

目光扫到"办宽带"三个字，周怀瑾忆起了这件事。

事情发生在大二上学期，那时候安妩还在追他。那天是公共课，她又混了进来，还坐在他身后。

"安妩，我……"

"嘘。"

身后两个人跟做贼一样偷偷摸摸，阚北看了看后排鬼鬼祟祟的一男一女，歪过头对他打趣道："她在你身后，还有黄刘。"

闻言，周怀瑾不动声色。其实，早在一周前，他就在食堂里听到她兴高采烈地向室友说，这周找人占了这节公共课他后排的座位。她室友还打趣她，为了追他真的什么事都干得出来。

当时安妩还故作惋惜状道："唉，如果我没遇见周怀瑾，我一定会给黄刘机会的，毕竟这孩子，很有创业天赋啊！是个潜力股！"

黄刘是他的直系学弟，在整个医学院都很有名气，原因是他在宿舍开了一个小超市，后来生意越做越大，承包了整栋男生宿舍楼的生意。而且，他富裕起来也不忘舍友，带动整个宿舍一起致富。

可惜被学校以存在火灾隐患为由，"清剿"了宿舍。犹记得当天夜里，男生宿舍一栋楼的人都在痛哭。听说黄刘学医只是家里面安排的，他真正的目标是当第二个马云。

还没上课，整个教室乱哄哄的，但是很奇怪，身后两个人的声音哪怕刻意压低了，周怀瑾还是听得一清二楚。而他从上次安妩的室友跟她在食堂里的谈话得知，黄刘喜欢她，还一直在追她。

黄刘有些哀怨地道："安妩，位置我都帮你搞到了，这次你能好好听我说话了吧？"

安妩心跳加速，盯着前面人的后脑勺，心想：怎么会有人连后脑勺都生得如此可爱！

"安妩？"

安妩回过神，意识到这是在周怀瑾跟前，轻咳一声故意拔高音量道："我知道之前没给你机会，这不是怕你伤心吗？我这个人不做渣女的。"

"你不试一试，怎么知道好不好呢？"黄刘锲而不舍。

安妩嘴角疯狂上扬，她瞄着周怀瑾的反应，不放过他任何一根头发丝的动静。她要让他知道，她的行情也是很好的，如今她追他，他还不赶快收了她！

"唉……"安妩叹了一口气，仿佛林黛玉上身，道，"你又何必苦苦坚持，你应该知道，我已心有所属了。"

黄刘愣住，张了张嘴道："你有喜欢的人，跟我有什么关系？"

安妩震惊，这家伙除了有经商的天赋，还很有撬墙脚的潜力啊？瞧瞧这话说的，还非要赖上她了！

她紧张地盯着周怀瑾，这个时候一定要表现出自己的忠贞不渝，她站起来一脸严肃地道："我不喜欢你，如果你是这个态度的话，那么这个位置我不要了，我坐后面去，我不能给你任何希望！"

前排终于有人回过头看后面的动静，可是回头的人里并没有周怀瑾。

黄刘蹙起眉头看着安妩道："谁喜欢你了啊？我是问你要不要在我这儿办宽带啊？我听说你们宿舍就你还没有办，电信一百兆，学生价一年才六十，真的不考虑一下吗？"

安妩的脸瞬间爆红，她看见阚北趴在桌子上已经笑得不能自己。

"你……你为什么不早点说啊？"

"拜托啊，学姐！你哪次看见我，不是话都不让我说完就跑啊？"

她恨不得将黄刘按在地上痛揍一顿，推销宽带就推销宽带，干吗比她追男人还锲而不舍？！害得她以为他喜欢她呢！

她自我催眠，以为周怀瑾没注意到她跟黄刘的对话，结果放学后她拦住周怀瑾时，话都还没说出口，周怀瑾就看了她一眼道："不好意思，我不办宽带。"

周怀瑾记得很清楚，她在听到他故意噎她的话后那张爆红的小脸。

其实追他的女生有很多，但是从来没有哪一个女生如她这般锲而不舍，而且脸皮比城墙还厚，老在自己跟前晃悠。所以，等他习惯性地注意到她时，他才发现自己已经被她吸引住了。

在 B 市的那三年里，他想着如果没有程涵，或许她根本不会出现在他的生命里。可能她也会喜欢他，但是不会那么努力地去追他。他怨恨过她带着目的接近，又贪恋着她给过的温暖与心动。

他原先以为她是虚伪冷漠的，离开他的这三年里，想必她早就将他抛之脑后，过得自由快意。可是，回到这里后，他发现许多事情与他之前以为的大相径庭。

他从许多人的口中拼凑出这三年的她，知道她过得很不好。

他去问顾莜，她的手受伤的原因，知道程涵一直在找她的麻烦。安妩的左手，便是她对程涵的"偿还"。

当年她不能再做入殓师，因为伤口需要很久才能完全愈合。她害怕被安香荷知道，便一直待在顾莜家里，对安香荷谎称自己出差。而那段时间，安香荷刚做完手术在住院，急需用钱，于是手伤没好的安妩就开始找工作。由于手术留下的后患，很多正常的工作她做不了，用人单位也不收，为了快点赚钱，她做了很多一般人不做的工作。

顾莜没告诉他安妩做了什么，只是说她受过很多委屈，吃过很多苦，才有今天的成就。

而安香荷不知道安妩的这段经历，所以周怀瑾在安香荷那里听到的是安妩编造的那一个版本。她对安香荷说，她的手伤是做入殓师时在出差中意外造成的，辞职后她遇到了江允，便进了保险公司。可周怀瑾看得出来，安香荷是知道安妩说了谎的，她们两个人一个说谎一个装傻，只是为了让彼此心里的压力能少一点。

他以为听到她过得不好自己会很开心，但是并没有，即便他对她当初说的话耿耿于怀，但是让他放下她，太难。

周怀瑾合上那个粉色日记本，从他看到日记内容的那刻起，他就明白，她说的全是谎言。

她说她从未爱过他？

骗子，她的日记里写满了对他的欢喜！

4. 重新开始

"是……是这家吗？"雨夜里，一黄一粉两个身影摇摇晃晃地出现在楼道内。

"是的……"粉色身影扶着墙，娇弱地点了点头。

"好的！就让我……为你……打头阵！"黄色身影大力地拍击着门。

突然，天空白光一闪，原本漆黑的夜空被照得亮如白昼，周怀瑾看了一眼窗外，闻声蹙起了眉头。

敲门人锲而不舍，砰砰声响个不停，周怀瑾只好起身去打开了门。门口一个穿着黄色雨衣的女人依旧在拍着空气，大着舌头吼道："开门啦，开门啦！'A医八组'来检查了！"

有人倚着门倒在了他的脚边，周怀瑾低下头看去，只见一个穿着粉色雨衣的女人红着脸半眯着眼睛看着他，道："长官……门开了。"

"好样的！"顾莜将头上的雨帽重重一拉，遮住半张脸，将手比成手枪状靠在门边，问道，"有看到周怀瑾吗？"

躺在地上的安妩难受地摇了摇脑袋："没有……"

"好！我从上面搜查，你从底下包抄，我们争取一举歼灭敌军。"顾莜说完，就往屋里冲去。

周怀瑾侧过身，就见顾莜"五体投地"地被一只拖鞋绊倒在玄关处，而地上的安妩神情认真地匍匐前进。

这两个女人到底喝了多少酒啊？！

"安妩？"周怀瑾蹲下身唤道。

安妩抬头看了他一眼，像是受到了惊吓一样迅速低下头用手遮住自己的脸，边在地上扭着前进边道："长官，发现目标人物！你有八倍镜吗？瞄一下！"

闻言，趴在地上的顾莜仰起脖子"喵"了一声。

周怀瑾抿了抿唇，站起身将门关上，拉起在地上蠕动的女人，道："还知道我是谁吗？"

"你就算是天王老子，我'绝地王祖贤'也不怕你！"安妩打了一个酒嗝，动作迟缓地拍了拍胸口，"来，朝这里开枪。"

周怀瑾冷笑一声，道："不错，还记得自己游戏的账户名。"

然后，他拉开她雨衣的拉链，将她脚上的高跟鞋脱掉，又将她打横抱起。他还没走两步，就有人抱上了他的大腿，死死地拽住他哭哭啼啼地说道："安妩……呜呜呜，好死不如赖活着……被侮辱了咱就当是被狗咬了！"

窝在他怀里的女人也嘤嘤地哭了起来，啜泣道："姐，你别管我！这群男人都不是东西！你快跑！"

闻言，周怀瑾额角的青筋欢快地跳起来。然后，他将安妩放了下来，让这对戏精姐妹花抱头痛哭。

紧接着，他掏出手机打开微信，拨通了视频电话，很快电话就被接通了。

　　"喂？"阚北正疑惑周怀瑾怎么会这个时候打电话给他，视频里突然出现了两个"嗷嗷"乱叫的女人。

　　他愣了一会儿，才道："她们怎么会在你那儿？等等，她们喝酒了？"

　　然后，镜头切换成周怀瑾那张面色阴郁的脸，阚北听见他道："请立刻、马上过来，把你的女朋友带走。"

　　挂断电话，周怀瑾看了一眼坐在地上的两个女人，进浴室拧了条热毛巾出来。

　　"别闹。"他捉住安妩的手，给她擦着脸。

　　"你才闹……"她闷闷的声音传来。

　　周怀瑾眯着眼睛看她，见她正盯着自己，眼里雾蒙蒙一片。

　　"我放弃了……你跟程涵是好朋友，我……我舍不得。你知道后……会难过……所以我放弃了……"

　　"什么？"

　　"我没闹……我在等你。搬家只是想让你紧张……想让你哄我，但……但你就那么走了……"

　　闻言，周怀瑾不由得愣住了。

　　阚北赶到的时候，周怀瑾正死死地拽着安妩给她擦手，而顾莜坐在客厅的地上，一个劲儿地哭着骂着。

　　"她说推了程涵你就相信，你就不能去问问警察呀？警察都判定是过失伤人了啊！你走得那么潇洒，她一个人仿佛世界轰然倾塌没了精神支柱，又被程涵逼成那个样子！后来她为了赚钱……去付她大姨的医药费，不知被多少臭男人嘴上轻贱……"

　　闻言，周怀瑾手上的动作骤然一顿，看向半眯着眼靠在沙发上的安妩。她很不舒服，一直在难受地哼哼唧唧。

　　阚北连忙上前捂住顾莜的嘴巴，真是酒壮尿人胆，安妩不是让她不要说的吗？阚北拉下顾莜脑袋上的雨帽，瞬间一张哭花的脸便出现在他眼前。

"我的天！"阚北吓了一大跳，不敢置信地看向姿容仪态都被收拾得不要太好的安妩，哭笑不得地道，"兄弟，这是你女朋友的闺密啊！你就这样不管不顾？"

周怀瑾眼睑一抬，道："你希望我帮她脱雨衣擦脸？"

阚北揉了揉鼻子，说："行吧，谁的对象就由谁负责。"

"那我带她走了。"说着，阚北将顾莜像抱孩子一样抱起。

"顾莜有跟你说，她那段时间做什么工作吗？"

身后传来男人低沉的声音，阚北顿住脚步，道："推酒员，推销酒拿提成。买酒的人有些嘴巴不干净，还有些会提出条件说她喝多少他们买多少。她为了快点赚钱，往往会选择最贵最烈的酒去喝。而那时候她的左手根本没好，不宜饮酒，所以她喝完酒就去催吐，如此反反复复，最后得了厌食症，暴瘦下来，调养了很长一段时间，身体才恢复正常。"

身后的人陷入沉默，良久后才开口道："我知道了。"

安妩是被渴醒的，她边揉着宿醉后疼痛的脑袋，边坐了起来。

床头桌上摆了一杯水，安妩看见后，下意识地端起就往嘴边送。脑中电光石火一闪，一些醉酒后破碎的记忆浮现在眼前，她感觉手一僵，环视了一圈昏暗的屋子。

是周怀瑾的卧房。

昨天晚上她跟顾莜喝了很多酒，说了很多话，心中的结也慢慢地解开，有了确定的想法。醉酒后，顾莜拉着她说要给她壮胆，两个人便神志不清地摸到了周怀瑾家门口。她虽然记不起具体发生了什么，但是能想起来的都是丢脸的画面。

安妩懊恼地一拍脑门，这哪是壮胆来的，简直就是送上门来丢脸的！

此刻不知道是几点，有光隐隐从窗帘的缝隙中溜了进来，安妩在床上缓了好一会儿才下床，拉开了卧室的门，客厅里静悄悄的。

难道是去上班了？安妩这般想着，眼睛一瞥，正好看见对面房间书架上的东西。

熟悉的感觉涌上心头，她不由自主地朝书架走去。直至拿下那两个东西，看到上面刻有她跟周怀瑾名字的英文字母缩写后，她才敢确定这就是当年她忘记带走的那两个存钱罐。

有一个小猪佩奇存钱罐的耳朵上还有黏痕，明显是断了之后被人用胶水重新固定上去的。

安妩猛然想起被她坐瘪的纸箱，那个她感觉坐断的东西，是这个吗？他一直留着这个东西？

目光再次看向书架，安妩在原本摆放小猪佩奇存钱罐的地方，看见了她的那本日记。

她打开书的扉页，看见了她当年用心写下的那三个字——"周怀瑾"。她眼睫一颤，因为在他的名字旁边，她看到了自己的名字，却不是她的字迹。

这本日记是关于他的，可她从未在本子上写过自己的名字，所以是他拿到后把她的名字写在旁边的！

她翻开手中的日记本，在日记的后半部分看见了他的字迹。

"二〇一九年六月三号，阚北要接顾莜，她也在……"

"二〇一九年六月十号，她还是一如既往胆小……"

"二〇一九年……"

……

她心跳如擂鼓，眼眶刺痛。

"叮……"闹铃的音乐让安妩惊醒，她看着桌上亮起的手机，连忙上前将闹铃关闭。

周怀瑾的手机在这里，他在家？！安妩一个激灵，转身回到卧房，拉开厚重的窗帘，看见了那个靠在阳台上抽烟的男人。

猩红的火光在那个人的指间明灭着，他半垂着眼睑，敛去眼中沉思的情绪，听到动静，抬眸看向站在玻璃门后的她。安妩拉开门，阳台上的烟草味便充斥在她的鼻尖，她忍不住皱起了眉头。

"抱歉。"周怀瑾连忙摁灭手中的烟。

"顾莜呢？"安妩问。

"阚北昨晚接走了。"

"噢噢。"安妩胡乱地点着头，应着。

两人陷入一阵沉默，周怀瑾看到她手中的日记本，不由得怔住："你……"

"周怀瑾，你先听我说。"安妩深吸一口气，打断了他的话。

周怀瑾缓缓地眨了眨眼睛，眼底荡开涟漪。

"我是放不下过去的事情……"安妩轻声说。

闻言，周怀瑾握了握拳头，又无力地松开，要宣判了吗？

"但是放过你，我也不甘心。"安妩盯着他，嘴角扬起一抹无奈的笑。

周怀瑾猛然抬眸，错愕地看着她。

安妩眸光闪烁，她记得顾莜跟她说，如果她害怕，那就直面它，去克服它。她想了许久，如果周怀瑾再也没有出现在她的身边，如果出现了却与她再无交集，如果……可是没有如果，从他重新出现在自己眼前的那一刻开始，她才发现自欺欺人的痛苦。

忘记他很难，忘记爱他更难。

安妩深吸一口气，看着他道："周怀瑾，我们重新开始吧。"

晨光里，安妩的眼睛里亮起了一束光，她抱紧怀里的日记本，看着面前瞳孔微张的男人，笑了。

第十章
珍惜

1. 突然出现的林天

周三，办公室内。

"你最近是吃错药了吗？一天天在傻乐些什么？"郭莹开完会回来，看安妩一个人坐在座位上托着腮笑，有些不解地问道。

安妩回过神看向她，嘴角上扬，道："只是突然想起自己上学那会儿干过的一些傻事，觉得有些好笑。"

她以重新开始为前提，从周怀瑾那里要回了她的日记本跟存钱罐。最近她翻看日记，忆起很多啼笑皆非的青春往事。最好玩的事是，她每天早上都能看见周怀瑾欲言又止的表情。

她认识他那么久，还是第一次看见他如此别扭纠结的表情。

今天早上，他终于忍不住开口对她道："存钱罐你……"

"放在家里面了啊。"她迅速打断他的话。

"那……日记你看了吗？"

"日记啊——"安妩故意拖长尾音，看着他的神情一点点紧张起来。

她差点笑出声，她知道他是害羞，怕她看到里面他写的那部分内容，毕竟是日记嘛。

但是，他也知道不可能再把日记本要回去，不然两人重新开始就没有了前提。所以，这几天他看到她，总是一副懊恼的模样。

"啧，开始回忆青春了啊？看样子有情况了……"郭莹盯着她一脸八卦地道，"最近是重逢初恋了吗？"

"郭莹，就凭你这第六感，不去做狗仔都可惜了。"安妩起身笑道。

闻言，郭莹难以置信地瞪大眼睛看着她："真的啊？快！有什么爱恨情仇快跟我说说！"

"我得去见客户了。"安妩故意耸耸肩。

郭莹咬牙切齿地说："好啊，你就是吊我胃口！"

安妩笑吟吟地转过身。

江允跟她说有一个客户指名道姓要跟她合作，对方开了一个很大的单子，光是提成，就足以让她十几年不用上班。

对方并没有透露自己的身份，江允只跟她说是她一个客户的亲戚。这让安妩更加好奇，难不成是自己的客户推荐了他的亲戚来找她合作？

推开办公室的门，安妩看着里面陡然有些紧张的男人，脸色一白，下意识地就要离开。

"小妩，不要走。"林天急切地站起身，身边的助理眼疾手快地扶住他，林天站稳后说道，"我不是来找你说什么的，我只是来找你谈合作的。"

"我们公司优秀的保险代理员有很多，你要想谈合作，可以找其他人。"忽然想到什么，安妩讥讽地笑道，"你找我谈合作？不怕你的那位夫人跟你闹吗？"

"如果你是担心你高阿姨那边，不必害怕，这件事她不知情，是我……是我个人想跟你谈合作的。"林天努力将声音放软，以商讨的语气道，"我们坐下来谈一谈好吗？"

安妩回过头看向那个小心翼翼的男人。高老太太的生日宴也不过是几个月之前的事情，但眼前的男人要比在生日宴上看到的时候苍老许多，连她记忆里挺拔的后背也不知道在何时有些佝偻了。

想到母亲最后那段日子里疯癫的模样，安妩定了定心，神情淡漠地道："林先生，我现在已经二十六七岁了，有手有脚，养活自己不成问题。当年我需要你的时候你抛弃了我，现在我不需要，你的出现只会让我觉得可笑。"

他想以这种方式给她钱？她不需要。

"对不起。"林天沉吟道。

"什么……"安妩一怔，有些错愕地看着林天。

他再次开口道："小妩，是我对不起你，也对不起你的母亲。"

安妩慢慢握紧拳头，扭过脸说："不必道歉，过去的事情已经过去了。"

林天眼中渐渐亮起希冀的光："小妩！"

"我不是原谅你，只是一切再说已经没有意义了。"安妩顿了顿，态度坚决地道，"我不会与你合作，你也不用再来找我，我现在过得很好，你过得很好，我们不需要再有联系。"

"你只要答应签下这份合同，我就再也不会来找你。"

林天的情绪一下子变得很激动，助理连着喊了两次"林总监"，又扶着他坐回椅子上。

安妩看着他这个样子眉头微皱，忍不住开口问："你怎么了？"

"我没事。"林天强撑着身体的不适，又将刚才的话说了一遍，"我保证，只要你签下这份合同，我就不会再来找你。"

助理将合同递到安妩手中，她看了一眼，是一份个人物品保险，投保数额很大。

"我不会签的，你若想来找我，我也拦不住你。"安妩将合同放下，看着林天道。说完，她转过身，再也没有犹豫地走出门。

"经理。"门外，韩秋水看见安妩，神色有些慌乱。

安妩没想到门口还有人，不由得愣了愣。

安妩走后，办公室里就只剩下林天与其助理，林天摇了摇头，道："她的脾气倒是像极了我。"

"总监，那这……"助理拿着合同犹豫道。

"想为她做些什么的时候，发现为时已晚，我对她的亏欠，这辈子都无法还清了。"林天盯着门，叹息一声，"我们回去吧。"

星巴克店内。

韩秋水连声道歉："对不起啊，安经理，我不是故意偷听的，我只是正好路过听见了……我保证，一定不会对外说的！"

"没事，你不必紧张！"安妩笑了笑，说道。

林天有前妻的事情不是什么秘密，她也不是私生女，没什么需要保密的。

闻言，韩秋水松了一口气，小心地问道："那安经理你跟程涵不就是法律上的……"

"我跟程家没有任何关系，我姓安。"虽然安妩跟程家没关系，但她不希望外人再来过问她的事情，便话锋一转，岔开话题道，"我最近看你的朋友圈……你是谈恋爱了吗？"

提到这个问题，韩秋水的表情一下变得羞涩起来，她道："还不算是吧……我们只是在两家父母的安排下接触着。"

安妩揶揄道："看得出来你很喜欢对方。不过你说是父母介绍的？那你们之前认识吗？"

"认识。"说完，韩秋水看了安妩一眼，犹豫着开口道，"安经理也认识他。"

"嗯？"安妩狐疑地道。

"是程涵。"

安妩一时愣住了，反应过来后，扯了扯嘴角道："意料之外。"

虽然有些吃惊，但安妩仔细一想，这也是情理之中的事情——韩秋水跟程涵算得上门当户对，如果说两家长辈认识，倒也没什么难以置信的。

"安经理跟程涵从前就认识吗？"韩秋水突然问道。

"为什么会这么问？"安妩呷了一口咖啡，说道。

"我听江总说安经理是 A 市医科大学毕业的，程涵也是那个大学毕业的，安经理又跟程涵有合作，我便想着你跟程涵从前可能认识。如果安经理认识程涵，那我可以打听打听程涵喜欢干什么、喝什么吗？我跟他约会时间不长，没机会了解他更多……"韩秋水越说越感觉失落，最后耷拉着脑袋显出一副丧气的模样。

安妩看着韩秋水，仿佛看到当年追在周怀瑾后面的自己，她笑了笑道："我的确大学的时候就跟他认识。"

"真的吗？"韩秋水猛地抬起头，激动地说道。

晚上，程涵来接韩秋水去吃晚饭的时候，她带了两杯南瓜拿铁。

"你为什么会买这个？"看到她手中的东西，程涵的眸光暗了暗。

"你不喜欢吗？"韩秋水见他没有任何高兴的模样，试探地问道。

程涵收回视线，打着方向盘冷冷地问道："你跟你们安经理说了我跟你的事情吗？"

"没有啊！你怎么会突然提到安经理？"韩秋水狐疑地问道。

程涵瞟了一眼茫然不解的韩秋水，抿了抿唇。

"你怀疑我跟安经理说了我们俩是情侣吗？"韩秋水反应过来后，有些失望地低下头道，"我知道我们只是逢场作戏，我们这样合作只是为了躲避家人的催婚。所以，除了我们两家的家长，对谁都不要说我们俩是情侣。但你也不要忘了，当初是我提出合作的，我怎么会先去违约，到处跟别人说？"

自从上次两家家长见过面后，程涵的母亲高文睿就频繁提起韩秋水。程涵知道她的意思，但还是拒绝了她的撮合，高文睿不死心，又将目标转移到其他女孩子身上，一个星期给他安排了七八次相亲。就在程涵被自己母亲这一出出搞得不胜其烦后，韩秋水出现在他面前，提出合作。

起初，程涵是拒绝的，但高文睿逼得太紧，他便同意了与韩秋水的合作。总归他母亲是不肯放弃的，与其这么折腾，不如先做场假戏让彼此都喘一口气。

"抱歉，是我想多了。"良久后，程涵解释说，"这款饮品很少有人喜欢喝，而你们安经理知道我喜欢，所以我就以为你……"

"你也喜欢？"韩秋水惊讶地道，"我买的时候还犹豫不决呢！"

"你也喜欢吗？"程涵问。

韩秋水用力点头，说："这款南瓜拿铁口味有些特殊，我刚才付钱的时候还在想，你若是不喜欢，那我就当今晚犒劳自己，喝两杯！"说着，她笑起来，脸上露出一对浅浅的酒窝，甜美且富有朝气。

程涵移开视线，道："餐厅已经订好了，钱也付过了，你想要什么礼物，买完将价格告诉我。"

闻言，韩秋水的笑容一僵。很快，她抱歉地看向程涵道："今天我恐怕不能再一个人去餐厅了，我妈妈问我最近发的朋友圈怎么从来不拍你，只是拍一些菜品跟礼物，再这样下去，恐怕我妈妈跟你妈妈都会起疑。"

"你发的朋友圈仅她们俩可见吧？"程涵询问了一声。

"是的。"韩秋水点了点头。

红灯亮起，夜晚的霓虹灯在车内投下一层光影，程涵的视线落到了那两杯南瓜拿铁上。

其实大多数人不喜欢南瓜拿铁的口味，它尝起来很像是加了很多糖的中药，又夹杂着点蔬菜汁的味道。一开始他也不爱喝，直到有一次，他故意让自己喜欢的女生尝了这个口味，见她喝下去后皱眉吐舌头，他笑得不能自己。那时候，他突然觉得口中的南瓜拿铁出乎意外地好喝。

"既然如此，今晚一起去吃吧。"程涵道。

晚上程涵回到家里时，高文睿刚好与好友通完电话。看见宝贝儿子回来，她笑吟吟地道："约会进展得怎么样啊？"

见程涵没有理她，高文睿上前又道："我瞧着韩家那小丫头很不错，乖巧可人，你们若是相处下来觉得彼此都不错，过年的时候我们便可以与韩家定下亲事。你也老大不小了，同龄人有的甚至都有二胎了，我……"

"妈。"程涵打断高文睿的话，"我不想那么快结婚。"

高文睿看着他一愣，问道："你不着急，为什么最近那么频繁地约韩家那丫头吃饭？"

程涵深深地看了高文睿一眼，刚准备说话，卧房里突然传来水杯落地破碎的声音。

高文睿唤了一声"林天"，无人答应，程涵不由得愣了愣。

"爸爸！"他急忙往卧房里冲去，心头涌起一股不好的预感。

2.失踪的许梓欣

晚上八点，安妩陪安香荷吃完饭又去了医院服务台。今晚顾莜值夜班，安妩去看看她。

"你去见周怀瑾了吗？"一见面，安妩还没说话，顾莜就急急提到周怀瑾。

"怎么了？"安妩见顾莜神情严肃，不由得呼吸一紧。

"那你去看看他吧！他今晚也值班，现在应该查完房回来了，在自己的值班室。今天下午他做了一台高风险手术，尽了力，但是病人还是没有被抢救回来，家属太过悲伤，拉住他一直哭喊，一直闹到六点多……"

耳边回响着顾莜的话，安妩朝周怀瑾的值班室快步走去，不断脑补着下午可能会出现的场景。

作为一名医生，这种尽了全力也无法挽救一条生命的情况，是很难避免的。但是，有时候病人家属情绪激动，就会将负面情绪宣泄在医生身上。

顾莜说话的时候小心翼翼的，很是照顾她的情绪，所以事情很有可能没有她说的那么简单平和。

来到值班室门口，安妩就听见了屋内的呜咽声，那是极力压抑下的哭声，她正准备敲门的手不由得一僵。周怀瑾在哭？！

安妩一时间情绪有些复杂——她认识周怀瑾这么多年，从未见过或者听过他哭，今天下午到底发生了什么？是死者家属闹得很过分，还是他自责没有挽回病人的生命？

安妩想了太多东西，站在门口听着那难过的声音，转过身靠在墙上。

"其实你不必自责？不对，不对……"安妩立刻摇头否定自己，自言自语道，"自责是肯定有的，我要这么说，他肯定能猜到我知道发生了什么，那会不会伤到他的自尊？要不我装不知情？"

"你怎么了啊？"安妩对着空气瞪大眼睛，装作一副不解的无辜模样，下一秒，她一拍自己的脑门，抖掉身上的鸡皮疙瘩道，"这有些过分假了。"

"男人哭吧哭吧不是罪。"说着,安妩伸出手,想象着自己在摸一个脑袋。

"不要哭,兄弟。"安妩对着空气张开怀抱,闭上眼发出老母亲般的感慨,"心疼你……"

"你在干什么?"

清冷的声音猛然间响起,安妩一个激灵睁开眼。

离她两米远的地方站着三个男人,为首的正是刚才说话的周怀瑾,而他身后,站着两个其他科的医生。

"扑哧。"周怀瑾身后的两人没忍住笑出了声。安妩感觉自己体内有一座火山在喷发,所有的血液都从脚底涌上了她那张老脸。周怀瑾嘴角噙着笑,偏过头跟身后的两名医生交代了几句,那两人点点头,含笑看了安妩一眼就离开了。

安妩眼尖,立马也转过身,却被周怀瑾拦住了。

"你来看我?"他挑了挑眉。

"路过而已!快让开!"她急于撇清干系。

"那你刚才是在干吗?路过的时候突然……"他故意停下来看着她,让安妩感觉头皮发麻,她盯着他的薄唇,那嘴唇上下翕动着吐出两个字,"抽风?"

安妩立刻瞪圆眼睛:"你才抽风!"

"呜呜呜……"屋内传来一阵哭声,安妩连忙往紧闭着门的值班室看去。

周怀瑾了然,拉过她道:"跟我来。"

他拉着她到了隔壁的值班室,一进门,安妩就问:"刚才那屋里面是谁在哭?"

周怀瑾走到饮水机跟前,拿过一次性纸杯道:"顾莜应该跟你说过她有个群叫作'A医八组'吧?"

安妩"嗯"了一声。

"刚才里面哭的就是八组组长,我们妇产科唯一的一个男主任。"周怀瑾将热水递到安妩跟前道,"他科室的无线网坏了,我刚才去查房前,他到我这边蹭网。"

"那他在里面哭……哭什么啊？"安妩蹙起眉头说。

周怀瑾嘴角一勾，看着她道："他最近在重看《蓝色生死恋》，快看到大结局了。"

"什么？"安妩脑海里冒出无数问号，这悲痛压抑的哭声是因为《蓝色生死恋》？！

"不然你以为呢？是我在哭？"

他故意提及，让安妩又想到了刚才尴尬的一幕。

"我大概是疯了，来给你取笑的！"安妩低咒一声，起身道，"没什么事我走了，明天还要上班……"

话还没说完，安妩就被重新按回椅子上坐下，她甫一抬眸，就对上了周怀瑾无奈又含着笑意的眉眼。

"来找我到底是干什么？"

安妩扭过脸，哼哼唧唧道："我听说你下午发生了点事，我……"

"你就担心我，跑过来看我？"周怀瑾接过她的话，笑吟吟地道，"我没事。"

安妩脸一热，复又看向他，咬牙切齿地道："我现在也觉得你好得很。"不仅一点也看不到难过的样子，还可以打趣她！

周怀瑾盯着她的脸，笑意慢慢从嘴角淡去，说："你知道我第一次拼尽全力却无法将病人抢救回来的感受吗？你知道那时我在想什么吗？"

闻言，安妩的心"咯噔"一下。

"是一种在死亡跟前无能为力的感觉。后来，我又经历了三次。"周怀瑾垂下眼睫道，"生死病痛总是突然降临，在这些跟前，医生也无法成为希望，我看到了太多，每次我都会想到你。"

安妩心下一惊。

"人生的遗憾与错过在死亡面前终成叹息，所以在重新遇见你后，我更加不想错过你。"

安妩的眼睛不停地眨着，如果是从前听到这番告白，她早就跳起来把他熊抱住了。但是现在……她看着周怀瑾，眼里泛着狡黠的光，故意说："那你有没有想过，如果再次见到我，我已经有男朋友了，有老公了，有孩子了，还有可能是两个孩子的妈妈，那你怎么……嗯嗯嗯……"

周怀瑾捂住安妩的嘴巴，俊脸黑如锅底，安妩笑得眉眼弯弯。

"还好没有如果。"他突然低语一句。

"走吧。"说着，他脱掉身上的白大褂。

安妩愣了愣，问道："去哪儿？"

周怀瑾回头看了她一眼，道："你不是要回家吗？"

"你不是值班吗？"安妩站起身。

"因为今天下午的事，院长给了我两天假，所以我查完房就可以走了。"

一路上，周怀瑾都在通电话。

到小区门口的时候，电话才挂断，安妩看着周怀瑾越发严肃起来的神色，问道："怎么了？"

"许梓欣失踪了。"说着，周怀瑾将车停下。

"什么？"安妩诧异地道，许梓欣不就是那位超模吗？

"嗯。"周怀瑾点了点头，"你看最近的娱乐新闻了吗？她出了点事，从昨天起手机就关机了，经纪人也联系不到她，所以今天经纪人打电话到她家里了。我小姨父去她住的地方找，人不在，但在屋里发现了一封信。信是许梓欣留的，上面说让我们不要找她。我小姨一家很是担心，刚才这通电话就是他们打来问我有没有许梓欣的消息。"

安妩最近因为事情太多，都没怎么关注娱乐八卦新闻，但她也知道，对明星来说，八卦有时不一定是好事。

"你先上楼回家，我去我小姨家一趟。"周怀瑾停下车道。

"好，你路上小心。"

等周怀瑾的车消失在夜色，安妩朝楼上走去。感应灯一层层亮起，走到三楼的时候，她发现楼梯上坐着一个抱着泰迪的女人。

那女人听到脚步声，慢慢抬起一张"全副武装"的脸。

上次的小偷事件就够让安妮心存余悸的了，这次看见将自己包裹得像是美剧里阴冷黑暗的杀手的女人，她吓得差点魂飞魄散。

"是你？"那女人看见安妮后吐出两个字，刚说完，肚子里就传来一阵"咕噜"声。那女人摸了摸肚子，然后摘下脸上的墨镜与口罩，露出一张哭花了的脸。

安妮看到对方的脸时怔住了，这不就是刚才周怀瑾说的失踪了的许梓欣吗？！

许梓欣扶着墙对安妮柔弱地道："终于来个人了，有饭吃吗？我好饿啊……"

她怀中的泰迪紧随其后冲着安妮叫了几声，它也饿啊！

接到安妮的电话后，周怀瑾就直接掉头回来了。等他到安妮家的时候，客厅里的一人一狗正风卷残云般消灭着食物。

"什么事吃完再说。"许梓欣瞥见周怀瑾，含混不清地道。

周怀瑾看着安妮道："谢谢你了。"

"没事，没事。"安妮假笑着靠近他，一边盯着许梓欣的动静，一边扯了扯他的衣袖。周怀瑾身体习惯性朝她倾去，方便她说悄悄话。

安妮咬着唇道："我刚看了新闻，真的假的啊？"

她刚上网看了一眼新闻，才知道网上爆出许梓欣跟电商圈第一公子戎曜已经在一起，并育有一子。

这种绯闻，如果当事人口碑都好，其实并不会对女明星产生太大的负面影响。坏就坏在这个戎曜，实在是人品不好，劣迹斑斑，路人缘极差。他仗着家里面有钱，自己脸蛋长得又好，换女朋友的速度跟换衣服一样，跟每一任分手都闹得尽人皆知，让网友讨厌。

网上之前还有一个段子，说如果想黑一个女明星，最好的办法就是爆出她跟戎曜有绯闻，足见戎曜口碑有多不好。

许梓欣作为现在国内一线女模特，如果与这种绯闻扯上关系，那一定会让她的商业价值大打折扣，但当大家都在等许梓欣站出来澄清与戎曜的关系时，她却一直沉默，这让八卦愈演愈烈。

3. 声音好听的小哥哥

周怀瑾侧过脸看着安妩，只见她双眼闪烁着好奇而兴奋的光，一张脸生动不已。

"帮（半）真帮（半）假。"一道女声插了进来。安妩跟周怀瑾齐齐看向餐桌边的人。许梓欣将最后一口面解决掉，心满意足地靠在椅背上，打了个饱嗝。

安妩脸一红，没想到她说那么小声，对方都听见了。

"到底怎么回事？"周怀瑾皱眉问道。

"真的呢，就是我跟他的确在一起过，当时年轻抵不住他的狂轰滥炸式追求，恰好他长得对我胃口，就在一起了。假的呢，就是结婚生子都是谣言。至于我为什么不澄清，那是因为戎曜那个浑蛋还保留着我跟他谈恋爱时发的那些调情短信。他家公司现在有新产品要推出，需要热度，如果我否认跟他在一起，就会被他打脸；但如果我承认在一起过，那么那些流言也会被他们说成真的。毕竟我很火，对家有很多，他们是不会放过我的任何一个八卦消息的。与其这样，不如就保持沉默，等风头过去喽。"许梓欣顶着哭花的眼妆，说得云淡风轻。

"那你爸爸那边怎么交代？他一直在联系你。"周怀瑾问。

"你就跟他说找到我了，我没事，但是不要告诉他我在哪儿，我可不想听他的谆谆教导。"许梓欣撇了撇嘴。

"你还想去哪儿？"

"公司那边去了也挨骂，自己住的地方有狗仔蹲守，肯定也回不去了。住酒店呢，房间太小太憋闷，我怕我会想不开。所以，我思来想去，就想到你家了。"

许梓欣话音一落，安妩跟周怀瑾就一起开了口。

安妩问："你住他那儿？"

周怀瑾说："不行。"

许梓欣看了看安妩跟周怀瑾，突然一笑道："你们放心，我不会白住的。"

她大手一挥，指着周怀瑾道："我睡你家。"又转过头对安妩说，"周怀瑾，就拜托安小姐照顾了。"

"我照顾？"安妩瞪大眼睛，这就是她所谓的"不会白住"？

许梓欣点了点头，道："对呀，毕竟我又不能要求睡你家，你也不可能让自己男朋友跟别的女生同住一个屋檐下吧。"

闻言，安妩的脸红成了西红柿，许梓欣知道她跟周怀瑾是什么关系吗？

"别闹了。"周怀瑾压低声音道。

"我怎么闹了？你不会这么久了，都还没有哄好你的小女友吧？"

说完，许梓欣弯下腰将自己的爱犬抱起。安妩看见，下意识地往后退了一步。

"你怕狗啊？"许梓欣眼睛一亮，回过头看向周怀瑾道，"那我就得一个人住了，毕竟我还有旺财需要照顾。"

安妩愣了愣，想起跟周怀瑾重逢后见第二次面时的那只狗。

"就是我小姨家的那只狗，我小姨前段时间查出有了身孕，旺财便交给了她照顾。"周怀瑾解释道。

"好了好了，你们别岔开话题了，快决定怎么住吧。"许梓欣识破了眼前两人的意图。

安妩觉得周怀瑾的表情都有些不自然。

周怀瑾薄唇一抿，没有说话。安妩看了他跟许梓欣一眼，决定道："要不许小姐住我家吧。"

"啊？"许梓欣诧异地道，"你不是怕狗吗？"

闻言，安妩看向周怀瑾，他不由得眉心一跳。

回到家关上门，周怀瑾似乎还能听见许梓欣的笑声。他低头看了一眼自己脚边的泰迪，小家伙仰着脖子冲他叫了几声，"汪汪汪"。他蹲下身拎起小狗的后颈，叹了口气。

"叮。"有微信消息传来，周怀瑾掏出手机查看，是许梓欣发来的。

"机会给过你了，是你自己没把握好，别怪我今晚跟你小媳妇儿睡喽。"

周怀瑾眼神暗了暗，有些无奈。

虽然许梓欣在外人跟前表现得跟没事人一样，但是好几次晚上安妩去上卫生间的时候，还是听到了从她房间里传来的压抑的哭声。

许梓欣住在她家的第四天晚上，安妩站在她房门前，正犹豫着该不该敲门去安慰一下时，房门突然打开了。

双眼哭得像是水蜜桃的许梓欣眼神空洞地看着她，安妩顿觉头皮发麻。她刚准备开口说两句，许梓欣就喑哑着声音道："会玩'荒原求生'吗？"

"啊？我……我会。"安妩鬼使神差地点了点头。

A市医科大学附属第一医院内。

"林叔叔，我来看你了。"韩秋水抱了一束花，看着病床上脸色有些苍白的林天，笑得乖巧懂事。

"好好好，谢谢秋水能来看我。"林天很是开心，看了一眼韩秋水身边的程涵。

程涵扯了扯嘴角，替林天把花接过放在一边。

"倒是辛苦你中午还跑过来看我，我记得你们公司午休时间也就一个半小时吧。"林天关切地问道。

"不辛苦的，我下午请了假。"韩秋水连忙摆手，道，"不过叔叔对我们公司还挺了解的。"

林天笑了笑，没有说话。程涵看着林天突然显出的落寞之色，道："爸爸，如果你想见她，我可以带她来。"

闻言，林天诧异地看向程涵。自从三年前那件事发生后，他再也没在程涵跟前提起过安妩，怕他想起那场意外。但没想到，这次程涵居然主动在他面前提起了安妩。

林天的嘴翕动了一下，却是一句话都说不出口。良久后，他叹了一口气道："算了，没必要了。"

他都无法让安妩回头看他一眼，若是程涵去找她，他怕这两人会一言不合又闹起来。

原本程涵以为韩秋水坐一会儿就会走，结果她跟着他陪了林天一下午。

小姑娘说话讨喜又好玩，惹得林天时不时开口大笑，精气神比住院前几天要好很多。程涵没想到，韩秋水会跟林天聊得这么投缘。

"今天下午谢谢你了，你公司那边……"病房门口，程涵开口询问。

"我说过我请假了啊，你该不会以为我只是口头上说说吧。"韩秋水眨了眨眼，揶揄地看着程涵。

早上她听她妈妈说程涵父亲住院后，就主动联系了程涵，询问中午能不能去探望他父亲，毕竟他俩现在在长辈眼中是情侣。

"抱歉。"程涵有些狼狈地开口，他的确以为韩秋水只是陪他演戏的。

韩秋水一下笑了起来，双手背在身后言笑晏晏地道："希望我的服务你也满意。"

程涵看着她的笑容，神色一时有些复杂。

"你不要难过，虽然医生给的是坏消息，但是现在医学奇迹那么多，说不定林叔叔吉人自有天相，会有转机呢？"路上，韩秋水不断安慰着程涵，程涵却一言不发。

快到医院门口的时候，韩秋水停住脚步看着他道："你要不介意，我想多来看看林叔叔，今天下午我与他聊得挺开心的。"

"你……"程涵终于开口道，"你喜欢我对吗？"

韩秋水的笑容一下僵在了脸上。

程涵眸子暗了暗，道："如果你做的这一切是为了我，那么你不必再来了。"

如果说当初合作是为了避免家里催婚，那她现在做的一切已经超过了合作范围。他不会喜欢上她，也不想让她在他身上白费工夫。

"你想什么呢？"韩秋水尴尬地拿出手机给他看聊天记录，道，"我妈妈早上打电话给我，跟我说林叔叔生病了，高阿姨很是难过，让我多来看看林叔叔，安慰高阿姨。"

程涵看完聊天记录，有些窘迫。

韩秋水看着他的反应，颇觉好笑地道："这样我能多来看看林叔叔和高阿姨吗？"

"抱歉。"

"你最近经常跟我说抱歉。"韩秋水耸耸肩道，"好了，你回去照顾林叔叔吧，我可以一个人打车回家。"

"谢谢你。"程涵点了点头，转过身朝病房走去。

看着他的背影，韩秋水的笑容一下从脸上消失了。

1. 他病得不轻

周怀瑾发现自己最近见到安妩的次数越来越少了。

从前他摸清她早上上班的时间，还可以多见上一面。可最近她起床越来越晚，有几次还差点迟到了。

倒是晚上下班，她比从前要早了十几分钟到家，但进屋后就再也不出来。而再过一会儿，他就会听见她跟许梓欣一起玩游戏开心大笑的声音。

"你们最近几天晚上都在玩什么？"小区楼下，周怀瑾佯装不经意地问着。

"我就说你怎么突然那么好心要跟我一起遛狗，原来在这儿等着我。"许梓欣轻笑一声。

"是你们声音太大，影响人休息。"周怀瑾淡淡地道。

"哦？是这样吗？我还以为是你听见好听的小哥哥的声音，紧张了呢！"许梓欣故意打趣道。

"什么小哥哥？"周怀瑾眉头一拧。

"就是在游戏里遇见了声音很好听的小哥哥啊，技术还特别好。我们最近一段时间天天都在跟他打游戏呢。你小媳妇儿特别喜欢他的声音，说像极了李少爷。"

"李少爷又是谁？"周怀瑾有些疑惑。

"你居然不知道著名声优'李少爷'！"许梓欣倒吸一口凉气，随后将牵狗绳往他手里一塞，说道，"不懂就上网查！今天遛狗就到此为止，旺财交给你了！我回去打游戏了！"

你所思恋的人只能是我。

我会永远在你身后，只要你回头。

我永远属于你，哪怕走到时间的尽头，都不会改变。

我一直在处心积虑地等你靠近。

……

低醇的男声回荡在客厅里，周怀瑾一边看着手机屏幕的那个纸片人，一边喂着旺财吃香肠。

评论区里"老公"的字眼随处可见，周怀瑾透过这些字，似乎看见了安妩戴着耳机打游戏叫别人"老公"的激动模样。

"许梓欣。"他突然念出许梓欣的名字，眸光晦暗不明。

正跟在队友后面跑的许梓欣突然打了一个喷嚏，她吸了吸鼻子，心想她抢谁媳妇儿了吗，怎么突然有人念叨她？

指尖骤然一痛，周怀瑾低下头看去。

旺财僵硬着狗身，歪着脑袋瞪大眼睛偷瞄着他，嘴巴还保持着咬着他指尖的动作，口水逐渐滴了下来。

然后，旺财呜咽一声，意识到自己好像做错了。

安妩跟许梓欣游戏打到一半，敲门声突然响起，安妩不得已边打着游戏边跑去开门。门口，周怀瑾抱着旺财。

"我被它咬了，你家有碘伏吗？"他清冷着一双眼，视线落到她手机里的游戏界面上。

"什么？"安妩愣住，等看到他怀中颇有些委屈的泰迪后连忙道，"你等我一下，我现在就去找！"

看见她着急地转身，周怀瑾低头逗弄着怀中的旺财，莞尔道："我一直在处心积虑地等你靠近。"

旺财仰头看着他，汪汪叫了起来，似乎在说：这人在抽什么风，跟狗说话？

很快，安妩找到碘伏折了回来，而听到旺财叫声的许梓欣也闻声过来了。见周怀瑾抱着小泰迪，安妩手里又拿着药，许梓欣瞬间紧张地问道："怎么了？我的旺财怎么了？"

"旺财没事，但是周怀瑾被它咬了……"话还没说完，周怀瑾就将旺财塞给许梓欣，一把拉过安妩。

"哎，你干什么？我还在打游戏呢！"许梓欣大叫。

"我需要人帮我处理伤口，你自己的狗你自己先看着吧。"

对面的房门"砰"的一声关上，许梓欣站在门口傻掉了。耳机里，队友的声音传来，询问她们是不是掉线了。

许梓欣盯着对面紧关着的大门，突然笑道："来了来了，刚才那个小姐姐不玩了，她的男朋友被宠物狗咬伤了，所以她去帮她男朋友处理伤口去了。"

"走掉的小姐姐是护士吗？"队友好奇地询问。

许梓欣想了想，安妩可不就是护士吗？只有她能治愈病得不轻的周怀瑾！

安妩被周怀瑾拉着一路进了屋，她上下看了他一遍后，急忙问道："你被咬到哪里了？有没有先用肥皂水处理一下？我……"

周怀瑾伸出右手食指。安妩看到了破皮的指尖，头顶飞过一片乌鸦。

"周怀瑾，你仿佛在逗我笑。"安妩双手叉腰，颇有些无语地看着眼前高大的男人，她还以为是被狗咬到手臂或者腿，咬得很严重需要她帮忙涂药呢！

"你知道狂犬病的病发率近乎百分之百吗？无明显出血的咬伤都属于二级暴露，需要进行伤口处置及疫苗接种……"周怀瑾像一个没有感情的背书机器。

"好好好！停停停！"安妩连忙让他打住，将手中的碘伏放到他手中，无奈地道，"那这点伤口你可以自己处理吧？"

"不可以。"

安妩瞪大眼睛，看着跟前一本正经又有些无赖的男人，说道："是……是我……听错了吗？"

周怀瑾抿了抿薄唇，似乎有些生气，道："我觉得你需要去耳科检查一下听力是否有问题，不知道游戏里有许多人用变声器吗？"

安妩怔了怔，盯着周怀瑾因不自然而扭向一边的侧脸，突然嘴角一弯，忍住笑意问道："你怎么知道我最近在打游戏？"

"声音那么大。"周怀瑾低咒一声。

"那你又怎么知道，我在跟声音好听的小哥哥打游戏？"安妩轻笑出声。

周怀瑾看向笑眯眯的她，有些别扭地说："你走吧，我可以自己上药。"

安妩像发现了新大陆一样稀奇地看着周怀瑾——从前无论她怎么撩他，他都是一副老僧入定的模样，现在怎么这么容易害羞？

安妩抓起他的手，拉着他往洗浴间走去，问道："冲洗有超过十五分钟吗？"

周怀瑾怔了怔，随后嘴角一扬，道："没有。"

"亏你还是个医生，不知道伤口要彻底清洗吗？"安妩打开水龙头，将周怀瑾的手放在流动的水下冲洗伤口。然后，她四处看了一眼，找到肥皂与脸盆，开始制造肥皂水。

冲洗完，安妩又将他的手放入肥皂水中认真清理伤口。

"等会儿我会再用生理盐水冲洗一遍，避免非无菌的清水、肥皂水的洗涤残留……"安妩喋喋不休地说着，原本只是洗他受伤的指尖，结果将他整个右手都洗了一遍。

周怀瑾凝视着安妩的脸一直没有说话，整个洗浴间不断回荡着她的声音。她突然抬头道："周怀瑾，你不说话，给我一种我在清理尸体的感觉啊。"

话音刚落，突如其来的吻便封住了安妩的唇，原本在肥皂水里任她摆布的大手也反握住她的手，与她十指相扣。

安妩大脑"轰"的一声炸开，一股触电的感觉从腰部传遍全身，酥酥麻麻的。

周怀瑾用另一只手固定住她的脑袋，并加深了这个吻。空气突然变得稀薄珍贵起来，安妩感觉周身的温度不断升高，简直快要爆表。

"周怀瑾，你没事吧？我带着我家恶犬来道歉了。"

许梓欣在家等了二十多分钟，都没等到安妩回来，有些担心周怀瑾是不是被咬得挺严重的。于是，她抱着旺财来敲周怀瑾的门。

过了一会儿，也没听到回应，许梓欣就直接拉门，结果发现门没有锁——这种老式小区的门如果不锁，可以从外面直接拉开。许梓欣还是头一次遇见安全性这么低的大门，有些迷茫地进了屋。

听到许梓欣的声音，安妩一个激灵推开周怀瑾，拽下一旁的浴巾手忙脚乱地盖在自己的脸上。

周怀瑾猝不及防之下，后背撞上了浴室的墙，他看着面前一脸慌乱的"木乃伊"，愣了愣，随后气笑了。

"许梓欣。"周怀瑾从浴室出来，看着在客厅里像无头苍蝇一样乱转的许梓欣。

许梓欣面上一喜，说："你在这儿啊？伤口严不严重啊？安妩人呢？喂，周怀瑾，你是要把我往哪儿推啊？哎，你看，有个披毛巾的人跑过去了！"

周怀瑾看着那人落荒而逃的背影，停下脚步道："许梓欣，你已经在这里住了半个多月了。"

"打扰到你了吗？"许梓欣眨了眨眼睛，明知故问，"哥，你得把持住。你要是那么早结婚，到时催婚大军的目标可就落在我头上了，我还想回家过个安稳年呢。"

上学那会儿，许梓欣可没少在周怀瑾的光环下受委屈，被她爸指着鼻子骂不成器，如今能有机会让周怀瑾吃瘪，也算是让早年生活"悲惨"的她出了一口恶气。

闻言，周怀瑾面无表情地将门关上。

A市医科大学附属第一医院内。

安香荷看着忙来忙去的安妩道："还是在家好，在医院太冷清了。"

安妩回过头笑道："只要大姨谨遵医嘱，继续保持，年底应该可以申请出院回家过年。"

见她心情很好，安香荷故意打趣道："不知道今年过年家里能不能由两个人变成三个人？"

"现在家里就有两个人。"安妩笑道。

"你什么意思？"安香荷眼睛骤然一亮。

"大姨，你可别想歪了。"

安妩将许梓欣的事情跟安香荷说了一下，安香荷惊讶地道："就是那个腿特别长的模特？很有名的那个？"

安妩颔首。

"我的天哪，没想到有一天我们还会跟明星有交集。"

安妩嘴角噙着笑，她也没想到有一天会跟明星住在同一个屋檐下。

"好了，大姨，东西我都收拾好了，等星期六我再来看你。"

说完，安妩又环视了屋子一圈，背起包准备走。安香荷突然拉住她，严肃地说道："有一件事，我要跟你说。"

见状，安妩不由得愣了愣。

"几个月之前，林天来找过我。"看着安妩脸上的笑意渐渐凝固，安香荷眼神复杂地继续说道，"他不知道从哪里打听到我生病住院，过来给了我一笔钱，说是要减轻你的负担，被我拒绝了。他最近有没有去找你？"

安妩轻"嗯"一声，坐在安香荷的病床边，说道："前段时间他到公司找我，说是想跟我合作，我也拒绝了。"

安妩想起之前在医院里看见林天的那次，他应该就是来找她大姨的。

"果不其然。"顿了顿，安香荷拍拍安妩的手道，"我之所以说起这件事，是因为我最近在医院看到了那个女人，后来我打听到林天住院了，他似乎生了什么病，情况不太好。医院要保护患者的个人信息，我也没能打听到是什么病。"

那个女人，自然是指林天现在的妻子高文睿。

安妩回忆起上次在公司里跟林天的那一次见面，当时他的气色就很不好。但高家是医学世家，林天有什么病应该早就救治了，不会有什么大问题的。

安妩握住安香荷的手道："大姨，你也别多想了，他已经与我们没什么关系了，你早点休息。"

2. 作为房费

许梓欣白天窝在房间里不出去，只有晚上才敢趁着月黑风高出门遛狗。毕竟她很高，就算包裹得再严实，也会吸引人们的注意。

"我之前吐槽周怀瑾搬到这儿，没想到自己有一天也会住在这里。不过，这里确实要比高档小区好，没有一关上门，就互不相识的死气沉沉。"

许梓欣遛完狗回来的路上，正好碰见安妩从医院回来。一路上只要碰见个人，安妩都认识，邻里之间热情地打着招呼，这让许梓欣很是感慨。

"高档小区也有高档小区的好，比如隔音。"

进门换了鞋，安妩回过头时，见许梓欣正将旺财交给周怀瑾。

"晚上你想吃什么？"安妩问。

"这几天太麻烦你了，今晚我请客，我点了火锅，待会儿送来。"许梓欣喜滋滋地跟上安妩，两个女人有说有笑的，完全忽略了对门的一人一狗。

一关上门，许梓欣就笑得直不起腰："哈哈哈！你有没有看见周怀瑾那张黑脸！我的天，我从来没见过他脸色那么臭！谁叫他打电话给我爸，这就是代价！"

她们刚才上楼的时候，许梓欣突然玩心大发，让安妩跟她待会儿将周怀瑾视作空气，想看看周怀瑾的反应。

"他给你爸打电话了？"安妩诧异地道，不是一开始说好不打的吗？

"对啊，估计是我在你这儿住太久了，把你霸占着没时间理他，他有些不高兴了，就在背后不动声色地使坏！我刚才接到我爸电话，今晚得回家挨批了。"许梓欣撇了撇嘴道。

似是想起什么，许梓欣眼睛一亮，道："作为这段时间在你家住的房费，我晚上给你点福利，你先去洗澡吧。"

福利？安妩疑惑地看着笑而不语的许梓欣。

火锅送到的时候，安妩也洗完澡从浴室出来了。许梓欣点的菜品很多，将安妩家的那张小圆桌都摆满了。

热腾腾的火锅驱散了初冬的寒意，安妩听许梓欣说着周怀瑾从前的事，眸子里亮晶晶的。

周怀瑾一个人喂着旺财，听着隔壁的欢声笑语，看了一眼手表上的时间，然后伸出手摸了摸旺财的脑袋道："再忍忍，你就可以回你主人那里去了。"

旺财"汪"了一声，以示明白。

"他从小就很高冷，我曾经一度以为他是个……你懂的。"许梓欣促狭地看着安妩，"所以，当我知道他谈恋爱后，别提有多震惊了。"

"他谈过……很多次吗？"安妩试探着问。

虽然以前她问周怀瑾的时候，他说只有过她一人，但毕竟上大学之前她也不认识他，怎么知道他是不是在骗她呢？毕竟网上都说"男人的嘴，骗人的鬼"。

"放心好了！"许梓欣笑道，"我说的震惊，是指他跟你谈恋爱。就他那个性格，在上大学之前没人敢靠近！就算有，人家也会因为他长时间的不回应没了热情。而上大学以后，据我所知，他也只跟你谈过。"

许梓欣回想上大学那几年里，周怀瑾真的是肉眼可见地发生了变化，逐渐变得开朗爱笑。但是大学毕业后，他像是被打回原形一样，不但不苟言笑，浑身散发着冷淡的气息，还比从前还更冷漠。

后来，她见到安妩，才知道让他发生这样变化的女生是何种模样。漂亮且热情似火的初恋，的确令人难忘啊。

"问你一个问题啊，你为什么会喜欢上他？"许梓欣一脸八卦表情。

"见色起意。"安妩吐出这四个字后又补充道，"等后来把他追到手，我才发现是自己脑子进水了。"

许梓欣愣了愣，随后认同地大笑起来，不由得狂拍大腿。

"你说得太对了！我从前觉得他模样好、学习好，但是性格高冷，实在想象不出他以后有了女朋友会是个什么样子。直到我大三时去他家做客，看见他打电话，发现他才是隐藏的恋爱高手，真正的高手！"许梓欣忆起往事，不由自主地竖起大拇指。

"打什么电话？"安妩好奇地问道。

"当然是跟你打电话啊！"

紧接着，许梓欣向安妩描述了当年她看到的那一幕。

那是一个暑假，当时她爸刚跟周怀瑾的小姨确定了恋爱关系，周怀瑾的妈妈请他们一家吃饭。大人们在客厅聊得热火朝天，叫她去喊周怀瑾下楼吃饭。她百无聊赖地上了楼，走到周怀瑾的房间门口，还没敲门，就听见屋内响起一道娇软的女声。

"周怀瑾，你到底在没在听啊？"

许梓欣听到那声音，不由得愣住，恰好房门是虚掩着的，八卦之魂促使她推开了一道小缝，看着屋里的动静。

"我在听。"坐在床上的周怀瑾头发有些乱，显然才睡醒没多久。

许梓欣刚上楼的时候，就被她后妈嘱咐，说他有起床气。但眼下看，周怀瑾非但没有因为被电话吵醒生气，反而心情不错。

"你那么忙吗？"电话那头的女声小心翼翼地问道。

她看见坐在床上的周怀瑾嘴角弯了弯，复又躺了回去，他将电话放在枕边，轻"嗯"了一声。

"那我会不会打扰到你啊？要不我下次再打电话给你吧？"女生声音软乎乎的，听得许梓欣都觉得对方很萌很可爱。就像一只小猫被主人用逗猫棒逗弄着，明明是主人的恶趣味，小猫还傻乎乎地以为主人在跟它玩。

"没事，我还有五分钟就忙完了。"

她看着躺在床上的周怀瑾一本正经地说着谎，电话那头传来的女声没有怀疑，接着说："我……我忘了我要说什么啦。算了，等五分钟后你忙完我再打给你吧。"

"五分钟后我要下楼吃饭了，下午还有其他事要忙。"

许梓欣听到周怀瑾这话后，啐了一口，他下午不是在家待着什么事都没有吗？他到底在骗哪个涉世未深的少女啊！

"那……"

"你打电话就是跟我说这些事吗？"周怀瑾打断对方，徐徐诱之。

在门口听墙角的许梓欣呼吸也一紧，就像看到偶像剧的高潮部分，半响后，她听到那女声羞涩地说道："当然是我想你了，才给你打电话的啊。"

许梓欣看着床上的周怀瑾无声地笑了，顿时被激起一身鸡皮疙瘩，倒不是因为周怀瑾这一笑有多么好看，而是他的恶趣味着实震撼到她了！她从来不知道，谈恋爱的周怀瑾居然是这样子的！

周怀瑾这条等待猎物送到嘴边的狼，手段简直不要太高明！

自那时起，她就很心疼跟周怀瑾谈恋爱的那个女生。从前她是心疼跟周怀瑾谈恋爱的女生会被他这么高冷的男朋友"冻死"，现在看清周怀瑾的真面目后，她是心疼那个女生被他吃得死死的。

听完许梓欣的讲述后，安妩愣在原地。

每年寒暑假，她跟周怀瑾都要各回各家，因为不在一起，所以她总会给周怀瑾打电话。虽然许梓欣说的那事她已经想不起来了，但的确，每年寒暑假周怀瑾都跟她说很忙，而她又不是能忍住不去找他的人。

她那时常常抱怨他为什么那么忙，周怀瑾就安慰她说她可以打电话给他，再忙他都会接的，于是她就隔三岔五地打过去。偶尔周怀瑾打电话给她，她能开心很久。结果许梓欣现在告诉她，周怀瑾是在等她主动送上门？

"是不是发现自己被骗了很久？"许梓欣眯着眼睛道。

安妩点了点头。

"那么接下来是我送出福利的时间了。"许梓欣拿出一个神秘的优盘道，"作为我这段时间住你家的房费，这个送给你。"

"这是什么？"安妩问。

"这是我特地找别人拷贝的，今晚你跟周怀瑾一起看就懂了。"说着，许梓欣神秘地一笑。

晚上九点十五分，吃完饭后，许梓欣跟安妩告别。

"记得今晚看我给你的东西啊！回去就看！"许梓欣上出租车前，还不忘再三叮嘱。

许梓欣走后，周怀瑾看向安妩，问："看什么？"

安妩摇摇头，道："我也不知道是什么东西。"

出租车上，司机听到撕东西的声音，好奇地问："小姑娘，你在撕什么啊？"

许梓欣推了推鼻梁上的墨镜，说："小区的停电通知。"早上她看到通知就撕了下来。紧接着，许梓欣又美滋滋地道："大叔，我觉得我特有做红娘的天赋。"

出租车司机一听乐了，道："你是说你撮合了刚才送你上车的那对男女吗？"

"可不是嘛。"许梓欣骄傲地说道。她让她后妈找的那个视频很短，所以她后来又找了其他视频接了上去。

月黑风高、停电的夜晚、刚看完恐怖片瑟瑟发抖的少女，许梓欣越想越激动，周怀瑾明天还不得感谢她！

回到家，安妩将优盘插在电脑上，然后关掉屋里的灯，打开了投影仪。随着客厅洁白的墙壁上出现彩色的光影，一个年轻女人的声音便响了起来。

"哎？有人回来了？"女人的声音里带着笑意。

安妩正好奇这视频是什么内容的时候，坐在她身旁的周怀瑾突然身体僵硬起来。

视频里的女人逐渐靠近大门，随着门被打开，一个穿着绿色怪兽服的小人儿跟跟跄跄地进了屋，一瞬间击中了安妩的心。

"哎呀，哪里来的小怪兽啊？"女人好笑地问着，蹲下身拉住怪兽的尾巴，小人儿这才停下脚步。

镜头对准小奶娃的脸蛋，一张无敌可爱的娃娃脸便在屏幕上放大开来，长睫毛、大眼睛，可爱得无法言说。小奶娃此时很着急，皱着小鼻子对女人伸出双手要抱抱："妈妈，妈妈，小瑾要嘘嘘。"

安妩抱着抱枕差点在沙发上打起滚来，真的是太可爱了！

"不要看了。"周怀瑾突然侧过身遮住她的眼睛，语气不善地道。

安妩一把抓过他的手，认真地盯着屏幕。

长大后的周怀瑾身上根本看不到一丁点小时候这么可爱的样子，尤其模样长开后，棱角分明的俊脸让安妩根本想不到他小时候是这样软乎乎的模样。

屏幕上的女人一听小奶娃要上厕所，立马抱起他往卫生间冲，镜头一阵天旋地转。等到了卫生间，小小人儿站在马桶前犹豫了一下，道："妈妈，不用了。"

女人颤抖着声音问："你尿了？"

小奶娃认真地点了点头。

"哈哈哈！"安妩大笑起来，这段视频她可以反复看一百多遍！似乎剪视频的人也是这样觉得的，这段视频结束后，又回到一开始的画面。

女人温柔的声音再次响起……周怀瑾扫了一眼进度条，一共有二十多分钟，许梓欣那伙是想让它就这样循环个上万遍吗？

他刚准备站起来关掉视频，画面突然一黑，屏幕上出现一行大字："请务必继续观看以下视频。"

字迹消失后，一栋复古的别墅出现在他俩眼前。

原本还咧着嘴笑的安妩也愣住了，不解地看向周怀瑾，问道："这是什么？"

她一开始以为还是周怀瑾小时候的视频，但是这次的视频画质看起来很老了，开头也让人莫名地觉得哪里怪怪的。

周怀瑾沉默不语，他也不知道这是什么。

两个人盯着屏幕，一个穿着类似中介的男人正带一个女人看房。这像是一部老电影，但是安妩不知道会有什么电影才十几分钟长。

搞不明白许梓欣葫芦里到底卖的什么药，安妩跟周怀瑾便按捺着性子看。五分钟过后，她才意识到，这是一部恐怖片！

她恍然间明白了许梓欣说的福利是什么，但是许梓欣似乎料想错了。她平时挺喜欢看恐怖片的，有时候还会专门找恐怖类电影打发时间。不过，她虽然喜欢，可有人不怎么喜欢。

安妩转过脸看向身边的周怀瑾，意味不明地道："你要是害怕的话，可以回家。"

周怀瑾双手环胸，脊背挺直，狡辩道："谁说我怕？"

"不怕吗？"安妩腹诽一声"死鸭子嘴硬"后，脸上带着迷之微笑说，"那就继续看吧。"

剧情大部分发生在别墅里，昏暗的灯光外加诡异的音乐渲染了恐怖的气氛，安妩目不转睛地盯着屏幕，渐渐抱紧了怀中的抱枕。随着剧情的推进，女主转身的一瞬间，镜头里赫然出现了一个红裙女童。

安妩的心提到了嗓子眼儿，在这关键的时候，投影仪突然一黑，屋内陷入黑暗，安妩吓了一跳。

"怎么了？"安妩慌乱地问道。但是身边的人没有回应她。

"周怀瑾？"她叫了一声他的名字，却依旧没有得到回应。

屋里太黑，她顺着沙发摸了过去，可什么人都没有摸到，安妩的心狂跳起来。

"周怀瑾，你不要吓我啊！快说话啊！"

"我还以为你天不怕地不怕呢。我在找手机。"

身侧突然有个人坐下，安妩一回头，就看见一张被手机屏幕照亮的脸，她吓得失声尖叫往后一退，一下从沙发上倒了下去。

"嘶。"安妩摔得倒吸一口凉气。

手机的光照着四仰八叉倒在地上的安妩，她额角的青筋欢快地凸起，这束光打得像极了漫画脚本里炮灰女配悲惨出现时的光环。

"应该是停电了。"回到自己家发现也是一片漆黑，周怀瑾开口道。

"为什么我没有看到停电通知单啊？"说完这话，安妩想到了许梓欣临走前那个神秘的微笑，眼角一抽，八成是被她撕掉了。

周怀瑾也猜到了罪魁祸首，转过身说："不知道什么时候才来电，回去洗洗睡吧。你家有蜡烛吗？我手机快没电了。"

"有啊，但你不觉得蜡烛很恐怖吗？"说着，安妩将手机光打在自己脸上。报仇时间到，叫他刚才吓唬她！

"为什么？"周怀瑾皱眉。

"你想想啊，你在客厅点一根蜡烛，洗澡出来的时候它灭了……"安妩的语速极为缓慢。

"我会把门窗关好的。"周怀瑾嘴角一抿。

"你在浴室点一根，洗澡的时候烛火不断晃动，像不像有人在蜡烛旁边吹它？还有啊，我那可是白蜡烛，刚才的电影里，那个红衣小姑娘照片边上摆的就是白色……哎，你拿我手机干什么？"

"洗澡照明用。"周怀瑾丢下这几个字，转身朝浴室走去。

"那我用什么照明啊！"安妩连忙跟了上去。

周怀瑾停下脚步，安妩猝不及防地撞了上去。

"你可以点蜡烛啊，客厅点一根，洗澡出来的时候它突然灭了，浴室点一根，看鬼吹灯。"周怀瑾转过身礼貌地一笑，下一秒就将浴室的门关上了。

安妩咽了一口吐沫，她算是知道什么叫作搬起石头砸自己的脚了。

3. 你真冷漠无情

用惊悚片吓周怀瑾的代价很惨，但安妩每次都不长记性。

从前她知道他讨厌恐怖故事，便知这是他的软肋，每次他一欺负她，她就故意讲给他听。而她遭到的报复就是，晚上被他锁喉式抱着睡觉，第二天早上起来，她还腰酸背痛，真是得不偿失。

昨晚没了手机的安妩，死死地盯着摇曳的烛火，生怕它突然熄灭，而如果不点蜡烛，她闭上眼又满脑子都是那个红裙女童，一直到夜里一点半来电，她才实在撑不住睡着了。

早上七点，Ａ市一医院内刚结束一场紧急抢救，程涵无力地坐在病房门外，像一座雕塑，一动也不动。良久后，他似是想起了什么，手伸向大衣的口袋，掏出一部手机，拨通了一串号码。

"喂？"电话那边传来一道熟悉的男声。

程涵呼吸陡然一滞，眉眼瞬间冷了下来："周怀瑾？"

"是我，你有什么事？"平静的男声就像一汪深潭，泛不起任何涟漪。

这个时间点，还是周怀瑾接的电话，程涵喑哑着声音问道："你跟她在一起？"

"我跟她在不在一起是我跟她之间的事，你早上打电话过来就是问这个的吗？"

程涵握紧了手机，眼里冰冷一片。周怀瑾看了一眼手机，发现电话被对方挂断了。

"刚才程涵打电话过来了。"安妩出门时，周怀瑾把手机还给她，说道。

安妩愣了愣，问道："你接了？"

周怀瑾轻轻"嗯"了一声。

"他有说什么吗？"安妩不解，大清早的，他怎么会突然打电话过来？

"没有。"周怀瑾顿了顿，又道，"他经常打电话给你吗？"

从顾莜那里，周怀瑾知道这三年里程涵一直在找安妩的麻烦，所以早上看到程涵打来电话，他选择了接听。

"他是我的客户，有时候工作上有问题，他就会打电话给我。"安妩自从看了日记本上周怀瑾写的内容后，知道他了解一些她跟程涵之间发生的事情，为避免他多想，她岔开话题道："你把围巾往上扯一扯吧？"

"嗯？"她的话跳跃性太强，周怀瑾一时没反应过来。

楼梯口风很大，安妩看着他冻得有些发红的耳尖，道："你弯腰。"

周怀瑾没有犹豫地弯下身子，安妩伸出手替他重新围了围巾，然后笑道："虽然有些不美观，但绝对保暖！"

周怀瑾摸了摸遮住他大半张脸的围巾，没有反驳，只要她开心就好。

"走吧。"安妩转过身，脸上的笑容却在目光触及来人时凝固了。

周怀瑾顺着她的视线看去，在离他们四五米处，站着一个眼神阴郁的男人。

"你来这儿做什么？"安妩蹙起眉头。

"我为什么不能来这儿？"程涵看着周怀瑾冷笑一声，又看向安妩阴阳怪气地道，"我之前听说你有了个新邻居，没想到原来是他啊！你们和好了？"

"这好像与你无关吧。你大清早来，难道就是想看我的新邻居是谁吗？"安妩不知道程涵大清早在发什么疯。

"与我无关？"程涵眼神渐冷——这四个字刺激着他的神经，早上他打电话的时候，周怀瑾也说了这么四个字。

"那我接下来说的事情，你看看是否与你无关。"说着，程涵猛地走上前。

周怀瑾眼疾手快地挡住了他的去路，沉着声音道："有事就说事。"

程涵冷冷地看了周怀瑾一眼，对着他身后的女人道："你知道吗？在你今早还做着美梦的时候，在你还跟他蜜里调油的时候，你爸爸刚被医生从死神手中抢救回来！"

闻言，安妩一下愣住了。

"你现在还会觉得与你无关吗？你现在还会觉得我不应该出现在这里吗？"程涵死死地盯着眼前的女人。

林天重病？安妩恍然间明白了为什么许久没出现的林天，会再次出现在她跟她大姨面前。

"呵。"安妩突然轻笑一声，感觉眼眶刺痛。

当年林天跟她妈妈离婚后，给她大姨留下了一笔钱就消失得无影无踪，这么多年对她不管不问。如今他命不久矣，觉得良心不安就想要弥补她们，她们的拒绝，就是冷漠绝情了吗？

程涵跟周怀瑾听到她的这声冷笑都不由得怔住，安妩抬起头看着程涵冷冷地吐出四个字："与我无关。"

"你！"程涵瞬间恼羞成怒，伸出手想要抓住她，但被周怀瑾拦了下来。

"你就那么冷血，那么薄情寡义吗！就因为当年他跟你妈妈离婚，就因为你被抛弃了，你就那么恨他吗！"程涵怒吼道，"他快要死了啊！"

"程涵，你不知道我经历了些什么，所以你没资格对我做出任何评价。"安妩一字一句地道，"如你所言，他已经跟我妈妈离婚，所以他与我再也没有关系了。他未曾养我长大，他的生老病死，是你这个做儿子的事情，与我无关。我猜想，他就算命不久矣，但考虑到我可能会伤害你，考虑到你的母亲会不开心，他也不会开口说想见我。"

"他作为丈夫、父亲，为了维系一个家庭，这样考虑难道有错吗？"程涵质问道。

"有错吗？"安妩脸上的嘲讽意味越发明显起来，"你不是说他是我爸爸吗？爸爸就如此不相信自己的女儿吗？觉得自己的女儿会造成他现在家庭的不快？程涵，你不要再自作多情了，林天不会想见我。即便想，那也是因为他愧疚。他爱我并不多，不足以让他开口提到我。"

"好！好！好！"程涵气极，连说三个"好"字，看向拦着他的周怀瑾道，"三年前我就告诉过你，她是多么冷漠绝情的一个女人，现在你看到了，也听到了，还想再栽进去吗？"

安妩眼睫一颤，感受到周怀瑾朝她看了过来。

周怀瑾凝视着安妩道："外人的评价不足以撼动我对她的感情。"

闻言，刚刚还有些忐忑不安的安妩猛然看向他。

"呵……好！"程涵眼神阴沉地看了看周怀瑾，又看了看安妩，转过身道，"你们情比金坚，就当我自作多情来了这一趟。"

程涵走后，周怀瑾走到安妩跟前，伸出手摸了摸她的脑袋道："快点去上班吧，不然今天可能要迟到了。"

"周怀瑾，你会觉得我冷血吗？"安妩轻颤着声音问道。

周怀瑾看着她的眼睛，认真地说："你说过，那只是外人的评价。"

他不想再听到旁人口中的她，她的好，她的坏，他只想亲自去了解。但不管她好她坏，他都不会再离开她了。

韩秋水打电话给程涵，是酒吧的服务人员接的。

"小姐，这位先生喝醉了，您看您能不能过来接一下？"

韩秋水让服务员报了酒吧的地址，随后开车过去接程涵，又把他送回了家。

"怎么会醉成这样？"高家老宅内，高文睿看到烂醉如泥的程涵惊呼出声。

"阿姨，您帮我扶一下吧。"韩秋水有些吃力地道。

两人合力将程涵扶进卧房，韩秋水松了一口气，跟高文睿说了她接到程涵时的情况。

"阿姨，程涵这段时间因为叔叔的事情心情很不好，今晚去酒吧估计也是为了宣泄一下。明早他醒来，您也别骂他。"

高文睿闻言，眼泪一下就落了下来，她点了点头道："我知道了。今晚谢谢你把他送回来，不然我还不知道他在哪儿呢。阿姨最近也因为你叔叔的事情忙得焦头烂额，没能照顾到程涵的心情。"

韩秋水上前宽慰高文睿道："阿姨，别太难过，您跟程涵都是不想让对方更加伤心……"

"嗯……"卧在床上的程涵难受地哼了一声。

韩秋水看了他一眼，又回过头问高文睿："阿姨，毛巾在哪儿？"

高文睿很快端来一盆凉水，韩秋水顺手接过："阿姨，让我来吧。您这段时间都没怎么休息好，还是坐下休息一会儿吧。"

韩秋水将毛巾拧干仔仔细细地擦拭着程涵的脸，冰冷的毛巾让程涵身上的热意消散不少，他紧皱的眉头也稍微舒展开来。

高文睿看着韩秋水的动作，似乎想到了程涵婚后的生活，她既满意又欣慰地道："倒是麻烦你了。"

"不麻烦。"韩秋水笑道，"我爸爸酒局很多，经常喝得烂醉如泥，所以照顾醉酒的人，我还是比较熟悉的。"

韩秋水抬起程涵的右手，刚准备擦拭的时候发现了上面的伤痕，她一愣，道："这伤……"

高文睿面色一冷，道："旧伤了。"

"阿姨，能跟我说说怎么回事吗？"韩秋水看向高文睿道。

"就是被一个小女孩害的，不提她，提起我就生气。"高文睿脸色一变，道，"今晚辛苦你了，阿姨下去给你切水果，你等会儿下来吃吧！"

韩秋水想了想，点了点头。

高文睿走后，房间里只剩下韩秋水和程涵。她看着床上的人，手里的动作突然一顿，凝视着面前的睡颜，手指慢慢抬起。指尖触碰到程涵的脸时，她眼里有些羞涩，又有些兴奋。她像抚摸一件艺术品一样，从他的眉毛滑到他的鼻梁。痴迷地看了他许久后，韩秋水才站起身拿过自己的包包。刚迈开两步，她又像是想到什么一样停下了脚步，开始打量整个卧房。

卧房很大，其中最吸引韩秋水注意力的是那面书墙。毕竟私人空间里的书墙最能反映一个人的精神世界。

韩秋水走到那面书墙跟前，最下面触手可及的是一些商业职场类书籍，最上面的是医学书籍，中间则摆放着男孩子们喜欢的热血漫画及球星的写真集。她不由得满眼笑意。

虽然程涵给她的第一印象是不太容易相处，但是当她第一次看到他的笑容时，她就觉得他本应该是这样笑容满面的阳光模样。而跟他接触下来，也证明了她心中所想，他是一个面冷心热的人。

眼下看到这些漫画书，她更觉得程涵其实是一个很可爱的人。

韩秋水的视线最终落在了一本稍微往外凸出的漫画书上，看得出来，这本最近被拿出来看过。她好奇地将它抽了出来，随手一翻，书中夹的照片便露了出来。

这是一张撕毁又重新拼凑在一起的三人合照，坐在前面对着镜头笑的男孩正是程涵，而他的身后是一对情侣，少女眉眼弯弯地靠在身侧少年的肩膀上，少年模样虽然有些冷，嘴角却扬着一抹温柔的笑。

照片上的人韩秋水都认识，女生是安妩，男生则是上次见到的安妩隔壁的邻居。

"我没有……喜欢上她。"床上的人突然呓语一句。

闻言，韩秋水眼神一暗。

"妈妈，你从高阿姨那儿听说过关于林叔叔前妻和女儿的事情吗？"韩秋水打开手机，发了一条微信语音消息。

1. 补拍毕业合照

周六，安香荷知道安妩今天要与周怀瑾约会之后，话都没让安妩说两句，就催促着她跟着周怀瑾离开："赶紧走，赶紧走！哪有小姑娘周末不出去走走，老是到我这老婆子这儿待着的！"

安妩哭笑不得。之前她周末加班，是谁长吁短叹感慨她不能去医院的？

医院的停车场内，安妩吸了吸鼻子，问道："你今天要带我去哪里啊？"

周怀瑾替她开了车门，说："去了你就知道了。"

安妩瞥了他一眼，他什么时候也学会卖关子了？

上了车，周怀瑾看见安妩拿出纸巾擦鼻子，手摸向她的额头，试着温度。安妩愣了愣，道："我只是有些感冒，没有发烧。"

她前段时间熬夜跟许梓欣一起打游戏，这段时间又整夜整夜失眠，免疫力一下降，就生病了。

周怀瑾看着她眼底的青黑，打开车内空调，说："你睡会儿吧，我们到那边还需要一个多小时。"

"这么远？"安妩有些诧异。

她昨天晚上想了一下周怀瑾可能带她去的地方，无非是欢乐谷、商业街这种大众约会场所，但这些地方开车过去并不需要那么长时间，那他要带她去哪儿呢？安妮突然有些好奇。

车窗上凝结了一层水雾，安妮被一阵车鸣声吵醒，睡眼惺忪地看见挡风玻璃外的建筑物，一下愣住了，不由得问道："你怎么带我……"

Ａ市医科大学门口挂的红色条幅让安妮猛然想起来，今天是她母校建立三十周年的校庆日。

"赵老师前段时间联系我，让我在校庆日这天作为二〇一六届毕业生代表在大礼堂演讲。"说着，周怀瑾偏过脸，将出入证交给保安。

放行杆升起，周怀瑾将车开进校园，熟悉的学校环境让安妮仿佛一下回到了三年前。

她毕业后再也没有回过学校，一是因为工作太忙，二是因为现在大学的出入制度越来越严格，没有相关证件的校外人员基本上很难进来，所以她有时候即使路过学校，也没能进来。

"唉，有些人毕了业就跟学校无缘了，有些人毕业了还会被学校请回去。"安妮有些吃味儿，"你今天带我来这儿，是想让我听你这位优秀毕业生的演讲吗？"

周怀瑾轻笑一声，道："如果你不介意的话。"

早上十点半，Ａ市医科大学的大礼堂内掌声雷动。周怀瑾是卡着时间来的，此时校庆会已经开了一个多小时，马上就轮到他上台。

"你先在这里坐一下，等我下场了来找你。"周怀瑾带着安妮来到一个空位前，让她坐下后嘱咐道。

安妮点点头，环顾了礼堂一圈，当年坐在这里的人如今各奔东西，现在入目的皆是青涩稚嫩的新脸庞，充满朝气。

她叹了一口气，收回视线将包包放在膝上，身侧突然有只小手抓住了她包包的带子。那小手白胖如藕，安妮刚侧过脸，就看到了一张可爱的小脸。

"茜茜，不要拿姐姐的东西哦！"抱着小不点的美貌少妇说着对安妩抱歉地一笑。

安妩笑着摇了摇头，说道："没事。你也是校友吗？"

少妇羞涩地笑道："不是。我是陪我老公来的，他是这所学校毕业的，我不是。"

安妩颔首，看向少妇怀中的小不点。小不点只有一岁左右，刚才听到妈妈的话，就缩回了手，此刻她伏在妈妈的肩头，乖巧地看着安妩，大眼睛连眨都不眨。

少妇笑道："年纪这么小看到好看的小姐姐，就不会眨眼了，以后还怎么得了？"

安妩盯着小不点，越发觉得她长得有些面熟，正准备开口询问小不点的父亲是谁时，礼堂里突然出现一阵骚动。

安妩跟少妇齐齐朝台上看去，只见一位穿着白色衬衫的男人走上了演讲台。男人眉眼深邃，身材修长，此时低头翻看着手中的演讲稿，骨节分明的手指修长有力，每一个动作都吸引着众人的注意。

台下窃窃私语的声音顿时大了起来，安妩听着坐在她前排的两个女生交头接耳。

"好帅啊！我的天！我们学校还有这么帅的学长吗？啊，为什么这么早就毕业了！"左边的女生捂着脸激动地说道。

右边的女生年纪应该大一点，她讶异地道："你居然不知道周怀瑾？哦，也是，你比我低一级。嘿！我入校那年他正好大五，有幸一睹他的风采。可惜没过多久他就去了 B 市实习，此后，江湖皆是他的传闻。"

"他就是周怀瑾！"左边那个女生惊呼，她盯着演讲台上的男人感叹道，"你说同样为人，为什么有人不仅长得好看，还这么优秀！他结婚了吗？"

"应该吧。当年他在学校的时候是有女朋友的，已经毕业三年了，可能孩子都有了。"右边的女生想了想，八卦道，"你听说过他跟他女朋友的故事吗？他女朋友是我们学校殡葬专业的！"

"啊？那她高考成绩不是很普通？她很漂亮吗？"

右边的女生道："是当年殡葬专业的班花。"

"果然帅哥都是看脸的。"左边的女生捂脸哭泣。

"殡葬专业就一个女生。"

"那当我没说。"

······

安妩低下头勾了勾唇，颇有些无奈地听着前排女生的窃窃私语。果然，不管什么时候，外人听说她跟周怀瑾在一起，都很讶异。

低沉的男声从音响里透了出来，传遍整个礼堂。周怀瑾是作为毕业生的最后一个代表上台演讲的，演讲结束后，大礼堂内掌声雷鸣。校领导随后上台总结性地说了几句，没过多久，毕业典礼便结束了，学生开始依次退场。

安妩身边的少妇在人群中看到一个人，站起来抱着孩子冲他微笑。

"茜茜没有闹吧？"来人走到她们身边很自然地接过孩子，关切地问道。

"没有，乖得很。"少妇回答。

安妩瞪大眼睛看着面前抱娃的男人："你······你是······黄刘？"

黄刘这才注意到安妩，他愣了愣，道："原来你坐我老婆旁边啊。"

闻言，安妩震惊地看着黄太太，原来话痨如黄刘喜欢的竟然是这种温婉居家的女孩子！

"对呀。"黄刘笑着逗弄怀中的孩子，回头看了一眼又道，"周怀瑾马上就来。"

"你们见过了？"安妩问。

"校庆之前就有联系了，刚才在后台见了一面。"说到这儿，黄刘盯着安妩打趣道，"你们可不行啊，明明你们谈恋爱时我还单身，结果我结婚生子了，你们还在谈恋爱。你老实跟我说，谈这么久的恋爱，是为了改造周怀瑾吗？我倒是没见过这么懂情趣的周怀瑾。"

"什······什么意思？"安妩有些蒙。

"你自己看就知道了。"说着，黄刘努了努嘴。

安妩朝他身后看去，这才注意到一个穿着学士服的男人朝他们走来，一下怔住了。

"哎哟，没想到我的学士服你穿着还挺合身的。"黄刘上下打量一番周怀瑾后，笑道。

"待会儿辛苦你了。"周怀瑾说着，拍了拍黄刘的肩膀，又看向呆住的安妩，面色有些不自然地道，"很奇怪吗？"

"你……你……"安妩大脑有些短路，"你为什么穿成这样？"

"你不是说过，想跟我一起拍毕业照吗？"周怀瑾微微一笑道。

闻言，安妩眸光一滞。

她当初的确说过毕业时最大的心愿就是可以跟他一起拍毕业照，因为他们专业不同，拍毕业照时间也不同。但是，他们最后不欢而散，他连自己的毕业照都没拍，就飞去了 B 市。没想到，他还记得这件事。

"这里面是你的。"周怀瑾边说，边将手中的袋子递给安妩。

阶梯教室内，黄刘拿着相机对准安妩跟周怀瑾道："好的，请新郎看新……不好意思，职业病犯了！"

黄刘毕业后没有继续走医学这条路，而是果断地追求他的商业梦想。这几年，他在 A 市开了几家影楼，做摄影工作，混得风生水起。

"不说点什么感觉很奇怪，那就准新娘跟准新郎吧，反正你们迟早是要结婚的。"

安妩闻言脸一红，扶了扶头上的学士帽，猛然间打了一个喷嚏。

"把外套穿上。"周怀瑾拿起她堆放在书桌上的外套递过来。

安妩连忙摇了摇头："没事没事。"学士服里面再穿外套，那不就显得分外臃肿了吗？

"必须穿上。"周怀瑾不容拒绝地说。

安妩看着他，商量道："不穿不行吗？"

"不行。"

"行吧。"安妩只能妥协。

然后，周怀瑾帮她将外套穿在学士服里面，黄刘在一旁偷偷地抓拍了许多张照片。

安妩认命了，看向周怀瑾哀怨地道："我现在是不是很傻？看起来就像一个球。"

"傻才像当年的你。"周怀瑾含笑道。

安妩闭上眼睛,感觉头上青筋跳动,咬着牙道:"周怀瑾,你真的欠揍哎!"

黄刘含笑看着跟前吵吵闹闹的两人,说:"说实话,要不是我今天亲眼所见,我是真的不敢相信你们会在一起这么久。"

当初安妩追周怀瑾的时候,他们这些路人就觉得这两个人根本不是一个世界的,没想过他俩最终会走到一起。

似是回忆起什么青春往事,黄刘看着安妩笑道:"你可能都不知道,当时我们整个医学院的人都在私底下打赌,赌你们会在一起多久。我们有一次还闹腾到周怀瑾跟前,下赌注呢!"

"他自己下赌注了吗?"安妩指着周怀瑾好奇地问道。

黄刘耸耸肩说:"他赌赢了。"

"嗯?他赌的是什么?"安妩突然来了兴趣,追问道。

"黄刘!"周怀瑾喊出他的名字,面色有些紧张。

黄刘道:"嘿!又不是什么丢人的事,你叫我大名我也要说。安妩,他赌他的认真。"

"什么?"安妩皱眉,这是什么赌注?

黄刘看着安妩疑惑的表情,轻笑出声,她是真不知道周怀瑾有多喜欢她吗?

人年少的时候总喜欢关注些奇怪的点儿,黄刘他们这些医学生也不例外。

当时,讨论度最高的就是安妩跟周怀瑾的恋情。一开始,他们这些无聊的路人赌安妩能不能追上周怀瑾,而等安妩追上以后,他们又赌这两人能在一起多久。

黄刘还记得那天大课间,一群人在周怀瑾跟前开玩笑。

"周怀瑾,他们都说你跟那殡葬专业的安妩不会在一起多久,但我觉得,以安妩的颜值,你们会坚持超过半年!"

"虽然她长得的确漂亮，但咱们医学院的美女也有很多啊，我觉得也就这学期。"

"要是超过这学期怎么办？"

"如果超过这学期，你下学期的早饭我包了！"

"这可是你说的啊！周怀瑾，你现在公布答案吧，趁着人多，他不好赖账！"

所有人都看向"话题男主角"，他正接着电话。众人不知道电话是谁打来的，只看见他嘴角凝起一抹温柔的笑，笑容如人间四月天般明媚。

周怀瑾很少笑，总是一副拒人千里的模样。这抹笑让所有人都开始重新审视自己之前的答案。

能将冰川融化的人，对于冰川来说，会是一种怎样的存在？

周怀瑾慢慢站起身，拿着本子离开了自己的位置。众人愣愣地看向他，突然有些慌乱地说："周怀瑾，你去哪儿？马上就上课了！"

"下节课我请假了。"他侧过脸道。

顿时，教室里一片鬼哭狼嚎——下节课是院里有名的"灭绝师太"的课，周怀瑾要是走了，到时被"灭绝师太"提问的话，就没人能救他们了！

"你有什么事，我们帮你做！"大家急急开口，以为他是要去忙学生会的事情。

周怀瑾脚步一顿，大家大喜过望，他却道："刚才你们的答案都错了。"

闻言，众人不由得怔住。

"不是半年，也不是一年两年，无关乎她的美丑，是我的认真。"

于千万人中，认定一人，倾心一人，白头偕老。

2. 走过路过的亲戚团

晚上，安妩跟周怀瑾请黄刘夫妻俩吃饭，回到家已经快十点了。

安妩一边上楼梯一边摸着自己有些发烫的脸，感觉自己状态有些不太好。

"过来，我量一下体温。"周怀瑾摸了一下她的额头，严肃地说。

"睡一觉应该就好了，不用那么麻烦。"说完，安妩拖着软绵绵的身体朝自己家走去，她此刻真的不想再多动一下，只想躺着。

只是没走两步，她就被周怀瑾一扯拐进了隔壁。安妩知道，这家伙的职业病肯定又犯了。

坐在沙发上，安妩吸了吸鼻子，此时她说话都带着些鼻音了："应该就是今天脱了外套拍照有些着凉了。"

不提外套还好，安妩一提，周怀瑾就给了她一个不高兴的凝视，于是她乖乖地闭嘴。

周怀瑾将体温计递给她，说："把外套脱了，量一下。"安妩老实地照做。

过了一会儿，周怀瑾观察体温计上的数字，凉凉地扫了安妩一眼说："三十七点九。"

安妩有点心虚地缩了缩脖子。

"不准玩手机，吃了药就早点睡觉，如果晚上不舒服，就打电话给我。"将她送回家，周怀瑾依旧不放心地嘱咐道。

"知道啦，快回去吧，周医生。"安妩看着仍没有离开的周怀瑾，眨了眨眼睛，"周医生还有什么吩咐吗？"

"你真的让人不放心，你知道吗？"他盯着她，深吸了一口气，说道，"晚安。"

然后，他俯身在她眉心落下一个吻。

安妩在家找了一圈，只找到已经空了的感冒药盒，只好躺在床上拿着手机刷朋友圈。

"不吃应该也没事。"她自言自语道。

下一秒，手机振动了一下，安妩一看是微信消息。

周怀瑾："感冒药吃了吗？"

安妩："吃了。"

周怀瑾："那你怎么还没有睡？"

安妩："现在就睡，晚安！"

她连忙退出微信，将手机放在床头柜上。可是身体的燥热让她翻来覆去有些睡不着，没过多久，她掀开被子的一角露出一条腿散热，之后又重新拿起手机刷着微博。

　　周怀瑾不在，她也不需要那么乖。

　　不知道玩了多久，困意袭来，安妩就这样迷迷糊糊地拿着手机睡着了。

　　梦中，安妩回到了大学时光，学校组织去海南玩，她一下飞机就感叹海南的天气真热！身侧的周怀瑾道："你难道没看见天上有两个太阳吗？"

　　安妩抬头一看，还真的有两个太阳，但在梦里面她并没觉得有多奇怪，只是觉得有些震惊，甚至还想拍照发朋友圈。

　　周怀瑾指着远处的大海继续说："你再看那边，因为天上的两个太阳炙烤着大地，海岸线都在不断倒退。"

　　安妩顺着他指的方向看去，只见大海边有一群人正疯了似的追着倒退的海岸线，她结结巴巴道："他……他们在干什么？"

　　"他们在追逐海水。现在淡水资源已经没有了，再过不久，连大海都要被这两个太阳晒得蒸发消失。"

　　安妩心头一紧，说："那我们是不是也要抢点海水啊！"

　　周怀瑾点了点头。

　　于是，安妩在太阳的炙烤下，提着两个桶朝着大海狂奔而去。可是，无论她怎么卖力地跑，都跟不上海岸线倒退的速度。最终，她口干舌燥地倒在了海滩上，眯着眼看天上的两个太阳。

　　"好热，怎么会……这么……热？"她像涸辙之鲋在沙滩上扭动着身子，隐隐约约听见有人大喊着"太阳掉下来了"。

　　她看向天空，一个巨大的火球正直直地朝她袭来，很快她就会被砸中，尸骨无存。

　　"啊！"安妩被惊醒了。

　　身上的秋衣已经被汗浸湿，安妩咽了一口吐沫，摸着胸口缓了一会儿神，然后艰难地从床上爬了起来。她实在是太渴了！

没走两步，安妮就觉得身子软得厉害，脚步发虚。她一路踉踉跄跄地走到厨房，灼烫的体温让她毫不犹豫地打开了冰箱，拆了一瓶果饮。冰凉的液体滑过喉咙，就像久旱逢甘霖一样畅快。

但舒服只是一时的，喝到一半，安妮蹲在地上难受得想哭。

"周怀瑾。"半夜三更，安妮有气无力地敲着隔壁的房门。门很快被打开，安妮身子向前一倾，马上被人接住。

"你……"周怀瑾看着她潮红的脸，震惊于她的体温。

"有没有感冒药啊……我好像快……不行了……"说完，安妮就闭上了眼睛。

被迫中断的梦奇异地又接着进行，就在安妮以为要被那逐渐逼近的太阳炙烤成咸鱼干的时候，一支金色的箭从天空划过，射落了太阳。大地又恢复一片生机，原本不断消退的海水也渐渐涨潮恢复正常。

她被浪花托着送到了岸边，身上那种燥热难受的感觉一点点消退了，有人出现在她跟前。逆着光，她看不清他的脸。

"后羿！后羿！"周围人情绪激昂地齐声喊着，安妮看见了他身后的箭篓，正散发着耀眼的金色光芒。

"后羿？射日的那个后羿吗？"安妮震惊，她看见神话里的人了？

来人点了点头，朝躺在地上的她伸出手。她看着那只好看的手愣了愣，这手看起来为什么有些眼熟？她握住"后羿"的手，在被拉起的瞬间，看清了眼前的男人。

"周怀瑾？"

梦到此彻底结束，安妮睁开眼，盯着天花板忍不住吐槽起她这个神奇的梦："这是什么乱七八糟的梦。"

然后，她从床上坐起，目光触及床头柜上的药盒，猛地低下头看了一眼身上的秋衣，是黑色的。可她记得昨天晚上睡觉时，她穿的是粉色的秋衣啊！

安妮陡然惊出一身冷汗，昨晚她真的去敲周怀瑾家的门了？她真的晕倒了？她还以为那些破碎的记忆是梦呢！那岂不是说明那些画面都是真的！她的脸瞬间爆红。

昨天晚上，周怀瑾将她抱回床上后，就一直拿冰袋给她物理降温。她意识不清，并不配合，他就低声哄着她。现在回想起来，可真羞耻啊！

安妩一拍脑门，试图阻止大脑循环播放那些画面。紧接着，她又拍了拍自己的脸，提醒自己："不能想了！"

穿了衣服下床，安妩找了一圈没找到自己的外套。突然，她一个激灵，才忆起昨天量体温的时候，把外套脱在周怀瑾家，没有带回来！

犹豫再三后，安妩认为自己还是要落落大方一点。毕竟对于周怀瑾来说，昨晚他只是做了一个医生该做的，她没什么好害羞的！

她敲了敲周怀瑾家的门，等了一会儿，见没人来开门，就伸手握住了门把手。

"大清早不在家吗？可是今天周日也不用上班啊！"安妩自言自语，微微一拧，门便开了。

他在家？安妩有些诧异。

三秒后，她一鼓作气拉开门大声道："周怀瑾，你在不在啊？谢谢你昨晚照顾我啊。我想问我昨天晚上穿的是黑色的秋衣吗？哦，不是也没关系，毕竟医者父母心嘛，我不会说你什么的。那什么……我外套昨天落你家了，你……"

瞬间，安妩像被消音了一样，她愣愣地看着客厅里坐着的六个人，那六个人也端着茶水瞠目结舌地看着她。

"我回来了。"身后，周怀瑾的声音响起。

"对不起，大早上我神志不清走错门了！"安妩利索地鞠了一个躬，忙捂着脸跑了出去。

回屋后，安妩惨叫一声，她今天是出门没看皇历吧！

"怀瑾啊！刚才那小姑娘是？"周父反应过来，看向自家儿子，忍不住开口问道。

"嘿！这还用问啊！"周怀瑾的小姑开口，打趣地看着周怀瑾道，"是不是对象？"

周怀瑾轻轻"嗯"了一声，紧接着道："我会找个合适的时间，带她去见各位长辈的。"

"好看吗？长得好看吗？我刚才没来得及把眼镜拿出来，晚了一秒！"周母懊恼不已。

"好看是好看，怎么还有点眼熟呢。"周怀瑾的小姨回忆着刚才那个女孩子的模样，总感觉在哪里见过。

周怀瑾低头笑了笑，道："爸、妈，小姑、小姑父，你们下午一点的飞机，现在该动身去机场了。"

"就不能带她出来让我们再看一眼吗？我就晚那一秒！"周母有些痛心疾首地道。

"以后看的时间长着呢，走吧。"周怀瑾起身道。

周母颇为遗憾地说："上次梓欣让你小姨找我要你小时候的视频，我就觉得有些不对劲，没想到……等等，你搬到这儿，该不会就是为了那个女孩吧？"

周怀瑾没有否认，点了点头，在场的六位长辈集体震惊了！这还是他们认识的怀瑾吗？还是那个不怎么与女生接触、高冷的怀瑾吗？

"我就说过不用担心他的恋爱问题。"周母喜极而泣，边说边拍着周父。

闻言，众人嘴角抽了抽。

"那是我爸妈，还有我小姑、小姑父、小姨、小姨父。"

上班的路上，手机每振动一下，安妩就哆嗦一下。她看着周怀瑾发过来的消息，双手颤抖地打着字。

"他们怎么会在你家？"

"我也是早上才知道他们要来。"周怀瑾勾了勾唇，仿佛看到了安妩懊恼的模样，说道，"我爸妈跟着我小姑、小姑父来这边旅游，昨晚飞机延误，他们便去了我小姨家休息。今天下午的飞机，上午临时起意要来我住的地方看看。"

安妩差点背过气去，她真的太倒霉了！

"你爸妈还有其他长辈，是不是对我印象很不好？"安妩挫败地将这条消息发了出去。

有谁比她更惨吗？第一次见到周怀瑾的长辈是在那样的情况下，她不仅没有化妆，还说了那样一段话！

手机很快振动起来，安妩连忙看去。

"我妈近视，完全没看清你，你就跑了，只觉得你是个可以参加跑步比赛的好苗子。"

这个人真是的，安妩嘴角一抽，周怀瑾一定是故意打趣她的！不过他这样说，安妩松了一口气，印象模糊总比坏印象要好。

没过多久，周怀瑾又发来两条消息。

"不用担心，对于能够解决我单身问题的女孩子，我妈除了高兴，也只剩下高兴了。"

"不准喝冰箱里的饮料了！"

安妩愣了愣，随后就笑了起来。可是笑着笑着，她嘴角一撇，倒霉是真的倒霉！

3. 再起争执

A市医科大学附属第一医院内。

林天的主治医生摘下脸上的口罩，深表遗憾地说："我们已经尽力了，你们可以考虑出院，在家陪他度过最后的时光。"

闻言，高文睿身子一软，程涵急急地扶住她。

"妈，我们去看看爸爸吧。"程涵内心苦涩，艰难地说道。

高文睿摸了摸自己泪湿的脸，颤抖着声音道："你……你先去看你爸爸，我……我这个样子，你爸爸看着会难过的。"

程涵扶着高文睿到一旁坐下，然后推开重症监护室的门，看着里面昏睡的林天。

"小妩……"林天梦呓一声。程涵不由得顿住脚步。

住院部的过道边，周怀瑾伸出手摸了摸安妩的额头，过往的护士和医生纷纷朝他俩看去。安妩一把抓过他的手放下，道："都过去一个星期了，我感冒已经好了。"

周怀瑾笑了笑，道："马上就到元旦假期了，你打算怎么过？"

"我已经请好一个星期的假，准备回老家。你也知道我大姨的情况，今年肯定不能回老家过年，所以我打算提前回去一趟。"安妩也没想到时间过得这么快，转眼间就到年底了，这周五是圣诞节，下周便是新年第一天，要放元旦假。

周怀瑾点了点头，犹豫了一下，他开口道："安妩，有件事情我要跟你说一下。"

"什么事？"安妩好奇地看着他。

"你爸爸……"周怀瑾的话还没有说完，突然一道人影出现在他俩之间，那人拉住安妩，不由分说就往前走。

"程涵你干什么？"周怀瑾见状，脸色一变。

程涵红着眼睛盯着安妩道："你要去见他一面！"

他？安妩反应过来，决绝地说道："我跟你说过，我……"

衣领一下子被人揪起，眼前的男人对她咆哮道："医生说他快死了！他做梦都在叫你的名字！你就不能怜悯他一下，去看看他吗？"

闻言，安妩的大脑"轰"的一声炸开，耳膜嗡嗡作响。他真的……快死了？

"程涵！有事就好好说！"周怀瑾拿掉程涵的手，将安妩护在身后。

程涵咬牙切齿地看着周怀瑾身后的安妩，指着她道："安妩，我不管你有多恨他，但是你身上流着他的血，这点是毋庸置疑的！我来找过你两次，这一次过后我不会再来找你。他死后，这个世界上跟你有血缘关系的亲人就又少了一个，希望你不会后悔你的决定！"

"他死后，这个世界上跟你有血缘关系的亲人就又少了一个……"像是诅咒一样，安妩的脸色唰的一下变得惨白，手脚冰凉。

"说够了没有！"安香荷站在病房门口，脸色铁青地看着程涵。

"大姨。"安妩猛地回过头，连忙说，"我没事，你进屋，这里交给我处理。"

安香荷没听安妩的话，径直走到程涵跟前道："这就是林天教出来的好儿子吗？"

"大姨！"安妩急道，安香荷的身体是禁不住生气的！

"我没事。"安香荷摆了摆手，道，"有些话还是要说清楚的。"

安香荷看向程涵，说："年轻人，有些话先不要说得那么恶毒！你了解情况吗？你说安妩身上流着他的血没错。但是生而不养，又算是什么父亲呢？林天抛弃了安妩跟她的妈妈，跟你的妈妈组建了新的家庭，好，姑且说婚内出轨不算什么，可是这么多年来，他作为安妩的父亲，一直对她不管不问！你说，他是她的亲人吗？是我抚养安妩长大的，是我供她吃、供她穿，她在这世界上唯一的亲人是我。你的父亲，算什么呢？这些年，眼睁睁地看着继子欺负自己的亲生女儿都不管，能算好父亲吗？！"

安妩瞳孔一缩，她大姨怎么知道这些年程涵对她……她现在才明白，原来她大姨什么都知道，只是看她不说就装作不知道，以这种方式护着她的尊严。

安香荷句句诛心地道："临死了，他想起自己这个女儿，开始愧疚了，要弥补了是吗？你们愧疚，我们就一定要原谅吗？就因为他是她挂名的父亲吗？！"

安妩扶住安香荷摇摇欲坠的身子对程涵吼道："你快给我滚！如果我大姨有事，我不会原谅你们一家的！"

程涵身形一颤，看着抱着安香荷眼泪簌簌落下的安妩，心里有些恐惧，又有些愤然，这就是一直被她隐藏起来的她对他的真正态度吗？

"你走吧。"周怀瑾看着程涵，冷着声音道。

安妩扶着安香荷进了病房，安香荷面如土色，对跟进来的周怀瑾道："不好意思，周医生，让你见笑了。"

周怀瑾颔首道："你们应该还有话要说，我先出去一趟。"

闻言，安香荷感激地看了他一眼。

待周怀瑾走后，安妩着急地问："大姨，你可有哪里不舒服？我去叫医生过来给你看看？"

安香荷摇了摇头，看着安妩道："大姨有话对你说。"

"你从小到大，我不希望任何人因为你那个父亲去侮辱你，所以刚才那一番话只是为了教训那个臭小子。但是安妩，接下来的话才是我想跟你说的。"安香荷语重心长地道，"我以前也恨你爸爸，因为他逼死了你的妈妈——我的妹妹。但感情的事情一向是不能勉强的，你妈妈的死也跟她的性格有关，不只是你爸爸的错。"

"我现在不是原谅了你父亲，而是放下了对他的恨。因为我也生了重病，也经历过生死，我明白了在生老病死面前，珍惜眼前的幸福与快乐才是重要的。或许林天不是想得到你的原谅，而是想再见一见你这个女儿。安妩……"安香荷的眼中泛起泪花，"我希望你过得比你妈妈幸福，不要再去想那些不愉快的记忆。无论你去不去见林天，我都尊重你的选择。"

安妩闭上眼睛点了点头，眼泪落了下来。

重症监护室内。

林天也不知道自己睡了多久，醒来看见双目通红的程涵，心中陡然有些清明，说："程涵，爸爸想回家了。"

"好。"程涵哽咽道，"爸爸，我们回家。"

4. 去见林天

冬日的夜晚总是很早就降临，晚上五点多，A市的天就已经完全黑下来了。上楼梯的时候，安妩神思恍惚一下踩空，好在身后有个人及时捉住了她的手肘。

"你没事吧？"

低沉的男声自身后响起，安妩茫然看了过去，说："谢谢你。"

她低头抚了一下脸，又说："最近我也不知道怎么了，无论做什么都注意力不集中，还好有你在。"

那天从医院出来以后，安妩整个人像是灵魂被留在了那里，不是烧开水的时候忘记了时间，就是外面下着瓢泼大雨，自己却坐在客厅发呆想不起要去收衣服。最近这两天，周怀瑾敲门的频率都高了许多。

"安妩，你要是在意的话，就去看他一眼吧。"周怀瑾盯着她的背影道，"他已经出院了。我从他的主治医生那里了解到，他时日不多，程涵一家想在家里陪他度过最后一段时间。"

闻言，安妩的脚步一顿。良久后，她才哑着嗓子道："是吗？"

她闭上眼，程涵那天的话又钻进她的耳朵里——"他死后，这个世界上跟你有血缘关系的亲人就又少了一个……"

周怀瑾沉默地跟在她身后，盯着她上楼的脚步。

就在安妩开门准备进屋的时候，她突然转过身，疲倦地问道："你那个下午在病房门口要跟我说什么来着？"

他原本说有一件事要对她说的，结果被程涵的出现打断了。

周怀瑾深吸一口气，道："我跟你父亲谈过。"

闻言，安妩不由得怔住。

"那天你父亲去医院见你大姨后，遇见了我，跟我谈了谈。我不知道你大姨有没有跟你说过，她拒绝收他给的钱，所以他想让我把这笔钱转交给你。他不敢亲自找你，因为知道你会拒绝，知道你会因为他这样做而不开心……"

周怀瑾将那天的经过说给安妩听，他看着安妩慢慢握紧了手里的钥匙，一言不发。

"安妩……"他情绪有些复杂地唤她。

"呜……"楼道里响起压抑的哭声，安妩的眼泪不断落下。

他是最后才找上她的吗？明知道她会拒绝，会冷眼相对，他还是来了。可是，这又是为什么呢？他都那么多年没出现了，为什么非要弥补她呢？他就不能像从前一样，狠心地抛弃她，对她不管不问吗？

如果他能放弃，或许她这段时间就不会过得浑浑噩噩了。

她捂着脸啜泣道："周怀瑾……我不知道……不知道……"

安妩的大脑混乱成一片，理性让她想对林天狠下心来，可是情感上真的要放下他，又太难。

周怀瑾搂住她，看着她因太过悲伤而上气不接下气的模样，眼神晦暗："安妩，你不是他，你做不到对他不管不顾的。"

压抑了很多天的情绪因为这句话瞬间爆发，安妩伏在周怀瑾的怀里痛哭着。

小时候的那些记忆不断在她的眼前闪过，林天牵着她的手，逗她笑的模样，母亲摔得血肉模糊的尸体……这些记忆提醒着她，林天从前是她的家人，也是后来亲手摧毁她的家的人。

他的确给了她几年美好的记忆，但是剩下的全是冷漠绝情。

"小妩，你在家好好待着哦，妈妈去找爸爸。"记忆深处的女声如梦魇般传来。

"妈妈！"安妩猛地睁开眼睛，愣愣地看着面前周怀瑾的睡颜，想起昨天晚上她哭累了，就靠在他肩膀上睡着了。

他一直没离开吗？

冬日早上的阳光很是明媚，透过窗户照射进来，让安妩更加看清了面前完美的睡颜。她有多久没有像现在这样一醒过来就看到他的睡颜了？

安妩看着他眼下的青黑，愣愣地出神。这段时间，他一直在身边默默照顾她，她即便再神思恍惚，也感受到了他的温暖。

"你醒了？"周怀瑾缓缓睁开眼，眨了眨眼睛道，"早上想吃什么？昨晚你都没吃，今天的早饭一定要吃。"

"周怀瑾。"安妩突然叫出他的名字。

"嗯？"他侧过脸看向枕边的人，下一秒嘴角就被人吻住了。

"谢谢你。"

程家。

程涵看着出现在门口的安妩与周怀瑾，面容冷漠地道："你终于舍得来了？"

"程涵，谁来了呀？"高文睿听到动静从二楼下来，看见门口的人，瞬间变了脸尖叫道，"她为什么会来！"

"妈！你这样会吵到爸爸的。"程涵连忙喊住高文睿。

高文睿情绪激动地说："谁让她来的？我不想看到她！"

"是我让她来的。"程涵的话，让高文睿一愣。

程涵继续对高文睿道："爸爸想见她。"

闻言，高文睿所有愤怒的话到了嘴边又咽了回去。她死死地瞪着安妖，泪水在眼眶里打转。

"妈！"程涵又喊了一声，有些心力交瘁。

高文睿最终妥协了，挪开脚步，让安妖跟周怀瑾进了屋。

"他在二楼左边第一个房间。"安妖走过时，高文睿低声对她说了这么一句话。

安妖愣了愣，道："谢谢阿姨。"

安妖推开卧房的门，看到了躺在床上的形容枯槁的男人。只是短短两个月没见，她差点没认出来床上的人是林天。

林天看见推门进来的是安妖与周怀瑾，不敢置信地睁大了眼睛。安妖望着他激动又愧疚的笑容，鼻头蓦然一酸。

周怀瑾看到安妖站在原地，他便上前说道："叔叔，我跟安妖来看你。"

"好好好！"林天喜出望外地看着安妖，落着泪点点头，"能来看一看我就好了。"

"你不要摆出这副样子。"安妖攥紧拳头，努力不让自己的眼泪落下。

林天怔了怔，低下头道："对不起啊，小妖。"

"不要跟我说对不起，我也不是来听你说对不起的。"安妖梗着脖子道。

林天扯了扯嘴角，说："我不是想求得你的原谅，只是'对不起'还是要说的，这是我欠你的。你妈妈的那句对不起，我见到她会说的。"

泪落在鞋尖，安妖抬起头无声地看向林天，他还记得妈妈吗？还记得从前的日子吗？

林天看着她脸上的泪，嘴角慢慢弯起一抹温暖的弧度。安妩不再言语，林天也知足了，她能来，他已经没有什么遗憾了。

"我可以单独与你说几句话吗？"林天问一旁的周怀瑾。

周怀瑾看了一眼安妩，朝林天点了点头，又对她说："你如果不想待在高家，就去外面找个地方等我吧。"

出了高家，安妩找了一家咖啡店坐下，将定位发送给周怀瑾后就放下手机，看向窗外的风景。

快到新年了，大街小巷都挂满了各种彩灯，夜幕降临的时候，那些彩灯闪烁着梦幻的光。安妩看着那些带着孩子的父母，耳边飘着咖啡店内播放的歌曲。

我们拼命相拥，

不给孤独留余地。

无力，

是我们最后难免的结局。

……

周怀瑾在咖啡店找到安妩的时候，她正嘴角含笑看着外面玩闹的孩子。感受到身边来人，她仰起脸看向他道："你回来了。"

"不好奇你爸爸对我说了什么吗？"周怀瑾笑道。

安妩深吸一口气，语气释然："无非是让你好好照顾我。"

周怀瑾摇了摇头。

"不是吗？那会是什么？"安妩扯了扯嘴角。

周怀瑾低笑一声，握住她的手道："走吧，我们也出去看看，今天圣诞节呢。"

"快说嘛。"安妩拉住周怀瑾大衣的袖子撒娇道。

周怀瑾看着她，心中的结解开后，她的心情终于好起来了。

"他说，"他盯着她的眉眼一字一句地道，"你很好，我值得。"

安妩眼波一荡，有雾气从眼底升起，她努力呼吸想散去眼中的雾，说："我也觉得。"

周怀瑾轻笑一声，摸了摸她的脑袋，随后抱住她认真地道："我也觉得。"

"走吧。"

咖啡店的门被推开，风铃随着歌声在风中摇曳起来。

挨过无能为力的年纪，
我一定要拥有你，
是我最亲爱的你……

高家。

周怀瑾走后，林天一个人闭着眼回忆起那天他在茶馆内问着周怀瑾的话。

"你这么优秀，为什么会选择小妩呢？"

年轻好看的男人闻言抬眸看着他，黑曜石般的眸子里闪烁着不知名的光，莫名地让他觉得有些惭愧。紧接着，他听见周怀瑾说："叔叔，在我眼里，她比得过所有人。"

他猛然心惊，原本应该被父亲视若珍宝的女儿，他却没有发现她的好。

他的确不是一个好父亲。

第十三章
老家之旅

1. 她小时候喜欢的人

林天在新年的前夜过世了，安妩接到这个消息的时候，是在元旦假期的第一天，那时她正在回老家的路上。

"怎么了？"身侧的人见她看完消息后就一动不动，凑近她问道。

安妩歪过头靠在周怀瑾的肩膀上，眼神空洞地看着车窗外不断倒退的风景，轻声说："他走了。"

那个她爱过恨过的人，彻底离开了。

周怀瑾低头看着她，伸出手捂住她的双眼道："如果难过就流泪吧，没人会看见。"

安妩闭上眼睛，眼泪打湿了周怀瑾的掌心。今日过后，她在这世上真的是一个没有双亲的孤儿了。大巴车不断向前行驶着，追赶着向西去的太阳，催促着人们不断成长。

安妩的老家在A市一个县的小镇上，从市区到她家得先坐一小时动车再转两三个小时的大巴车。从前安妩上大学的时候，最愁的就是回家，因为光是路上折腾的时间，算下来就要大半天。

大巴车从平原驶过丘陵，拐过一座山，下了高速公路，一个隐藏在山水之间的小镇便映入眼帘。

到家的时候刚好下午一点半，安妩一边开门，一边对身后的周怀瑾道："屋子很久没有住人了，待会儿我们恐怕得费力收拾了！时间不多，等会儿我们先把卧房跟卫生间收拾出来。还好我带了干净的四件套，不用临时洗被单。今天太阳也好，得把被子抱出去晒晒太阳……"

　　专心做着规划的安妩回过头，却发现周怀瑾不在自己身后，而是在隔壁门前被人拦住问话了。

　　"你找谁？"问周怀瑾话的，是一个三十五岁左右的男人，身材微微发福，眉眼俊朗，皮肤白皙，能看出瘦的时候一定很好看。

　　安妩心一惊，唤道："宁远哥？"

　　宁远听到声音朝她看了过来，惊喜地道："安妩！你回来了啊？"顿了顿，他指着自己跟前的男人讶异地道："这是你男朋友？"

　　周怀瑾颔首，安妩连忙走过去拉着他对宁远道："对！宁远哥，我们晚上有时间再聊啊，现在要收拾屋子，这个人我先带走了啊！"

　　说完，她就心虚地拉走了周怀瑾。

　　进屋后，周怀瑾察觉到她的不对劲，问："你怎么了？"

　　"没事，我没事！"安妩脸上挂着假笑，催促周怀瑾，"我们抓紧时间收拾收拾吧。"

　　周怀瑾盯着她，就在安妩觉得自己快要撑不下去的时候，他开始动手打扫。见状，她松了一口气，却被周怀瑾一个抬眸精准地捕捉到了。

　　两个人一直忙到六点，卧房跟卫生间才打扫干净。

　　安妩扶着酸疼的腰，看着周怀瑾问道："有没有后悔跟我来我家？来了连休息的时间都没有，就得开始干活。"

　　她原计划元旦多请五天假回家，没想到周怀瑾也请了假，要跟她一起回她家看看。

　　周怀瑾沉默着低头看她——她这段时间状态不怎么好，他有些不放心她一个人回家。

　　"我……好像来得不是时候？"一个男声在门口响起。

　　安妩迅速从周怀瑾身边弹开，周怀瑾眼睛极缓地眨了一下，看着安妩的动作微微眯了眯眼。

"宁远哥。"安妧尴尬地笑道，又暗骂自己大意，刚才收被子的时候忘记关门了。

宁远笑了笑，看着他们问道："收拾得怎么样了？"

"差不多了。有事吗，宁远哥？"安妧问道。

"我寻思着你们下午收拾东西晚上也做不了饭，我特地多做了几道菜，一起来吃吧。"宁远盛情邀请道。

"啊？这也太麻烦你了吧！"安妧有些不好意思，看了周怀瑾一眼。

原本他们是打算出去吃的，既然宁远特地为他们做了饭菜，那他们也不好意思再推托。

进了宁远的家，安妧环视了一圈，问道："叔叔、阿姨还有嫂子呢？"

"嗨！这不元旦与周六周日连在一起了吗，你嫂子周六请了假，带着她爸妈还有我爸妈去旅游了。局里周日要值班我走不开，所以一个人在家。"宁远让安妧跟周怀瑾落座，热情地问道，"你们这次回来待几天？"

"一周。"安妧看向周怀瑾，"跟你介绍一下，这是我邻居宁远哥，职业是警察。"

"宁远哥好。"周怀瑾朝宁远点了点头。

宁远上下打量了周怀瑾一圈，"嗯"了一声，对安妧道："你这小妮子真的深藏不露啊！去年过年的时候，你大姨还因为你没有对象在我爸妈跟前唉声叹气，今年你就把人带回来了，这模样比我……"

安妧一个激灵，连忙打岔，给周怀瑾夹菜："吃菜吃菜，这是我们家乡的特色菜，你尝尝宁远哥的手艺！"

两个男人齐齐看向安妧，她头皮一麻，说道："赶快吃吧，这天儿菜冷得快。"

宁远笑着对周怀瑾道："对！你尝一尝我们家乡的特色菜。哦,对了,你是哪里人？是安妧的同事吗？"

"我也是 A 市人，是她的大学同学。"周怀瑾道。

"大学同学啊？"宁远摸着下巴，努力回忆着道，"那你……你是不是叫……嘶……周公瑾啊！"

"噗！"喝汤的安妩顿时笑喷了。

周怀瑾伸出手一边拍着她的背，一边纠正道："周怀瑾。"

"哦哦哦！周怀瑾！不好意思，时间久远记错了。"宁远有些不好意思地笑了起来。

"宁远哥，你怎么知道他叫什么？"安妩讶异地道。

"你上大学那会儿，天天躲在楼道里打电话，你忘记了？"宁远促狭地看着安妩。

安妩的脸瞬间爆红，不敢置信地看着宁远。她当时为了躲她大姨，天天跑到楼道里打电话，可是为什么宁远会知道啊？

"我下班时候经常听到你在煲电话粥，听你叫周怀瑾这个名字。你不知道，我还给你放过哨呢！"宁远笑道。

当时他知道女孩子面皮薄，所以每次都是等她打完电话离开后才继续上楼。偶尔有别的邻居上楼，他都会故意将脚步声加重，让她听见赶快挂电话。

安妩眼神躲闪，她一直以为自己藏得很好，没想到早就被人发现了？想起当年她给周怀瑾打电话时说的那些肉麻话被宁远听见，她在心里哀号，实在是太糗了！

吃完晚饭回到家，安妩心满意足地摸着自己的肚子道："好久没吃到家乡特色菜了，今天算是解馋了。"

"安妩，你是不是有什么事瞒着我？"身后，周怀瑾突然开口。

安妩身子一僵，转过身看向他讨好地笑道："我能有什么事瞒着你？你在多想什么？赶快去洗洗睡觉吧，都忙了一天了，我好困！"

说着，安妩打了个哈欠，眼泪都泛了上来。

周怀瑾看着她努力打马虎眼的样子，眼神越发暗了下来。刚才在饭桌上，她就故意打断了宁远的话，有点欲盖弥彰的意味。

第二天早上，宁远将他们送到公墓。

"我待会儿折回来接你们吧，大概二十分钟后。"宁远看了一眼手表道。

"不用了，哥，太麻烦了，我们打个车回去就行。"安妩连忙道。

"你以为这是在镇上，能够随时随地打到车吗？出租车很少来这边的。"不由分说，宁远发动引擎道，"就这样说定了，反正我送资料回来也要走这条路。你要是觉得太麻烦，可以给我打车钱。"

安妩一下笑了："宁远哥倒是从来没有变。"

"哪有，已经被你嫂子养胖了，没有年轻时候好看喽。"宁远摸着自己的脸自我解嘲道，说完朝周怀瑾挥了挥手，就开车走了。

待宁远走后，安妩带着周怀瑾朝她妈妈的墓碑走去。路上，周怀瑾突然问道："他年轻的时候很好看吗？"

安妩愣了愣，有些心虚地说："一般般吧，没你好看！"

周怀瑾睨了她一眼，安妩莫名地感觉脊背发凉。

到了墓碑前，安妩将怀中的雏菊放下。周怀瑾蹲下身，将买的水果拿出来摆好。

"妈妈，我们来看你了。"说着，安妩拿出纸巾擦拭着墓碑上的灰。她已经一年没回来了。

看着墓碑上的照片，安妩温柔地笑道："大姨生病了，今年过年我们恐怕回不来了，所以我提前回来看你。不过，今年我带了一个人回来。"

安妩看向身侧的周怀瑾。他嘴角一抿，对着墓碑道："阿姨好。"

"哈！"安妩被他一本正经的样子逗笑了，"你不要紧张嘛。"

周怀瑾瞪了她一眼。

安妩故意活跃气氛道："我妈妈是不是很好看？"

周怀瑾看着墓碑上的照片，照片中的女人也就三十刚出头的样子，穿着那个年代流行的小西装，对着镜头微微笑着，明眸善睐，很是漂亮。他点了点头，认真地说："你很像你妈妈。"

"我大姨也这么说。"安妩眯着眼睛笑了起来。

将那一小块墓地收拾干净后，她对周怀瑾道："你先去等宁远哥吧，我怕他早到了没跟我们说，在那里干等。"

"嗯。"说着，周怀瑾起身离开。

看着他离去的背影，安妩指着他对照片上笑得温婉的女人说："妈妈，这是我曾经跟你说过的那个我很喜欢的人，今天我把他带来了，是不是很好看？我现在过得很好很开心，你不用担心。"

风拂林间草木，窸窸窣窣，像极了亲人间的低喃细语，安妩低下头微微一笑。

从墓地出去后，安妩发现宁远不知道什么时候已经到了，正在跟周怀瑾聊天，她心口猛然一紧，冲过去说："宁远哥，你已经到了啊！"

宁远与周怀瑾的对话中断，他看向安妩道："对呀，已经到了四五分钟了。"

"那我们赶紧走吧！外面太冷了！"安妩催促道。

宁远看着她紧张的神情笑道："你在害怕什么？是怕我把你小时候的糗事跟你男朋友说吗？"

"哈！怎么会！"安妩尴尬地笑道，"宁远哥，你也不是喜欢到处说别人糗事的人啊。"紧接着，她在心底补上两个字：并不。

"哈哈，你这样说，我就有些不好意思了。因为我刚跟你男朋友说，你小时候因为不老实吃饭，被你大姨满院子追着打。"宁远微笑道，"还有你小时候在头上插两根筷子，再系上卫生纸扮白素贞……"

闻言，安妩嘴角一抽，该来的终归是要来的。她努力忽视掉周怀瑾落在她身上的目光。

从前，她就经常在周怀瑾前标榜自己其实是个温婉居家的人，只是为了追他，才会变得那么疯疯癫癫，从小看老，她小时候是个文静的小淑女。

"宁远哥，你就不能说点好的吗？"安妩耷拉着一张脸道。

"好的？"宁远思忖道，"好像还真没有。"

安妩在心底咆哮：那就请你闭嘴！

宁远故意说："你小时候尽干傻事去了，你还记得你小时候追在我弟弟身后说非他不嫁吗？"

周怀瑾不高兴的凝视落在安妩身上，她浑身一颤，连忙说："怎么会？宁远哥，你别胡说，不存在，怎么可能！"

他怎么说到这件事上面来了，安妩有些崩溃。

"你还当众表白来着，你忘记了吗？"宁远提醒。

"哦，真的吗？"一旁的周怀瑾凉凉地开口。

"哎，你们交往那么久，还没互相交代情史吗？"宁远打趣道。

周怀瑾眼尾一挑，皮笑肉不笑地道："她跟我说她在我之前没喜欢过其他人。"

安妩裹紧身上的大衣，今年冬天好像比往年更冷了。

宁远有个弟弟叫宁辞，比安妩大五岁，长得很好看，是他们那块长得最好看的男孩子。

安妩那时候虽然小，但已经知道跟在长得好看的人身后转了，成为宁辞的一条"小尾巴"。她模样可爱，隔壁宁妈妈特别喜欢她，经常开玩笑问小小的她愿不愿意以后做她家儿媳妇。她不懂这些，但看大人们开心她也开心，就跟着点头，那副模样经常逗得大家哈哈大笑。

宁远说的当众表白，不过是她小时候不懂事，过生日的时候大家问她许什么愿望，她笑嘻嘻地说长大以后要嫁给宁辞做媳妇儿。于是，每年她过生日的时候，这件事就成为大人们必打趣她的一件事。

后来，她长大了，也知道嫁给一个人是什么意思了，便害羞起来，天天躲着宁辞走，好在宁辞也没把小时候的事情放在心上。但每回见到宁辞，安妩依旧觉得很不好意思！

回去的路上，安妩努力地活跃气氛，但只得到了周怀瑾的冷淡对待，她的心越来越忐忑。

一进屋，周怀瑾就坐在沙发上面无表情地道："交代一下吧。"

安妩站在他跟前，小媳妇模样道："宁辞，男，三十三岁，已婚。"

听到"已婚"二字，周怀瑾的神色稍微缓和，他抬眸问道："你喜欢他的时候多大？"

"很小！根本不大！"安妩努力解释道，"都还没到情窦初开的年纪。

你放心，我小时候只是单纯觉得他长得好看，只是喜欢他的脸，根本不是男女之间的喜欢！"

"有多好看？"周怀瑾淡淡地问道。

安妩一噎，男人吃起醋来连这也要比吗？

她盯着周怀瑾的脸咽了一口吐沫道："现在……应该……不好看了吧？我已经好多年没看见他了，当年宁远哥也好看，你看现在他年纪大了也已经发福了，模样变得普通了……"

"年纪大了，发福了，你就不喜欢了吗？"周怀瑾冷哼一声，还真是一个看脸吃颜值的小丫头。

闻言，安妩的心狂跳起来，她和周怀瑾的剧本是不是拿反了？

"你什么样子我都喜欢！"安妩狗腿地笑道。

不过，一些男生确实在二十五岁后身体就会开始变胖，身上的少年感逐渐淡去，但好在她再次见到周怀瑾，他还是记忆里清俊挺拔的模样！

看她偷偷地松了一口气，周怀瑾好气又好笑。

"当众表白又是怎么回事？"

安妩心口一紧，连忙坦白："真不是你想的那样，就是我小时候过生日许愿说要嫁给他，年纪很小！小到宁辞都不会正眼看我！"

周怀瑾却道："你怎么知道他不会正眼看你呢？你又不是他，怎么会知道他对青梅竹马不感兴趣呢？你从昨天看见宁远哥开始就很紧张，是怕他说出这件事吧？"

安妩捂着胸口，差点吐出一口老血！

"我这不是怕你听见吃醋吗？"安妩轻声哄着他。

"呵，我才没有。"他冷笑一声，扭过脸去。

"没有就奇了怪了！怎么年岁长了，脾气却越来越像小孩呢？"安妩小声嘟囔一句，随后叉着腰道，"你说吧，要怎么哄你，你才能开心起来？"

周怀瑾不语。

安妩摇了摇头，走上前坐到他怀中揽住他的脖子，又在他脸颊上亲了下，问道："这样好了吗？"

周怀瑾依旧保持着侧脸相对的姿势，一动不动。

安妩捧住他的脑袋，将他的脸扳向她，在他眼睛上亲了亲，又问："这样呢？小霸道。"

周怀瑾眼睫如蝴蝶的翅膀般颤了颤，眸光闪烁地看着她。

"这样还不行吗？"安妩轻佻地抬起他的下巴，盯着他的唇道，"那这样呢？"

周怀瑾闻言，瞳孔一缩，原以为她会吻他的唇，没想到她头一歪吻住了他的喉结。

周怀瑾喉结一动，将怀里的女孩反压在沙发上，钳住她的双肩。

安妩呜咽着，这样的姿势让她只能承受他的吻。

待到一只手顺着她的衣角滑进去后，她猛地一个激灵，捉住那只手，看着压在身上的人，忍着笑意道："告诉你一个不幸的消息，我家隔音不好，你要忍住！"

周怀瑾看着安妩，她唇红齿白、眉目含情，羊脂玉般的肌肤染上了淡淡的粉色，躺在他身下漂亮得像只妖精。

想到她刚才的举动，他低下头恶狠狠地问她："谁教你那样做的？"

安妩眉眼一弯，他好看得让她无师自通了呗。

2. 姻缘牌上求姻缘

按照计划，安妩原本是打算在老家待一周的，但是天气预报说近两天会下雪。如果下雪他们就得提前走，因为山区一旦下雪就会封路，到时候要走就很难了。

两人今天出门的时候，发现天阴了下来。明明昨天还艳阳高照，给人一种春天要来了的错觉，结果今天就黑云压城城欲摧。

"希望待会儿别下雨。"下了出租车，安妩看了一眼天，祈祷着。

"一时半会儿雨还下不下来，走吧。"周怀瑾道。

他们俩沿着山路往上走，安妩边走边道："那棵树在我们这儿很有名，树龄有六七百年了，你从这里抬头就可以看见！"

说着，安妩指向山腰。周怀瑾看过去，冬季里整座山稍显苍凉，唯有一处红树，如火如荼，分外惹眼。

“这棵树已经成了我们这儿的一个旅游景点！它超灵的，我当年国庆假期来这里求姻缘，结果期末的时候我们就在一起了！是不是很灵？”说着，安妩小心地偷看周怀瑾的神色。

为了彻底哄好他，她可是想了一晚才想到这个地方，既有特色又有寓意。

“你怎么不说是我灵呢？”周怀瑾睨了她一眼。

闻言，安妩额角的青筋欢快地跳动。

走了将近二十分钟的山路，两人终于走到了安妩口中的那个“旅游景点”——一座涂有“违建，拆”三个大字的四合院。

周怀瑾侧过脸看向身侧的人，挑了挑眉。安妩石化，怎么旅游景点变成“违章建筑”了？

正巧一个大叔从四合院里走出来，安妩上前不敢置信地问道：“大叔，这地方是要拆了吗？”

大叔看了她一眼，道：“你不是本地人吧？这座山头被开发商承包了，过完年这边就要被开发啦！”

“可……可……可这不是旅游景点吗？”安妩结结巴巴道。

“啥旅游景点啊，就你们年轻人喜欢搞浪漫，把一棵有些年岁的树当成姻缘树。哪里灵了，我在这里待了半年，也没解决掉个人问题啊！”大叔哭丧着脸道。

安妩欲哭无泪地看向周怀瑾，他嘴角弯了弯，问道：“大叔，我们可以进去看看吗？”

“可以啊。不过我跟你们说，这里面的东西差不多搬空了，没什么了。”大叔摆了摆手。

周怀瑾回头看向安妩，说：“既然都来了，不进去看看吗？”

安妩觉得自己的老脸，一次又一次地在周怀瑾跟前丢了个干净。

这座四合院从外表上看古色古香，其实以前里面全是各种纪念品，现在都被搬空了，周怀瑾跟安妩进去只看见一台老虎机。

安妩没怎么关注这台老虎机，而是径直朝后院走去——那棵姻缘树就在四合院的后院。

一进后院，她就看见院内一角堆放了许许多多的姻缘牌。那些姻缘牌有的都发黄发黑了，一看就是堆在这里很久了。

"这些姻缘牌……"安妩迟疑地开口。

身后随即响起了那位大叔的声音："哦！都是之前卖纪念品的黑心老板出的鬼主意，跟你们这些年轻人说这是姻缘树，只要将写上两人名字的姻缘牌挂在上面就可以百年好合！结果挂的人多了，最下面的树枝支撑不住，断了。这些角落里的姻缘牌，就是从断了的树枝上取下来的。"

"啊？"安妩诧异地叫了一声。

她当年就把姻缘牌挂在了最下面的树枝上。来的时候她还期盼着能找到当年挂的牌子，好在周怀瑾跟前表明她对他的心，结果她的牌子很有可能就在这堆发黑了的姻缘牌里……

"大叔，我的姻缘原来是被你们拆散的啊！怪不得我被分手了三年。"

安妩绕着树看了一圈，再三确定没看见她当年挂的姻缘牌，便朝角落里那堆牌子艰难地走去。

周怀瑾停在那台老虎机跟前，说这是老虎机，仔细一看，其实是一个求签的智能机器。

"年轻人，对这个感兴趣啊？"大叔又神出鬼没地出现在周怀瑾跟前，随手往机子里投了三块钱，对周怀瑾努努嘴道，"你按开始。"

周怀瑾依言按下开始键，瞬间，老虎机特有的转圈抽奖声音响起，一张签自机子下方掉出来。他抿了抿嘴角，拿起那张签。

"姻缘签，中上签，缘分天注定，破镜重圆，置之死地而后生，终归于静。"大叔念着周怀瑾手中的签文，一副意味不明的模样，"你这签看着挺好，但是怎么又带着'凶兆'？"

"大叔懂？"周怀瑾询问。

大叔看了他一眼，道："我又不是算命的，我怎么知道？这后面应该有解释吧！不过这些都是封建迷信,娱乐一下可以,信不得信不得哟！"说着,大叔摆了摆手离开了。

周怀瑾将签反过来,看见了上面的签注。

"破镜重圆,出自宋·李致远《碧牡丹》:'破镜重圆,分钗合钿,重寻绣户珠箔。'意为夫妻失散或决裂后重新团聚与和好。"

"置之死地而后生,出自《孙子·九地》:'投之亡地而后存,陷之死地然后生。'"

看完,周怀瑾的眸光暗了暗。

"你在这儿干什么?快过来!"安妩突然探出脑袋看向周怀瑾,晃了晃手中的牌子。

周怀瑾依言走过去,问道:"怎么了?"

"你看我找到了什么!"安妩觉得自己也是运气好,随便翻了一下那堆姻缘牌,就看到了自己当年挂的牌子。

周怀瑾接过,念着上面的字:"安妩跟彭于晏是真的。嗯?"

"再看这个!"安妩激动地递过去下一个牌子。

"安妩跟胡歌会在一起?"周怀瑾语调上扬,意味不明。

"对对对!这两个都是我上大学时超喜欢的男明星!"安妩反复看着自己手中的两块牌子,感慨自己的青春一去不复返。

"你写了多少块?"周怀瑾皱着眉问道。

"嘿。"安妩花痴地笑道,"一共就写了三块,只找到这两块,你跟我的那块没找到。"

"怪不得会被拆下来,原来是愿望不实事求是。"周怀瑾不屑地道。

安妩瞪大眼睛看着他:"你刚才听到我跟大叔的对话了?"

说曹操曹操到,大叔拿着一块崭新的姻缘牌出现在安妩跟前,说:"小姑娘,我找了一下,还真找到了一块姻缘牌,东西可以送你,但前提是不能挂在树上!"

"谢谢大叔,放心好了,我不会乱挂的!"

周怀瑾见安妩拿过那块牌子翻着包包,问:"你想干什么?"

"我没找到我们的牌子,但来都来了,总要留一个做念想。"安妩掏出准备好的记号笔，在上面写下自己跟周怀瑾的名字，说道，"好了，我会把这块牌子好好收起来，不会让它找不到的。"

话音刚落，周怀瑾就拿过她手中的笔跟姻缘牌，在上面"唰唰"写着什么，随后将笔还给安妩，又将姻缘牌装进了自己的口袋。

"你怎么自己装起来了？写了什么？给我看看。"安妩将手伸进他的口袋里，却被他握住。

周怀瑾垂眸看着她道："都跟你说了，是我比较灵，所以这东西应该我收着。"

转过头，周怀瑾对一旁的男人道："大叔，谢谢你，刚才的三块钱……"

"不用还了！刚才这小姑娘不是说我们坏了她三年的姻缘吗？就当是赔礼道歉了。"大叔笑呵呵地道。

"什么三块钱？"安妩狐疑，她错过了什么吗？

回去的路上，天空下起了雨，等两人到家的时候，雨点已经变成了雪粒。安妩看了一眼天，说："天气预报还挺准的，说是今天有雨夹雪，下午就开始下了。我看预报还说未来几天小雪变大雪，如果今晚真的下一夜，我们明天就得准备走了。"

周怀瑾"嗯"了一声，拍掉肩膀上的雪粒。

安妩灵光一现，道："你去洗澡吧，我去烧个炭火。"

"炭火？"

"嗯嗯。"安妩点点头，"你应该没见过吧！烧得旺旺的炭火，可是我小时候关于冬天最深刻的记忆！我们南方不供暖，所以取暖有各种各样的方式。这种是最老式的，现在大家都有取暖器了，基本不用这个了。"

安妩突然想到屋里有些陈年的炭，便想烧炭火让周怀瑾见识一下她小时候的冬天是怎么过的。

周怀瑾洗完澡从浴室出来，安妩已经将火盆里的炭烧了起来。这火盆还是前些年她大姨买的，无论样式还是颜色都好看，摆在屋里也不觉得突兀。

安妩将火钳撑开，在上面放了两块糍粑，然后架在炭火上烤。待火钳固定后，她又端来一缸加了茶叶的凉水放了上去，有些许水泼了出来，与火相遇发出"哧哧"的声音。随后，她不知道从哪儿变出一袋板栗跟橘子，围在了火盆的边缘。

"橘子也可以烤？"周怀瑾站在火盆旁边，好奇地问道。

"只是热一热，以免吃凉的胃难受。"安妩扬起脸看向他，"还有周大医生没有见过的场面吗？"

周怀瑾坐在火盆旁边，将大衣放在沙发上，他的确是第一次见到这种东西。

安妩拍了拍手，一副大功告成的模样，又将电视打开，找到电影频道，打算今天下午就这样悠闲地度过。

电影频道正好在放一部喜剧片，安妩一边翻烤着糍粑，一边时不时抬起头看着电视，说："这个我之前看过，非常好玩，我跟顾莜在电影院看的时候笑到肚子痛。你有去看过吗？"

周怀瑾盯着她，她这样在身边陪着他，让他心中温暖的感觉又回来了。破镜重圆，对他们来说的确是这样的。

安妩笑嘻嘻地看着电影，手慢慢地朝沙发上的大衣伸去。周怀瑾看着她的笑脸，嘴角一扬，她还挺会声东击西的。

"哈哈哈！"安妩瞧着电视笑着，心里却在想自己怎么没有摸到那块姻缘牌，难道在另一边口袋里？

乱摸的小手开始朝着大衣的另一个口袋前进，安妩盯着电视口中碎碎念着："你能猜出来哪个是卧底吗？"

没有得到回应的安妩疑惑地"嗯"了一声，扭过头看向他，却见他拿过大衣对她"友善"地笑道："我猜是你。"

安妩面上一窘，敢情她的小动作都被他看见了。

"嘭！"轻微的炸裂声响起，板栗受热外壳炸开，空气中弥漫着一股淡淡的香味。

"我想吃。"周怀瑾看着安妩，眼波一转。

安妩撇撇嘴说："自己不会动手……"

话说到一半，她立马转变态度笑靥如花："可以，当然可以！周医生的手怎么能做这些粗活呢，我来！"

安妩热情地剥着板栗还有橘子，捧满手心凑到周怀瑾的跟前，问道："那我可不可以……"

"不可以。"周怀瑾直接无情地打断她。

安妩的笑脸立刻消失，她收回手，将剥好的橘子跟板栗一个个当着周怀瑾的面塞进自己的嘴里，说："那就……不给你……吃……哼！"

他到底写了什么她不能看啊？安妩抓心挠肝地想。

她将自己的嘴巴塞得满满的，两颊鼓起来，像极了花栗鼠进食的样子。

周怀瑾点了点头，道："那我就不客气了。"

说完，他弯下腰拿起烤好的糍粑，轻轻一扯，热腾又软糯的糍粑在空气里绵糯地舒展开身体，一股米香扑鼻而来。

安妩睁大眼睛，看着他一点点故意在她跟前把糍粑吃下去，那可是她等了好半天最期待的糍粑啊！

"你骗我！"她气结，看着自己指尖上刚才剥东西沾染的灰，伸出手就要往他的脸上蹭。

周怀瑾大笑着扭过脸，抓住她"作恶"的手。

"拿到了！"安妩站起身，得意地晃着手中的牌子，看着上面的字，不敢置信地念出声，"安妩永远傻？周怀瑾。"

周怀瑾愣了愣，随后低头笑出了声："你是真的傻。"

"绝交吧，周怀瑾！"安妩撂下牌子黑着脸道。

周怀瑾捡起那牌子，看着安妩道："是安妩永远爱周怀瑾。"

安妩蹙起眉头问："为什么'爱'字会有单人旁？"

"我本来想写英文的'爱'，想了想，又改成了中文，那不是单人旁，是字母。"周怀瑾解释道。

"你写得也太潦草了！"安妩最终将黑锅甩到周怀瑾身上，但这依旧不能让她开心起来，她不高兴地道，"为什么不是你永远爱我？"

"只有你永远爱我，我才可以度过这漫长的岁月。"周怀瑾眼前浮现出许多从前她在身边时的画面，她是他炙热温暖的太阳啊，他怎么可以没有她。

安妩的嘴角渐渐上扬，她坐下剥着板栗轻咳一声，说："这个理由我勉强还算能接受！"

"那……可以给我吃了吧？"周怀瑾握住她的手腕。安妩怔住，看他拿着她的手往嘴边送，轻轻咬掉她指尖的板栗肉。

安妩脸一红，缩回手道："茶……茶水煮好了，喝……喝茶吧。"

她拿起事先准备好的杯子，倒了热茶递给他，目光随后被窗外的风景吸引。

"周怀瑾，雪下大了！"她惊喜地道。

天空中飘着的雪像散落的棉絮，飘飘洒洒，恣意飞扬。

周怀瑾轻轻"嗯"了一声，听着火盆边板栗的炸开声还有水沸声，看向身侧女孩兴奋的小脸，第一次爱上了他曾厌恶的冬天。

1. 存钱罐里的秘密

大雪纷纷，久落未停。考虑到夜晚气温太低，第二天道路积雪结冰，路上可能会耽搁很长时间，安妩跟周怀瑾便临时买了末班大巴车的票。告别了宁远一家后，他们就踏上了归途。

元旦假期早已结束，现在又是下雪天，回市里的大巴车上没多少人，加上司机总共五个。天色渐渐暗了下来，安妩看着昏暗的车内环境，扯了扯身边人的衣袖，小声道："你觉不觉得，这很像丧尸片里的场景？大雪纷飞的夜晚，杳无人烟的漆黑山路，毫不知情的乘客，唔……"

周怀瑾捂住她的嘴巴，沉下声音道："现在才七点，道路两旁都有路灯，而且我们已经进入另一个小镇的地界，至于乘客，这里有一个话很多且思维天马行空的女乘客。"

安妩的眼睛一弯，扒拉下他的手道："这你就害怕了吗？我……"

车子突然颠簸了一下，所有人都听到一声响动，安妩吓了一大跳，第一反应还以为真的有丧尸袭车。

司机将车停了下来，下车去检查。安妩看着窗外安静的小镇，回过头对着周怀瑾道："你说，我们该不会真的遇上什么东西了吧？"

很快，司机上了车，极其抱歉地说："各位乘客，非常抱歉，车子轮胎爆了……"

"啊？那怎么办？"有人震惊地叫了起来。

司机局促地搓着手道："真不好意思，要不我给各位找车吧。"

乘客纷纷下了车，天寒地冻的，安妩看着大巴司机在路上来来回回招手打车，半天才拦下一辆车，但也只能带走一个人。

一个小时过后，路边的乘客只剩下安妩跟周怀瑾。安妩看着很着急的大巴司机，抬头对周怀瑾道："要不我们今晚在这里找个旅店住下吧，明早再走。就这样等下去，我们也赶不上高铁。"

"嗯。"周怀瑾点了点头，上前跟大巴司机说了一下。

大巴司机很感激地说："那明天早上你们在这里等着，我让明天开车的司机带上你们。"

跟司机约定好时间，安妩跟周怀瑾就向小镇的旅店走去。

刚才在车上的时候，安妩就觉得这小镇有些奇怪，走进旅店才明白这种奇怪的感觉是因为镇子上太黑了。

"停电了，河这边的地区全部停电了。你们如果想要找有电的旅店，要到河那边去，我们这边得两小时以后才来电。"旅店前台，老板娘打着手电筒操着一口方言说道。

安妩不知道"河这边"跟"河那边"分别是哪边，她眯着眼睛看着周怀瑾道："要不就这家吧，反正两小时后就来电。"

"你们要几间啊？正好我家还剩了两间。"老板娘快速地说。

安妩愣了愣，按照言情小说的剧情，老板娘不应该对他们说就剩一间，或者特别有眼色地给他们开一间房吗？

周怀瑾看了她一眼，知道她又开始乱想了，他掏出身份证道："一间大床房。"

"唉……"老板娘叹了一口气，"怎么都是情侣，又少赚了。"

闻言，安妩嘴角一抽，原来如此！

然后，老板娘将房卡交给他们，又给了一个小型手电筒，并再三嘱咐第二天退房时要归还。

上楼进了房间，安妩拿手电筒照了一圈，问："大概十点多来电，我们等到来电后再洗漱，就这样在黑暗里聊天？"

安妩恶趣味地拿手电筒照着自己的脸，周怀瑾无语地用手抵住她的额头道："先去洗漱，你的脚难道不冷吗？"

"冷！"她的脚早就在站在路边的那一个小时里被冻得没啥感觉了。

浴室内，安妩用手电筒照着自己跟周怀瑾光着的脚丫，看周怀瑾拿花洒不断冲着两人的脚。

"我觉得差不多了。"安妩用脚尖碰了碰周怀瑾的脚背。

"暖和了？"他问。

擦了脚，脱了外套上床，安妩感慨好在冬天不需要天天洗澡。

刚上床，安妩的手机就响了起来。她看了一眼来电显示，接起问道："怎么了，顾莜？"

"为期一周的'蜜月游'怎么样啊？"

隔着电话，安妩都能脑补出顾莜笑得一脸猥琐的样子。她笑道："你就是来打听这件事的吗？"

"不是，我来是问罪的。"顾莜道。

"问罪？"安妩诧异地道。

"你还记得之前，我跟你说过的周怀瑾'激吻'一事吗？刚才值班的时候，我破案了！"顾莜咬着牙对电话那头吼道，"亏我一直以来担心你跟周怀瑾，敢情你俩早就和好如初了啊！"

她刚才值班的时候，碰上俩医生正在说周怀瑾，好奇心驱使她上前问周怀瑾怎么了。那俩医生说，之前跟周怀瑾查房回来后，看见他值班室门口站着一个女人。顾莜知道那是安妩，但是这俩医生对安妩的描述，让她陡然想起了之前"激吻事件"的女主角。顾莜才后知后觉原来女主角就是安妩！

安妩干笑两声，道："事情还真不像你说的那样。"

"什么事情？"周怀瑾上了床，听见电话里顾莜的声音，询问道。

旅店里的大床不知道是什么材质的，只要轻微晃动，就会发出"嘎吱"

的声音，声音还挺大。电话那头瞬间陷入死寂。

"喂？"

没听到顾莜的声音，安妩还以为是她那边信号不好，正准备再问一声时，顾莜噼里啪啦如机关枪扫射一般的声音就从电话那头传来："对不起，打扰到你们了！真的不好意思，我没什么事，祝你们百年好合、早生贵子！"

毫不犹豫地挂断电话，顾莜拍着胸口，面色绯红。阚北路过服务台看了她一眼，问道："怎么了？"

顾莜咽了一口吐沫，问："现在几点？"

"快九点了。"阚北看了一眼手腕上的机械表，答道。

顾莜拍了拍脸，喃喃道："这也太早了吧。"

"怎么了？"看安妩拿着手机发呆，周怀瑾问道。

安妩有些无奈地摇了摇头，道："没什么，都是这大床惹的祸。"

说完，她朝后倒了下去，周怀瑾也躺了下来。

大床不断发出声响，让原本还挺正常的气氛一下子有些尴尬起来。安妩连忙找话题："你那么讨厌恐怖片，上次晚上一个人怎么睡的啊？"

从前她晚上说了鬼故事，他会紧紧抱着她睡觉，那天晚上他一个人，难道是抱着她的手机睡的？

身侧的人目光如炬，想忽视都忽视不掉，周怀瑾叹了口气，歪过头看向她道："我闭上了眼睛。"

安妩一愣，随后发出一阵爆笑。

她还以为他胆子变大了，原来他是在看恐怖片最关键的时候闭上了眼睛！

"安妩！"她笑得太过开心，周怀瑾忍不住咬着牙喊出她的名字，他就知道她会是这个反应！

"抱歉，哈哈！"安妩肚子都笑疼了，"是我的错，我应该看到恐怖片就果断关闭视频的，哈哈哈！"

紧接着，周怀瑾将她一把捞进怀中，低下头堵住了她所有的笑声。

手电筒滚进了两个枕头之间，灯光打在墙上，映出两个纠缠的身影。

一番闹腾过后，安妩伸出手玩影子游戏，还解释："这是小兔子，这是小猪佩……"

"奇"字突然卡住，安妩来了兴趣，问道："周怀瑾，你知道你在我的小猪佩奇里一共存了多少钱吗？"

"你打开数了吗？"周怀瑾突然反问。

安妩眯起眼睛，道："才没有，我只是抱回家的时候发现还有点分量。刚才比画到小猪，我突然想起来这么一回事，你难道不想要回去吗？"

"一共一千一百一十五。"

"什么？"安妩怔住了。

"一共一千一百一十五。"周怀瑾圈紧怀中的她重复了一遍，将下巴搁在她柔顺的长发上。

安妩眉头一皱，问："你这么有数，是怕我拿了存钱罐独吞里面的钱吗？"

周怀瑾嘴角弯弯，"嗯"了一声。

安妩瞬间不乐意地扭动着身体，说："你这话什么意思？周怀瑾，你给我说清楚，我是那种会独吞的人吗？就算是，你也不能说出来！你这样会很难找到老婆的！"

周怀瑾固定住她的身体，微微用力道："你离开我的时间。"

"什么？"安妩怔住，问道，"你在说什么？"

"一千一百一十五，你离开了我一千一百一十五天。"周怀瑾低喃一声。

闻言，安妩眸光呆滞，身体轻颤，原来是这个意思呀！

"回到家，记得把里面的钱拿出来，一个个拆开。其中一个里面有我的秘密，一个来不及送你的礼物。"周怀瑾轻声说。

安妩眼眶一酸，嘴角却幸福地扬起，她涩着声音道："我知道。"

周怀瑾身子一僵，就听安妩重复道："我知道有什么。"

她早就知道存钱罐里面有多少钱，有什么东西。从她拿回存钱罐的那天，她就知道了。

赵老师跟她说过他的那个秘密，她在存钱罐里看到了，是一枚戒指。看到那枚戒指后，她的青春再也无悔，只是她没想到那些钱是这样一个意思。

她以前一直以为总是她在追逐他，总是她爱他多一点，现在才明白，他只是爱的方式与自己不同，却爱得认真又执着。

如果他们没有重逢，或许再过几年，她遇见一个合适的人便会将他忘记，但他很难。

"谢谢你的执着让我们再次相遇。"安妩转过身，仰起脸看着他。

未来，她会继续爱他的。

2. 结束合作

假期结束后，安妩跟周怀瑾的生活重归正常。白天他们照常去上班，晚上会在一起做饭，吃完饭便在一起看电影或者打游戏。有时安妩去医院看她大姨，周怀瑾就等她一起下班回家。

临近年关，安妩公司决定举办一次团建活动。安妩凑近郭莹道："老板娘厉害啊！前两天看你发朋友圈说想去泡温泉，今天团建就有这项选择，我看露营是张旭拿来作挡箭牌的吧！"

郭莹黑着脸哼了一声："这次团建我不参加。"

安妩瞧着她脸色不对劲，便敛去笑容，问："怎么了？"

"前些天我见他父母了。"说着，郭莹看向安妩。

闻言，安妩怔住了。

"他父母不喜欢我，这点我可以理解，毕竟我们门不当户不对的，我又是他的下属，很容易被人认为是想攀高枝。我都已经做好心理准备了，但他妈妈当面对我笑语盈盈、嘘寒问暖，我受宠若惊，以为他妈妈不是那样的人。结果他一不在身边，他妈妈立刻就对我冷嘲热讽，我气不过怼了回去，然后张旭折回来就看见我在顶撞他妈妈。"

"张旭站在哪边？"安妩问道。

"我这边。"郭莹低下头道，"但他妈妈那个样子，我是不可能跟他再继续交往下去的。"

"你先不要生气，也不要难过。"安妩安慰道，"先看看张旭是怎么处理的，毕竟你是跟他在一起，又不是跟他妈妈在一起。"

"他妈妈那样当面一套背后一套，如果我以后嫁给他，他妈妈就算对我好，我也觉得会不会背地里在说我不是。"郭莹抬起头看向安妩，气愤地说，"你以后要是见公婆，可千万不要被那些礼貌客套的笑容骗了，指不定他们会在你离开后挑你什么刺呢！"

安妩头皮一麻，说："应该……不会吧。"

下了班，安妩站在路边打电话，翘首以盼："你到哪儿了？为什么我没看见你啊？"

车鸣声响起，安妩看着车内的人一笑，拉开副驾驶位的车门上了车。

远处，一辆黑色宝马里的人看着安妩上车后收回视线，对身边的女人说："我们的合作就到此为止吧，我爸爸已经去世，我们再也没有演戏的必要了。"

韩秋水握紧放在双膝上的包包带子，低声说："你就没有对我动过心吗？这么长时间，哪怕只有一瞬间？"

程涵没有说话。韩秋水死死咬住唇瓣，她做了那么多，努力了那么久，为什么什么都没有得到！

"我跟你说过，不要喜欢我，我……"

"因为你喜欢安经理对吗？"韩秋水打断了他的话。

程涵瞳孔一缩，下意识地道："你在胡说些什么？"

"我胡说？"韩秋水嘴角弯起一抹嘲讽的弧度，"如果是我自欺欺人倒好了，但可惜的是，一直以来都是你在自欺欺人。你为什么会喜欢她呢？明明她伤了你的手，明明她不曾给过你好脸色，明明……"

"闭嘴！"程涵粗暴地打断韩秋水，"我的手受伤是意外，她不是故意的。"

说出这话，连程涵自己都愣住了。

"意外？可是你为什么喜欢在她面前提起你的手呢？是在提醒自己

不能喜欢她，还是想吸引她不曾给过你的视线？"韩秋水眼神空洞地说道。

　　她其实很早之前就听到过安妩跟程涵打电话时的内容，那时她还不明白为什么程涵要提起他的手，直到在她妈妈那里听到一些事情后，她的疑惑有了答案。

　　"你疯了吗？"程涵不敢置信地看着身边的女人，似乎是第一次才看清她的模样。明明这段时间她给他的印象是乖巧可爱的女孩，可是现在她咄咄逼人，像个疯子。

　　"你就算跟我解除合作，她也不会喜欢上你，为什么就不可以给我一个机会呢？"韩秋水的泪水在眼中打转，"我很喜欢你啊！"

　　程涵的眼神一瞬间复杂了起来，但到底她还是一个小女孩，感情的事情谁都无法说清，不喜欢就是不喜欢。

　　"下车吧。"他有些疲倦地道。

　　这段时间发生的事情太多了，他没心思纠缠于这些事情上面。

　　"最后一个问题，如果你心底没有人，我是不是有可能？"韩秋水问道。

　　闻言，程涵沉默了。

　　如果本身就是一个假设，现实已经发生，假设只会让人徒增烦恼。

　　韩秋水看着他，温暖如春是他，冷漠绝情也是他。然后，她狠狠擦掉脸上的眼泪，打开车门下了车。

　　安妩上车后没多久，周怀瑾就说："你们什么时候放假？我妈想见一见你。"

　　正拿着保温杯喝水的安妩差点喷了出来，她脑中回荡着下班前与郭莹的对话，不敢置信地道："什么？你妈妈要见我？"

　　"我妈上一次见到你后，就一直懊恼自己没看清你长什么样子，一直想见一见你。"周怀瑾笑道。

　　安妩不由得咽了一口吐沫，她第一次见他家长辈的情景，实在是很不堪回首啊！

　　"周怀瑾，如果我跟你妈同时掉进水里，你救谁？"安妩问道。

周怀瑾轻笑出声，揶揄道："不用我救，我妈就会为了见你先游去救你。"

安妩眼皮一跳，说道："你可不可以不要开玩笑！"那画面她想都不敢想。

"你不要担心，我爸妈不难相处。"周怀瑾直截了当地说。

安妩像泄了气的皮球，问道："如果你爸妈不喜欢我呢？"

"当初你追我的时候，怎么没有考虑过如果我不喜欢你呢？"周怀瑾好笑地问道。

"我那么人见人爱，你怎么可能不喜欢我！"安妩挺起腰板道。

"既然你人见人爱，就不要担心见我爸妈了，他们会喜欢你的。况且，有我在呢。"

安妩看着他，稍微定下心来。她记得上次看的那个视频，那里面的周妈妈温柔可人，应该不是个很难相处的人。

两个人商量好了见面时间，车子继续朝家的方向驶去，车内的人一个叽叽喳喳地说着话，一个安静地听着，倒也分外和谐。

3. 团建活动

长龙雪山在 C 市，C 市作为全国最有名的冰雪城市，在每年 A 市还是秋高气爽的时候，C 市就已经一片冰雪了。长龙雪山正是利用这得天独厚的自然条件开发了长龙冰雪度假村，主打冰雪里的"暖暖温泉乡"。

郭莹和张旭因为家里有事都没来，负责这次团建的任务就落在了江允身上。

没有了大老板跟着，负责人又是"好好先生"江允，员工们就像脱了缰的野马，兴致高涨。

一到长龙雪山，大家都被入眼的皑皑白雪震惊到了。作为南方人，他们虽然也见过雪，但从来没有见过这么壮观的雪景，仿佛天地间只剩下了白色，尤其现在天上还在飘着鹅毛大雪。

"感觉这雪就跟不要钱似的，这里冬天一直是这个样子吗？不断地下雪？"同事甲好奇地问道。

“可不就是不要钱！我看了一下天气预报，C 市这一周都在下雪，前天开始由中雪变成大雪，今天大雪变暴雪，好像还得再下个两三天才会放晴。”同事乙搭话道。

安妩拿出手机拍着漫天飞雪，将图片发给周怀瑾。

安妩：“我到了。”

周怀瑾秒回：“好，我知道了，玩得愉快。”

安妩：“你今天不是要开会吗？先去忙吧，我有事再打给你。”

将手机装好后，安妩回过头就看见望着落雪怔怔出神的韩秋水。

安妩拍了拍她的肩膀，问道：“怎么了？是身体不舒服吗？”

从早上看见韩秋水，她就一副恹恹的模样，一开始安妩还以为她是因为起太早没睡醒。

“没事，经理有什么事吗？”韩秋水看着安妩，眸光闪烁道。

安妩指向一处的六七个人道：“那是郭经理的组员，郭经理托我照顾他们，所以我去带他们的队，我们组就麻烦你帮忙带队了。”

对于韩秋水的办事能力，安妩还是比较欣赏的。

“好。”韩秋水点了点头。

排队登记入住信息的时候，韩秋水突然来问安妩：“安经理，我可以跟你住一间房吗？”

房间都是双人床，员工自行组队。安妩愣了愣，道：“好啊，正好，你跟我一间，这两天有什么活动我就直接跟你说了。”

刚将行李安置好，江允就过来敲了敲门。

“餐厅在二楼走廊尽头，拿着房卡里的午餐券过去就行了。吃完饭休息一会儿，三点钟换上酒店准备好的衣服，去汗蒸房。”

安妩点了点头：“知道了，你也早点去休息吧，剩下的我跟秋水去通知。”

江允颔首，看了一眼她房间里的韩秋水，说：“那辛苦你们了。”

下午三点。

大家换好衣服来到汗蒸房，有人兴奋地问江允："江领导，我们玩点什么游戏吧？"

江允拿着浴帽说："我们玩击鼓传花吧，我手中的浴帽传到谁手中，谁就出来背公司的员工精神。"

安妩马上笑着说："要不这样吧，传到谁手中我们就玩真心话大冒险吧！"

安妩含笑看着江允，他咬了咬牙，道："行吧，大家就玩真心话大冒险！但是回到公司后，可千万不要在大老板跟前说是我放纵你们的哦！"

"谢谢江领导！"大家欢呼道。

浴帽所经过之处，人人避之唯恐不及。随着音乐临近高潮，众人呼吸都是一紧。

"啊！"坐在江允身边的妹子，在最后一刻大叫着把手中的浴帽扔进了江允的怀中。

众人欢呼："江领导！江领导！"

江允低头看着手中的浴帽，笑道："好吧，你们想让我玩真心话还是大冒险呢？"

"真心话吧！我想问的是，在座的人有没有江领导想对她偏心的？请说出她的名字！"

此问题一出，大家看热闹不嫌事大地瞄向安妩。

江允见大家都看着安妩，笑道："确实有，是你们的安经理。"

"哇哦！"大家顿时尖叫。

"但！"江允伸出双手做投降状，道，"真不是你们想的那样，而且我早就知道你们安经理有喜欢的人了，怎么可能还对她有非分之想？"

众人听江允爆出大料，立刻双眼放光地看向安妩。

安妩颇感不可思议地看着江允，怎么把话题往她身上引了？

在众人的欢声笑语中，韩秋水看着安妩因众人打趣而微红起来的脸，眸光暗淡。

随着第二轮音乐开始播放，安妩终于感受到了紧张，因为所有人都在等她拿到那顶浴帽。最后，歌曲结束，那顶浴帽精准地落在了她的手中。

"真心话吧，问她男朋友是谁！"

有人刚说完，就被否定了提议："别！还是玩大冒险，让安经理打电话给她男朋友！放外音！"

安妩有些头疼，为什么这些员工在想鬼主意方面都思如泉涌，平时让他们写策划案，一个个都哀号说自己头秃写不出来。

"打电话就行了吗？"安妩问道。

"当然不会这么简单，不然能叫大冒险吗？安经理要引导，让你男朋友说出'我也爱你'这四个字。"刚才提议打电话的女生补充道。

安妩有些恨自己，为什么刚才问了这么一嘴，还不如直接打电话！

"但是，他今天要开一天的会，如果我打了没人接，可不怪我哦。"安妩提前给大家打预防针。

屋外的雪越下越大，屋内的气氛却空前高涨。

安妩拨了周怀瑾的电话后打开外音，原本热闹的人开始屏声静气，所有人都盯着安妩的手机。

"嘟"声响了很久之后，有一个女声提醒道："抱歉，您所拨打的电话暂时无人接听，请稍后再拨……"

安妩松了一口气，看着大家失望的表情，她有些开心地道："看，不是我……"

话还没说完，手机就响了，安妩一看，顿觉头皮发麻，周怀瑾打过来了！

她深吸一口气点了接听，汗蒸房内再次安静下来。

"喂？"手机里传出的清冷男声让在场的女士们神情振奋。

安妩如坐针毡，她还是第一次被这么多双眼睛盯着她打电话。

"怎么了？你们这个点不应该在团建吗？"

他的声线平稳且富有魅力，安妩想到了上次一起玩游戏的小哥哥。就是因为那小哥哥说话的感觉有点像他，她才会玩得着迷。

"嗯……雪下得太大了，团建活动都取消了，大家都在房间里等着晚上去泡温泉。"安妩红着脸一本正经地胡说八道。

"所以你想我了？"周怀瑾轻笑道。

"呜！"有女生听到周怀瑾这句话，兴奋地捂住嘴巴，这声音也太好听了吧！

安妩没想到周怀瑾会这么说，脸上的热度瞬间飙升。她垂下眼睑，在心中默念了三声"要淡定"，说："嗯，我想你了。你不应该对我说些什么吗？"

"说什么？"周怀瑾问道。

安妩有些心急，不知道怎样才可以引导他把那四个字说出来。她咬了咬牙道："你应该说我也想你了！"

闻言，有人笑了一声，立马捂住嘴巴。

"你想听这个啊，那重新来一遍吧。"周怀瑾轻笑道。

闻言，安妩一个激灵，抓住这个好机会道："我想你了。"

"我也想你了。"

"我爱你。"安妩乘胜追击说出这三个字，可电话那头没了声音。她狐疑地唤道，"周怀瑾？"

"嗯？"消失的男声又再次出现。

"我说我爱你啊！"安妩羞赧极了。

一旁的江允看着她，嘴角扬起一抹淡淡的释然的笑。

"我听见了。"周怀瑾轻笑道。

安妩摸着额角凸起的青筋，问："那你怎么不给我回应？"

电话那头的男声缓缓说道："我想听你多说两遍。"

在场的人都愣住了，随后捂着胸口纷纷倒地做"被甜死"状。安妩摸着自己滚烫的脸道："你……"

"我也爱你。"周怀瑾含笑道，"这样说，你的任务就完成了吧。"

闻言，安妩瞬间愣住了。不只是她，倒地的人也都一个激灵爬起来，震惊地看向安妩手中的手机。

"你……你怎么知……知道是我的任务？"安妩结结巴巴地道。

"安经理的男朋友好！"憋了很久没有说话的众人，七嘴八舌地对着电话打招呼。

有人好奇地问道："哇！安经理的男朋友，你是怎么猜出来的啊？！"

安妩也竖起耳朵仔细听着。

"因为我太熟悉你说谎时的语气了。"

周怀瑾给自己倒了一杯茶，阙北拍了拍他的肩膀，将手中的病历递给他。

众人恍然大悟，原来是这里出了问题。但刚才安妩说的时候，他们也没有觉得不对劲，只能说她的这位男朋友的确很细心。

安妩将电话外音关闭，道："游戏算我赢了吧？"

大家全部输得心服口服。

安妩眯着眼睛一笑，让大家继续玩游戏，她先退出，去将电话打完。

"那你知道我在玩游戏，刚才说的都是假话喽？"安妩伸了一个懒腰，盘腿坐了太久，她觉得腰有些不舒服。

"只有一句是假话。"周怀瑾道。

"哪句？"安妩没想到他还真敢说。

"'你不应该对我说些什么吗'那句。"

安妩嘴角一弯，道："这道题勉强算你过关。"

周怀瑾也微微一笑，道："你接着去玩吧，我要开始处理病历了。"

"好。"

电话挂断后，坐在周怀瑾对面的阙北好奇地道："安妩去长龙雪山团建了？那什么时候回来呢？"

"明天晚上。"说着，周怀瑾将手机装进口袋。

阙北犹豫着点了点头。

"怎么了？"周怀瑾抬眸看了他一眼。

"你没看天气预报吗？C市那边昨天已经发布了暴雪红色预警。不过那边每年冬天都会这样，应该也没事。"

闻言，周怀瑾心口猛然一跳。

一直玩到六点，大家筋疲力尽地去餐厅吃饭，准备吃完休息一会儿晚上好好享受温泉浴。

　　本来打算自己一个人去泡温泉的安妩，突然被韩秋水拦住，她支支吾吾地邀请安妩一起到另一个池子去泡。

　　泡了大概四十分钟，安妩就有些受不住了，打算起身。

　　韩秋水突然问："安经理，能跟你谈谈吗？"安妩没想到她会主动开口，点了点头。

　　韩秋水没动，看着安妩说："安经理，我打算年后辞职。"

　　安妩愣住了，反应过来问道："为什么？"

　　"我……"韩秋水的话，随着巨大的轰鸣声戛然而止。

　　"小心！"韩秋水尖叫一声，但书柜还是倒下来砸中了安妩，灯瞬间灭了，屋内陷入一片黑暗中。

　　安妩感觉整个背火辣辣地疼，尤其尾骨痛得仿佛抽走了她所有的力气，她只好趴在地上。有人跪在她身边，想奋力抬起压在她身上的书柜。

　　"安经理！安经理！"韩秋水颤抖着声音喊。她力气太小了，根本无法搬起压在安妩身上的巨大书柜。

　　黑暗中，安妩看见绿色的"安全通道"灯亮了起来，她白着脸抓住韩秋水的手努力说道："去……去找人！"

　　韩秋水摸索着来到门边，黑暗中大家都往酒店大厅跑去，轰鸣声不时在头顶响起。韩秋水想拉住一个人帮她，但巨大的恐惧感让她牙关打战。

　　"是雪山滑坡，所有出口都被大雪吞没了！"有人突然吼了这么一嗓子，众人这才发现窗外黑暗一片。

　　"你们的手机有信号吗？"有人惊恐地问道。

　　大家纷纷看向自己的手机，不是显示不在服务区就是信号微弱得消息根本发送不出去。

　　人群迅速陷入巨大的恐慌中，韩秋水脑子里不断闪过各种画面，突然一个可怕的念头在她心底产生。

　　如果安妩就这样死了，那程涵会不会忘记这么一个人，给自己一个机会?

"韩秋水?你在这儿!"突然有人抓住韩秋水的手臂,把她吓了一跳。

手机的灯光让她看清来人,是江允。

江允语速又急又快:"安妩呢?她没事吧?"

韩秋水鬼使神差地点了点头,到嘴边的话却怎么也说不出口。然后,江允松开她的手去找其他的人。她站在原地,握紧了拳头。

安妩不断地倒吸着冷气,钻心的痛意让她手脚一片冰凉。

"有……有没有……人……啊……"她努力唤了两声,但声音太小,根本无人回应她。额头不断有冷汗冒出,安妩想着自己该不会被砸瘫痪了吧?

时间一分一秒地流逝着,酒店里所有的旅客都汇集到了大厅。漆黑的环境中,大家披着酒店的被子,打开了手机的灯光照明。

酒店的经理和工作人员不断地安慰大家:"各位请不要慌乱,我们已经成功报警了,相信很快就会有人来救我们的!请大家检查有无人员受伤!"

江允清点在场的员工,找了一圈后没看到安妩,就问韩秋水:"安妩她人呢?"

韩秋水早已开始恐惧了,被江允这么一问,害怕地哭起来:"安经理被私人浴室里的书柜砸到了!你们快去救她吧!"

闻言,江允脸色骤变。

夜色如墨,外面风雪不断,安妩在意识涣散之际,突然听到了周怀瑾在喊她。她睁开眼,周围一片漆黑,她的眼泪一下就落了下来。

回忆涌上心头,安妩想到了她曾经与周怀瑾的对话。

"周怀瑾,你说你是医生,我是入殓师,你站在生门,我站在死门,我们是会先经历生离还是死别呢?"

"胡说!"少年看着怀中的少女皱起了眉头。

"那你说!你说个不胡说的!"少女不乐意地哼道。

少年眼神一暗，圈紧怀中少女缓缓说道："生是死的希望，死是生的归宿。我是你的希望，你是我的归宿。"

......

我还能看到我的希望吗？安妩慢慢地闭上了眼睛。

"安妩！"

"安经理！"

有三五个人拿着手机冲进私人浴室，看见了地上陷入昏迷的安妩。

第十五章
大结局

1. 哄他开心的方式

一周后，C市的省立医院内。

安妩抓紧床边男人的衣角，面色紧张又尴尬地看着包围了她这张病床的八九个医生。为首的女医生三十七八岁的模样，要不是安妩知道她已经五十六岁了，肯定会叫"医生姐姐"。

"小妩啊，伤口还疼不疼啊？"关嘉笑得一脸慈爱。

安妩脸上露出一抹尴尬的笑容，看着关嘉身后无数双饱含好奇的眼睛，她头皮一麻，摇着头道："不痛了，不痛了。"

闻言，一群实习医生低下头认真做着笔记。

"是不是感觉已经好多了？"关嘉看了一眼安妩身边的男人笑道。

"好多了，好多了！"安妩点头如捣蒜，脸慢慢热了起来，心里有个小人倒在地上打滚哀号着，快让老天带走她的尴尬吧！

"刚才上厕所了吗？"关嘉继续问道。

安妩硬生生咽了一口吐沫，细若蚊蚋地"嗯"了一声。

"什么……"关嘉还想继续询问，却被安妩身边的男人打断了。

周怀瑾道："妈，你的这些问题，我都已经问过了。"

关嘉看着跳出来的周怀瑾，笑得合不拢嘴："哎哟，你不用提醒我你是骨科医生啦，我只是带学生们来查房，你不要紧张。"

"你一上午都已经来了两次了。"周怀瑾无奈地道。

"有吗？"关嘉打着马虎眼笑道，"那一定是我的学生太多了。"

关嘉把视线移到安妩身上，关爱地拍了拍她的手道："那你好好休息，我有时间就来看你。"

闻言，安妩点了点头。

待一群人浩浩荡荡地离开后，安妩泪眼汪汪地看着身侧的男人道："你为什么没有跟我说你妈妈在 C 市医院上班！"

周怀瑾有些无奈又有些好笑地说："谁能想到你们公司团建会来长龙雪山，谁又能想到你会受伤，还被送到我妈工作的医院呢？"

安妩揪着被子"嘤嘤"地哭泣，这是什么可怕的缘分，谁能想到她跟未来婆婆的第一次正式见面是在这种情景下？

"背上的伤还疼吗？"周怀瑾坐在她身边问道。

安妩摇了摇头。

说来也是神奇，安妩本以为自己不是命丧酒店，就是下半身瘫痪。谁知道当她醒来，医生告诉她，她只是后背有些软组织挫伤，尾骨断裂了，没有瘫痪。

尾骨断裂并不影响行动，休养一段时间即可。她正感慨自己福大命大的时候，在床边看见了从 A 市匆匆赶来的周怀瑾。

他脸色很是不好，但看到她醒来的那一刻，他终于松了一口气。

这次来参加团建的同事都已经被江允安排送回了 A 市，等周怀瑾赶到医院，他将安妩交给周怀瑾照顾后，也回了 A 市。

安妩醒来后才知道，因为连续的暴雪，长龙雪山积雪厚度在一天之内达到三十厘米，雪山滑坡，冲埋了度假酒店，还是消防员最后赶到救了他们。

而韩秋水，因为有故意杀人的嫌疑被警方带走了。但因为安妩是被柜子砸倒的，事后韩秋水认错态度诚恳，且经过检查，安妩也没有生命危险，所以最终韩秋水只是被警方拘留了三个月。

至于韩秋水的作案动机，安妩并不知道，因为警察来的时候她还在昏睡，所以是周怀瑾与警察交谈的。她醒来后看周怀瑾脸色不太好，也没去询问，但这世间的很多事情，追究起来不过是"人心隔肚皮"五字罢了。

"周怀瑾，我什么时候能出院啊？"安妩抓着他的手摇晃道。

她已经住院一周了，下周日就过年了，她得回A市陪她大姨——她这次出事都没敢跟她大姨说，若是再不回去，她大姨恐怕就要起疑了。

"不用担心，我已经询问过了，明天就可以出院。"

安妩惊喜地道："真的？"

周怀瑾看了她一眼，淡淡地道："转去A市一医院，继续住院。"

"噗。"安妩捂着胸口做吐血状。

农历腊月二十三，是C市这边的小年夜。

"我知道A市那边是明天过小年，正好你可以回去跟家人一起过。"关嘉一边说一边将饭盒打开，推至安妩跟前道，"C市这边过小年会吃饺子，中午休息时间紧张，我只包了猪肉白菜馅儿的，不知道你喜不喜欢？"

安妩受宠若惊地道："谢谢阿姨！"

关嘉笑眯眯地看着安妩，真是越看越满意，说："你叔叔今天还在B市开会，赶不回来，不过来日方长，我们以后见面的机会很多。"

闻言，安妩的脸微微一热。

周怀瑾的爸爸是知名教授，工作繁忙。

"你今年回家过年吗？"周怀瑾端着手中的饺子看向关嘉。

她叹了一口气，非常抱歉地看着自家宝贝儿子说："今年过年得在医院值班，大年初五才能回去，不过那个时候你已经上班了吧？"

周怀瑾轻"嗯"一声，似是已经习惯了，没再说话。

安妩看着周怀瑾，有些心疼。

"哈。"耳边的一声轻笑让安妩收回视线，她一个激灵，发现关嘉正盯着她促狭地笑。紧接着，关嘉指了指周怀瑾，对安妩挤眉弄眼道："这臭小子是不是很高冷很酷？有时让人不知道该怎么哄？"

周怀瑾看了过来。安妩咬着筷子想了想，认真地点了点头。

但她知道他其实不是高冷，只是慢热。因为父母都太忙，自小就忽略了对他的照顾，他被迫很早独立，所以养成了凡事靠自己、不喜麻烦别人的性格。

"他要是不开心了，你就抱他。他再怎么不高兴，只要你紧紧抱着他，他都会慢慢开心的。"关嘉似是回忆起什么美好的记忆，嘴角带着笑。顿了顿，她又哀怨地道："不过这小子大了，我再抱就有些不合适了，所以今后哄他的工作就交给你了。"

周怀瑾收回视线，看向碗里的饺子。

送走关嘉后，安妩朝周怀瑾勾了勾手指。他走过去，刚要问她怎么了，她就张开双臂给了他一个大大的拥抱。安妩眯着眼睛，手有一下没一下地摸着他的后背道："乖宝宝，要开心哦！"

说完，她又在周怀瑾怀里仰起头看着他，龇牙咧嘴地笑道："小时候，你妈妈是不是这样哄你的？"

周怀瑾身子一僵，反应过来后咬牙切齿道："安妩！"

安妩突然低声说："不要不开心了。"

闻言，周怀瑾不由得愣住。

安妩拍了拍胸口道："今年跟我一起过年吧！姐带你吃香的、喝辣的。嘶——"安妩倒吸一口凉气，扯到还没痊愈的伤口了！

周怀瑾嘴角一弯，无奈地道："叫你乱动。"

"人家还不是想让你开心。"

"我没有不开心。"

"跟我在一起，你当然天天开心啦！嗯。"

病房里突然安静下来，门外的关嘉笑了笑，终于放心地离开了。

2. 不能说的秘密

安妩从来没想过，有一天她会在医院里演戏。

因为她大姨不知道她也住进了 A 市一医院，所以安妩每天都会在自己的病房里换好日常穿的衣服去看望她大姨一会儿，再换上病号服躺回自己的病床，等待周怀瑾来查房。

美好的春节假期里，她却要天天在病房里无聊地待着？安妩越想越觉得有些浪费，于是重拾手机游戏。

只是没想到，许梓欣天天在线，那个声音好听的小哥哥也在，两个人不知道在一起玩多久了。再次上线的安妩，一边与许梓欣一起玩游戏，一边防备着周怀瑾的查房，只是她有时候打游戏太过于投入，难免会忘记"危险"的靠近。

"在玩什么呢？"清冷的男声响起。

安妩一个激灵猛地抬起头，眼前穿着白大褂的男人伸手摘掉她的耳机，正好那个声音很好听的小哥哥在说话。

安妩看见周怀瑾的眼睛缓缓地眨了眨，是要生气的预兆。她害怕地一缩脑袋，一副等待挨批的可怜模样。

周怀瑾看着她，叹了口气道："可以玩游戏，但下次得找我。"

"啊？"安妩诧异，他之前不是说玩游戏对她的脊椎不好吗！

"我那是为了让你合理规划时间，不然没人管着你，你可以低着头打一天。"说着，周怀瑾将手中的病历在安妩头上一敲。

"啊！周怀瑾你最好了！"安妩开心地抱住了他。

但没过多久，安妩生气了，因为她发现游戏里总是有女生听到周怀瑾的声音后就不停地撩拨他！

"不玩了！怎么现在的人只要听到别人声音好听就往上凑啊！那么肤浅吗？"连玩了三局游戏，每局都有女生撩拨他，哪怕她表明他跟她的关系，那些人也当她不存在一般！

安妩气得将手机扔到床上。周怀瑾看着她意味深长地道："是很肤浅。"

安妩这才反应过来他在笑话她，她气呼呼地"哼"了一声。

"咚咚咚。"敲门声响起，安妩跟周怀瑾齐齐扭头看向门口，来人让他们有些意外。

程涵看着屋里相处甜蜜的男女，眸光一暗，问道："我可以进来吗？"

"韩秋水的事情，我听说了。这事情有一部分是我的原因，如果我当初处理好她的情绪，也不会有这样的意外发生，抱歉。"程涵看着坐在病床上的安妩，真诚地说。

得知韩秋水的事情后，他就派人打听安妩在哪家医院。

"你跟我道歉？"安妩眼神迷茫，她还是第一次见程涵低声下气地跟她道歉。

从前他做了那么多为难她的事情，都没有跟她道过歉，现在他却因为这件事，来向她道歉？就因为他跟韩秋水是情侣？

"我没跟她说，那个女人的犯罪动机。"一旁的周怀瑾突然开口道。

程涵怔住，他看向周怀瑾，似是明白了什么，说："你早就知道我的心思了吧？"

周怀瑾没有说话。程涵扯了扯嘴角，不只是周怀瑾无话可说，他发现自己对她藏了这样的心思后，也是无法相信。

明明是她毁了他的人生，明明他讨厌她对林天的冷漠绝情，可是当他听说周怀瑾回来后，他害怕了。他对她的这种矛盾情感，让他这段时间一直很是困扰。

他其实很早就对她动了心思吧，只是喜欢却不自知，所以想缓解她跟林天之间的关系，只为了让他们的关系更进一步；时常嘲讽她，处处找她麻烦，只为了让她的视线多在自己的身上停留片刻。

"你们在说什么啊？"安妩皱起眉头，这两个人怎么跟打哑谜一样？

程涵看向她，说："爸爸的墓在南山，你要是有时间可以去看看他，他应该会很开心的。"

安妩不由得怔住，他还是第一次在林天这件事上，这么心平气和地跟她说话。她没有多说什么便同意了。

"过完年，我会离开 A 市一段时间。"程涵又道。

林天去世后，高文睿心情很不好，他打算带高文睿去散散心。

安妩有些尴尬地看了一眼周怀瑾，腹诽道，程涵干吗要跟她说这些，难道还要她给他举行个客户欢送会？

看着她的神情，程涵眼里的光逐渐暗淡下去，道："我们的合同不用再续约了。"

"什么？"安妩一瞬间以为自己听错了，他肯放过自己了吗？

程涵自嘲地笑了笑，有些话他不想说，有些事情是不能说的秘密。

"我要说的话就是这些了，再见。"程涵看着周怀瑾跟安妩，转过身，耳边突然响起了林天在最后一刻跟他说的话。

"小涵，我把原本属于她的父爱全部给了你，也请你原谅一个失去父爱的女孩的冷漠与不满。"

程涵低下头看着自己右手上的伤，忽然明白，原谅她，又何尝不是放过他自己？

3. 回到起点

大年三十那天，安香荷终于离开了住了大半年的医院。回到家，安妩就开始准备年夜饭，今年的年夜饭会早点吃，因为晚上周怀瑾要带她去一个地方。

晚上六点，安妩跟周怀瑾的手机在桌上不断振动，收到无数新年祝福。

"怎么了，大姨？"安妩看见安香荷盯着她的手机屏幕陷入沉默，不解地道。

"这个'肤白貌美'是谁？"安香荷好奇地指着她的聊天对话框问。

"是顾莜。"安妩好笑地答道，这个备注名还是她大学的时候给顾莜起的。

似是回忆起什么事情，安香荷又问："那'高冷是没有用的'是怀瑾吗？"

闻言，安妩跟周怀瑾齐齐怔住。

"大姨……你怎么知道'高冷是没有用的'？"安妩诧异地道。

这是她大学的时候给周怀瑾的备注，可是自从三年前他们分手，她就将他的所有联系方式都删了。就算是现在加了回来，她也没有再备注从前那个。

"你大三那会儿，我就经常看见你拿着手机给'高冷是没有用的'发信息。"安香荷笑了起来，"那个时候你躲着我玩手机，我就知道你谈恋爱了，太明显了，天天傻乐。"

安妩目瞪口呆，她以为她瞒过了所有人，结果宁远知道，她大姨也知道？

"我才没有傻乐！"安妩匆匆扫了一眼周怀瑾的反应，连忙向她大姨澄清。看大姨似乎还想说些什么，她急急地给安香荷夹菜，"大姨，吃菜！"

熟悉安妩脾性的安香荷和周怀瑾，此时默契地相视一笑。

刚吃完饭，安香荷就催促着安妩跟周怀瑾出门。

"你要带我去哪儿？"上了车，安妩看见周怀瑾给了她一个眼罩，越发好奇地问道。

"半个小时的车程，你可以猜一猜。"周怀瑾边系上安全带，边柔声说道。

"半个小时？"安妩叫了一声，"不会真带我去郊区看烟花吧？"她家离郊区也挺近的。

周怀瑾轻笑一声道："说到去郊区看烟花，你为什么是这个语气？"

"真是看烟花啊？"安妩有些诧异，又立马一本正经地道，"不不不，我觉得看烟花挺好的，你开心就好。"

难得他花心思搞这些，她当然要捧场啊。

"不是看烟花。如果是看烟花，为什么还要蒙着你的眼睛呢？"周怀瑾道。

一路上，安妩不断猜着，一开始周怀瑾还会否定她，到最后她说得越来越离奇，周怀瑾不禁说道："你这脑子，不去写小说可惜了。"

目的地到了，安妩被周怀瑾扶着下了车。她一把摘掉脸上的东西，看着眼前的绿化带，有些蒙："这是什么？"大晚上带她看小区绿化？！

周怀瑾走到她身后，抬起她的脑袋颇为无奈地道："看上面。"

安妩这才看清眼前的建筑物，慢慢地睁大眼睛，又惊又喜地说："这是……我们从前合租的那个小区？"

"走，进去看看吧。"周怀瑾微微一笑，拉着她朝楼里走去。

他们当时租的是一楼，因为那个时候他们还是穷学生，租不了多好的公寓，环境稍微好一点的小区，能租到的就只有低楼层了。虽然不是什么好房子，却承载了她跟周怀瑾一段甜蜜的时光。

推开门，安妩再次被眼前的一幕震惊了。有一瞬间，她以为自己穿越了时空，一下子回到了三年前——屋里的布置跟记忆中的几乎一模一样！

"我努力地还原了我们当时住的样子，但是很多东西还是有些变化……"周怀瑾看着一面被刷成淡粉色的墙，那是之前住在这里的租客刷的。

安妩捂着嘴巴走进屋子，屋子里的每一个角落，都能勾起她的一段回忆。最终，她的视线落在冰箱上贴的一堆照片上，其中有一张正是他们上次补拍的毕业照。

她曾经指着冰箱上的那面照片墙，说要把他们大学的时光都拍下来，贴在这里。当时缺的那一张毕业照，如今也补齐了。

"周怀瑾，你怎么会想到这儿？"她感觉眼眶刺痛。

"我想你会喜欢的。"周怀瑾看向她道。

"我要赶快把它们拍下来！"安妩一个激灵，连忙掏出手机，她要把这些都记录下来！

周怀瑾跟在她身后，从客厅走到了卧房。

"咦？"突然，安妩发现了桌上摆着的两个东西，疑惑地走了过去，拿起其中一个查看着。

"耳朵没有摔坏？周怀瑾，这是你新买的吗？"安妩回过头看向身后的男人，她的小猪佩奇存钱罐还在她家放着呢！

周怀瑾点了点头，走到她跟前。

安妩晃了晃手中的存钱罐，里面居然还发出"丁零咣啷"的声音，她眯着眼睛笑道："周怀瑾，你这个完美主义细节控，里面居然还塞了钱！"

　　她当年买存钱罐不是为了存钱，而是为了放零钱。

　　"你放的钱该不会都是我当年存的吧？"安妩好奇地将小猪存钱罐拿到床上，打开存钱罐的塞子，"哗啦"一声，一堆零钱掉落。那一堆硬币里，躺着一枚闪闪发光的东西。

　　看到那东西，安妩顿时怔住了。

　　一只修长干净的手拿起那枚东西，屈膝半跪在她跟前。

　　"三年前，就该套住你的。"他看着她，眼睛一眨道。

　　"哇！顾莜，我流鼻血了！"

　　"周怀瑾，我搬到了校区西边，这样我们就不算异地恋了吧。"

　　"周怀瑾，你再对我笑一次吧。"

　　"你不相信我？"

　　"说你还爱我。"

　　······

　　安妩鼻子一酸，看着周怀瑾道："我喜欢的是 A 市医科大学骨科专业的周同学。"

　　"那你恐怕得失恋了，因为周同学跟殡葬专业的安同学在一起了，安同学很凶的。"周怀瑾认真地说道。

　　安妩"扑哧"一笑，她这辈子的运气，应该都拿来遇见他了。虽然她没有了妈妈，也没有爸爸，但这个世界上爱她的人会越来越多。她会跟她年少时喜欢的人在一起，以后也会有属于她的家庭，她并不比其他人少些什么。

　　"周怀瑾，如果有一天我们因为争吵分开了怎么办？"出租房内，年少的安妩从身后抱住周怀瑾。

　　"你又看了什么小说？"周怀瑾拿着锅铲轻笑道。

　　"嘿，我只是突然想到了。"安妩有些不好意思地用脸蹭了蹭周怀瑾的后背。

"那你呢？你会怎么办？"他反问。

安妩认真想了一会儿，如实说："我现在想象不出来，我不再喜欢你，会是什么样子。但如果真的有那么一天，你只要对我说'安妩，是我的错，回到我身边吧'，我一定会原谅你的。嘻嘻！"

"你怎么知道一定是我的错呢？"周怀瑾转过身，圈住她。

"因为我好不容易追上你，怎么可能轻易不爱你？你呢？你还没有说呢！"安妩不依不饶。

"我啊？"周怀瑾低下头笑道，"我会说'安妩，是我的错，回到我身边吧'。"

"喂！谁让你现学现卖的？"安妩鼓起脸有些生气，周怀瑾大笑起来。

"周怀瑾！"安妩气结，踮起脚捂住他的嘴。

"你呀，怎么还不明白呢？"周怀瑾长叹一口气，拉下她的手，嘴角的笑渐渐淡去。

如果真的有那么一天，她因为生他的气而与他分开，他会去找她的。

他无法想象，她以后会喜欢上另一个人，对那个人好，对那个人笑，成为那个人的女朋友和妻子。

她只能是他的，最独家的、最美好的人生遇见。

（全文完）

1. 有关于我们的初见

顾莜每次调侃安妩跟骨科"缘分颇深",都会让安妩回忆起第一次见到周怀瑾时,自己把鼻骨摔伤的光荣史。

当时她们大二刚开学,按照惯例参加众院学生会举办的联谊活动。一方面是为了给学生会老干事们留下深刻的回忆,另一方面也是为了让众院的学生会新干事们联络一下感情。

安妩记得当时人很多,整个山谷放眼望去都是他们学生的营帐。生物学院的蹲在地上研究巨型蚂蚁,解剖学院的在观察死去的屎壳郎尸体……而她这个殡葬专业的就在帐篷外摆了个摊看风水,顺便告诉那些前来问卦的护理专业的同学哪个方位旺桃花。

殡葬专业大概是全校最不起眼的专业了,毕竟跟人家以 985 院校的分数进来的同学相比,这专业完全是占了"冷门"二字的便宜。尽管大多数学院看不起他们,但仍忍不住对他们的专业产生好奇。

毕竟他们的专业课表是上过微博热搜的,比如星期一的殡葬概论、收尸、整容、插花,星期二的烧骨、挽联、风水、传染病……

正当安妩将眼前一票小姑娘唬得一愣一愣时,顾莜慌慌张张地将她拽走,说看人间绝色去。

人间绝色自然不是什么风景,这是他们对一个人的称赞,那个人就是周怀瑾！

　　作为 A 市医科大学王牌专业的高才生，周怀瑾不仅学习成绩好，容貌更是一绝。用安妩自己的话说，就是让她第一眼看见，便想把他占为己有的那种好看。话糙理不糙，谁不想有这么一个男朋友？重点是这男人还洁身自好，从不因为自己长得好而滥交啊！

　　安妩没想到周怀瑾也来参加联谊活动了，自然二话不说收了摊子走过去。

　　周怀瑾正跟他室友生着火，而他的帐篷周围冷冷清清，与其他帐篷的热闹形成了鲜明的对比。

　　"不是要上去搭讪吗？"安妩狐疑道，此刻没妹子，不是大好的机会吗？

　　"你瞎呀！你看周围！"

　　闻言，安妩伸长脖子看向周围的树林和草丛后躲着的各个妹子时，她的嘴角狠狠地抽着："她们这是演《士兵突击》吗？"

　　顾莜瞪了她一眼，语重心长地道："大家都知道，帅哥只可远观。"

　　安妩撇撇嘴，谁还不知道是因为周怀瑾性子太冷，无人敢上去当炮灰吗？

　　安妩跟着顾莜在灌木丛里躲着，本来九月的天还有盛夏的余热，山中虫子又多，但是为了美色，安妩也就忍了。可是，当无意间瞥见一条毛毛虫趴在顾莜的背上时，她被吓得差点飞了出去。她站了起来，但因为动作太猛没站稳，致使她直直朝周怀瑾的帐篷滚了过去。

　　听到动静的周怀瑾跟其室友往安妩这边一看，只见一个姑娘趴在地上抬起一张脏兮兮的脸，鲜红的鼻血不断从鼻孔流出，她捂着鼻子嗷嗷叫道："好疼！"

　　"安妩，你没事吧。"顾莜吓得也顾不得藏身了，从灌木丛中跳了出来。

　　"我的鼻子！好像……好像……断了……哇！"因为疼，安妩的眼泪就像打开的水龙头一样停不下来。

　　藏在林间的众女生看着她们的男神朝安妩走去后，纷纷暗恼地一拍大腿，这招苦肉计，她们怎么没想到！

这就是安妩与周怀瑾的第一次见面，狼狈至极。

安妩记得他帮她止血的时候，因为近在咫尺的美色让自己的鼻血越流越凶，当事者还皱紧眉头严肃地问道："你这是怎么回事儿？"

2.有关于我们的第一次约会

关于第一次约会，安妩回想起来也觉得甚是丢人，跟重逢后周怀瑾第一次送她回家时一样，她裙子上的扣子绷开了。

当年她第一次跟周怀瑾约会，虽然只不过是一起去图书馆看书，但那是他们正式交往以后，两个人第一次一起去做一件事。她极其重视地在网上买了一条名为"欲罢不能"的鱼尾裙，侧面全是扣子，觉得穿上一定能突显自己的女人味。

可拿到货的时候，她才发现客服发错了码数，将中码发成了小码，虽然勉勉强强也能穿上去，但是勒得她几乎半条命都没有了。但因为时间紧迫，她还是穿在了身上，去跟周怀瑾约会。

实践证明，裙子确实好看，最起码周怀瑾在见到她的时候眼睛一亮，让她心中雀跃不已。但是，实践也证明了，美好的事物存在于这世间的时间总是很短暂的，那条裙子穿着走路还好，坐下立即变成了暗器。

安妩还记得她当时含羞带臊地在众人的注视下坐在了周怀瑾身边，而坐下去的那一刹那，只听"咻咻"两声，鱼尾裙侧边的两枚扣子便飞了出去。坐在她右边正看武侠小说的男生被扣子弹到脸，吓得跳起来，大叫一声"有暗器"。然后，她钻到桌子下面，一只手捂着脸一只手捂着炸裂的裙子，哭丧着脸道："周怀瑾，对不起！我给你丢脸了！"

那天，书自然是没看成，周怀瑾将他的衬衫脱下系在她的腰间，两个人就在图书馆外的天鹅湖边坐着。

坐了一会儿后，她听见周怀瑾问道："我们就一直这样坐着吗？"

"我……我可是化了两个小时的妆啊……"安妩低着头小声嘟囔着，让她就这样回宿舍，对不起她的早起，对不起她脸上加起来花费一百多的化妆品！

闻言，身边的人沉默了。安妩扭过脸看去，只见周怀瑾垂下头看着手中的书，额间细碎的头发被湖畔的风吹起。安妩盯着周怀瑾的侧脸看，视线从他深邃的眉眼移到他俊挺的鼻子上，最后落到他紧抿着的淡粉色的薄唇上。

周怀瑾一点点收紧握着书本的手，想忽视那道炙热的目光都难。

安妩还没来得及咽一口吐沫，身侧的人"啪"的一声合上书，看向她，问道："生理学复习得如何？"

"啊？"她头顶缓缓冒出一个问号。

"我来考考你。"

安妩连忙问："我现在回宿舍来得及吗？"

于是，第一次约会，她被周怀瑾"随堂检测"了一上午。

临走前，她脸色苍白、瑟瑟发抖，周怀瑾却眼带笑意看着她道："知识点我已经给你画出来了，你要多看多背。明天还来图书馆吗？"

"不来了，不来了！"她将头摇得像个拨浪鼓一样，这种约会方式，她这个学渣可吃不消。

3. 有关于电话号码

安妩上学那会儿有个特殊的习惯，那就是不接陌生号码的来电。

她觉得对方只要不是卖保险的，若有重要事情见她，挂掉电话都会发短信来问。

有这个奇葩习惯其实也没什么，关键在于她记性还不好，就算是顾莜天天给她发短信让她从食堂带饭，她也记不住顾莜的手机号码。所以，一旦某个联系人被清除或者是没备注，当那个人再打电话过来时，都会被她视作"陌生号码"一律不接。

以前，她因为这个习惯被顾莜吐槽过无数次，但她依旧没有改，也没有去学着记别人的电话号码。但这世间总是一物降一物，周怀瑾成功地让她把他的电话号码记得比她自己的还清楚。

她刚跟周怀瑾谈恋爱的时候，有一次因为闹别扭，她就把周怀瑾的电话号码删了。结果，那次周怀瑾在打了五六个电话都被她挂断后，就发了一条短信问她在哪儿。

　　她当时压根没往周怀瑾身上想，毕竟他们才吵完架不到两个小时。按照一般情侣吵架的情况，怎么着也得过个几天，等大家都冷静下来后才打电话求和，所以她回了一句"你是谁"……

　　然后对方再也没有回她，她理所当然地认为对方一定是知道自己打错电话了，继而投入新一轮的游戏中。就在她进入决赛圈的时候，电脑屏幕上投射出一个人影，她吓得一个激灵，扭过头就看见周怀瑾黑成锅底的脸。

　　"你……你来干什么？"她结结巴巴地开口。

　　她分明已经是成年人了，但见到周怀瑾，还是有种上学时期偷偷上网被自家家长捉住的心虚感。

　　"跟我出来。"周怀瑾冷着声音道。

　　"不出去"三个字刚到嘴边又被她咽了下去，变成了"我的游戏还没有打完"。

　　周怀瑾凉凉地看了她一眼，俯下身握住鼠标，三下五除二，就将安妩瞄了半天都打不到的敌人解决了。他这一番操作猛如虎，看得旁边的小学弟目瞪口呆。

　　然后，他就将她从网吧拎了出来。安妩不知道发生了什么，心里面还美滋滋地以为他是来求和的。

　　"手机。"他伸出手，声音冷得冻人。

　　查看完她的手机，他的脸色更黑了。他将自己的手机号重新存入她的联系人里，把手机归还给她，吐出一个字："背。"

　　安妩这才感觉脊背发凉，后知后觉刚才的未接来电是他打来的。

　　接着，她像个小学生一样在路边背着他的电话号码，听凭他随时随地抽查。

　　"二前面是什么？"

　　她倒吸了一口凉气，没想到还有这种恐怖的抽查方式，她冥思苦想："……四。"

　　"好，再把号码倒背一遍给我听。"

"周怀瑾，你还是杀了我吧！"她咆哮道。

论折磨人，周怀瑾总有一百种方法对付她。认清他的真面目后，再听到别人夸周怀瑾有多优秀、有多完美、有多懂礼貌、有多谦虚，她都会撇撇嘴，心想：周怀瑾啊，就是披着羊皮的狼，也就是她年少不懂事，才会看上了他。

即便后来他俩和好，周怀瑾都没忘记冷不丁地拿电话号码抽查她，以至于分手后她怎么都忘不了他的号码。

4. 毕业旅行

从大三下学期开始，安妩的专业课就变得很少了，许多大三的学生这个时候都开始找工作了，但安妩她们宿舍里的几个姐妹在筹划着毕业旅行。

安妩住的是混合宿舍，因为殡葬专业就她一个女生，所以她被安排在了护理学院的宿舍楼，与顾莜当了三年的室友。

大四时每个人为了毕业十分忙碌，见面的机变得更少，所以安妩宿舍里的几人决定趁着大三剩下的一点时间来一次毕业旅行。

只是计划赶不上变化，原本四人的集体旅行，有两个因为院里面的实习安排，不得已提前下乡实习去了，最后只剩下安妩与顾莜。

顾莜她妈知道顾莜要跟一个同样二十刚出头、涉世未深的女生出去玩七天，很是不放心，便委托阚北跟着。

宿舍四人行变两人行，又因为加了男人变成了三人行？顾莜觉得这样的组合很奇怪，于是让安妩叫上了周怀瑾，结果又成了四人行。

那时候，不知道因为什么事情，顾莜跟阚北关系闹得很僵，以至第一天旅行时的气氛很诡异，顾莜全程视阚北为空气，只拉着安妩说话。阚北跟周怀瑾就像两个保镖，寸步不离地跟在她们身后。

到了晚上住酒店，安妩跟顾莜一间房，阚北跟周怀瑾一间房，两个房间正好分别在走廊的两头。

就在她们出电梯的时候，阚北阴沉着脸拿过周怀瑾手中的房卡，拉过顾莜的行李箱对他们道："我要跟她好好谈谈，你们先回房间吧。"

安妩看着阚北，一脸疑惑加震惊，他带走了顾莜，那自己跟谁睡？

"谁要跟你谈，放开我的箱子！"顾莜拉着自己的行李箱，凶神恶煞地道。

阚北冷笑道："终于肯跟我说话了？"

两个人边吵边朝另一个方向走去。安妩看着自己手中的房卡，又看了看跟前的周怀瑾，一时喉咙有些发紧。

"在想什么呢？"周怀瑾拿过她的房卡开了门，回头瞥了她一眼笑道。

安妩的脸唰的一下红了，她眼尖地瞥向屋内的落地窗，指着黄浦江对面建筑物上的 LED 屏幕激动地道："I LOVE SH."

周怀瑾顺着她指的方向看去。

安妩感叹道："你说谁这么浪漫啊，以这种方式告白？沈？有人给姓沈的人告白……"

"吗"字还没说出口，安妩脑袋上就搭上了一只手，她看向周怀瑾，只见他无奈地用关爱智障儿童的眼神看着她道："是'我爱上海'。"

她企图将话题转移，不仅失败了，还被人鄙视了。

周怀瑾拍了拍她的脑袋继续道："你不是从刚才就一直喊累吗？去洗洗休息吧。"

"那你呢？"安妩紧张地问。

周怀瑾好笑地看了她一眼，道："我要准备论文选题，不知道今天晚上要到几点，你难道要陪我吗？"

安妩这才想起来，周怀瑾下学期开学就是大五了，按照他们医学院的规矩，论文开题会在大四快结束的时候敲定。他那么忙还陪她出来玩，安妩瞬间有些愧疚，连忙道："那你写吧，我不打扰你！"

她拿出自己的洗漱用品就进了卫生间，洗好出来的时候周怀瑾正在笔记本电脑前敲敲打打，神情专注，一点也没有注意到她。她一边擦着头发一边坐在床边拿起手机，撇了撇嘴，也不知道自己在失望些什么。

长时间保持一个姿势玩手机后，安妩的脖子终于僵硬得受不了了。

"怎么了？"周怀瑾关上电脑，正好看见她龇牙咧嘴地活动着筋骨。

"没……没事，我准备睡了！你去洗吧！"

她说完就要做倒头睡觉的姿势，却被周怀瑾一下拉了起来："让我看看。"

他的手摸到她的后颈，安妩浑身僵住了。慢慢地，她感受到他的指尖顺着她的脊椎往下移动着，她有些不舒服地动了动。

"我帮你正下骨。"他说道。

安妩眼皮一颤，不放心地道："你会吗？我不当小白鼠啊！"

房间外，阚北追上顾莜道："如果他们睡了呢？别闹了好吗？"

"闹的是你好吗？"顾莜撸起袖子正打算跟阚北再好好理论一番，房间里突然传来一道急促暧昧的女声。

酒店的隔音效果并不是那么好，现在又是半夜，屋内稍微有什么大一点的动静，走廊外能听得一清二楚。

顾莜的脸瞬间红了起来，还没待阚北说话，她就拉着阚北逃命般溜走了。

屋内，安妩活动着自己的脖子，果然好了不少。

安妩发现顾莜一看见她跟周怀瑾，就不由自主地面色绯红，眼神飘忽，明明昨天还跟阚北像个陌生人，今天就拉着阚北亲昵得不像话。每每安妩要说什么，顾莜就把她往周怀瑾身边一推，一副不耽误她好事的模样。

吃完晚饭，两位男士起身去结账，顾莜眼睛放光，看着安妩意味深长地道："眼底发青，印堂发黑，看来昨晚战况激烈啊。"

安妩一脸疑惑，反应过来才知道顾莜今天为什么行为反常了！她今天是很累很疲倦，但跟顾莜想的完全不是一回事！但她还没来得及解释，周怀瑾跟阚北便回来了。

回酒店的路上，顾莜塞给她一盒东西，她看后如临大敌般塞进包包里。再抬起头时，发现周怀瑾正好回过头看着她，她莫名地心虚，也不知道他有没有看到刚才那东西。

"送你跟周怀瑾的毕业礼物，开心吗？"顾莜笑得灿烂。

安妩嘴角抽搐，毕业礼物送这种东西，她绝对是第一人！

可是谁又会想到，昨天晚上她没睡好，是因为正完骨的周怀瑾又说她坐姿不正确导致脊柱轻微侧弯，给她科普了一晚上脊柱侧弯的治疗方案呢！她终于明白为什么周怀瑾之前没谈过恋爱了，这哥们儿简直是凭实力单身！

为了避免顾莜越想越歪，她抓住顾莜一通解释。听完，顾莜脸上没有显出因为自己的"邪恶思想"而愧疚的表情，而是讶异地看着她问道："难道周怀瑾不行？"

"什么？"安妩的眉头一下皱了起来，她在说什么？

"你我都是学医的，应该明白生理反应最正常不过，没反应才有问题！你都睡在他旁边了，他还能坐怀不乱？如果真的没有反应，那你可得小心了，那方面和谐也很重要！"顾莜给安妩进行了一场思想上的敲打。

安妩躺在床上一个小时后，周怀瑾才在忙完后洗漱上床。她闭着眼睛，心里满是疑惑："他就这样睡了？"

她忽地睁开眼，盯着天花板忐忑地问："周怀瑾，你睡了吗？"身侧的人"嗯"了一声。她口干舌燥地闭上嘴巴，然而她不说话，身边的人也没有再开口。

忍无可忍，她厚着脸皮在被子下移动着她的手，然后碰到了他的胳膊，挠了挠，身侧的人依旧一动不动。

"奇了怪了。"她嘟囔一声，到底是他不怕痒，还是她的魅力有问题啊！

然后，她不死心地装作熟睡的样子，将腿压到他的腿上，又假装无意识地蹭了蹭。

这回周怀瑾有反应了，他把他的腿抽了出来，还将她的腿踢回了她的领域。

"周怀瑾。"安妩咬牙切齿地叫出他的名字，感觉头上有一排乌鸦飞过。

周怀瑾一下笑出声，黑夜里他的笑声不大，但足够让安妩听得面红耳赤、怒火中烧。

他笑得整张床都在颤抖，安妩气得坐起来打他。他捉住她的手，忍着笑意道："你不用试探我行不行，如果你还希望明天爬得起来，晚上就该老老实实地睡觉别招惹我。顾莜给你的东西你可以留着，保质期还是很长的。"

他知道？他居然知道！

"谁招惹你了，你不行也与我无关！"

安妩为了面子吼了一番，羞得正准备钻回被子里，人就被对方压住了。

"与你无关？看样子也要让你感受一下这种苦楚。"那人恶狠狠地撂下这句话后，就吻住了她的唇。

明明屋里开了空调，但接下来的一个小时里，安妩感觉周身的空气都噼里啪啦地烧了起来，她死死地攥住身下的床单。以后谁再说周怀瑾不行，她咬谁！

5. 一千一百一十五

"对不起，对不起！"安妩刚接通电话，那头就传来顾莜的连声道歉。

她哑然失笑，问道："怎么了？"

"你心情很好？"顾莜迟疑地开口。

她酒醒后忆起昨晚发生的事情，吓得魂不附体，想起自己不仅拉着安妩做了很丢人的事情，还跟周怀瑾说了安妩以前的事情！在打电话之前，她都已经做好了安妩跟她绝交的准备，结果安妩的语气听起来很好？

安妩将手机放在桌上，调成外放，一边打开小猪佩奇存钱罐的塞子，一边发出一个询问的音："嗯？"

顾莜听到有硬币不断掉落的声音，越发狐疑，问道："你在干吗？"

安妩摇晃着存钱罐道："我在看我存了多少钱。"

她记得她当年把这两个存钱罐当成存放硬币的地方，虽然加起来数额不大，但是抱起来还是很重的。从周怀瑾那里把它们要回来的时候，她发现掂在手中的重量有些轻，这不禁让她有些奇怪。

"医院那边帮你请了假……"

安妩听到电话那边传来阚北的声音，她道："你好好休息吧，等我下次去医院再跟你说。"

挂断电话后，安妩清空了存钱罐，看着桌上一个个叠成方块的五元纸币，她有些发怔。

她不喜欢往存钱罐里塞纸币，很显然，这是周怀瑾塞进去的。

纸币全是五元的，硬币全是一元的，看起来是一笔不小的数额。

虽然她跟周怀瑾说他们要重新开始，那些原本属于她的东西她要拿回，但是这钱不是她的，她自然要还给他。

安妩认真清点了这笔钱，一共一千一百元。她将这笔钱整理好，刚起身，发现地上还有一张折叠成方块的五元纸币。

她弯腰捡起，指尖感触到纸币里的异物时一顿，这里面很显然包裹着什么东西。

安妩好奇地拆开。

久未见过光亮的东西静静地躺在那里，闪烁着纯粹的光，刺痛了安妩的眼睛。

"周怀瑾，你说毕业后我要是遇见比你更优秀更好看的男人，移情别恋了怎么办？"趴在床上的少女穿着宽大的男式白衬衫，光洁修长的双腿有一下没一下地晃着。

"应该没有人比我瞎。"坐在床上的男生翻着书莞尔道。

"分手吧！"少女气结。

"不分。"男生云淡风轻。

"为什么？"少女脸色瞬间阴转晴，笑靥如花。

男生侧过脸，神色认真地道："因为也没有人比我更爱你。"

……

"他说会在毕业前跟你求婚，想让自己跟你都安下心，还让我保密来着。"

……

安妩看着手中的戒指，突然笑了，她眼眶泛红，笑容却幸福满足。

两年前，B市。

"你还没睡呢？"阚北回到宿舍，发现周怀瑾正将一枚硬币塞进一个小猪佩奇存钱罐中。

每个星期日，他都会看见周怀瑾重复这样的动作，塞一张五元纸币，再塞两枚一元硬币，像是进行着某种特殊的仪式。

看着那存钱罐上的字母缩写，又看了看那个神情阴郁的男人，阚北在心底叹息一声，拍了拍周怀瑾的肩膀道："早点休息吧，明天还有手术呢。"

"嗯。"周怀瑾点了点头。

多少天了？四百二十九天。她为什么还不来找他？

他陷入沉思，良久后才有所动作。他从抽屉里掏出一样东西，那东西闪烁着璀璨的光芒，他一如既往地将五元纸币叠成方块，但是这次，他将那个东西包进纸币，塞进了存钱罐。

他摸着存钱罐上的英文缩写，动作温柔。

"我输了。"他自嘲地一笑。

他始终忘不了她，像个疯子一样计算着与她分开的时间。可是，她现在会不会已经忘记他了？

台灯清冷的光嵌入深秋的夜里，拉长了黯然销魂的时光。

6. 套路与反套路

自从学生会的联谊活动结束以后，安妩就对周怀瑾念念不忘、日思夜想。

食堂内，顾莜看着茶饭不思的安妩，收回切脉的手道："你这个情况很正常，在我们中医学上称作相思病，用现在的话来说，就是犯花痴。"

安妩白了顾莜一眼，托腮说："我好像对他一见钟情了。"

"噗。"顾莜差点将口中的汤喷出去，她擦了擦嘴，不敢置信地道，"小妹，你可千万别想不开啊，你喜欢谁不好呀，偏偏喜欢周怀瑾？他可是出了名的难追，你知道外国语学院的院花吗？那么漂亮的一个女孩子啊，告白了三次，周怀瑾都记不住她的样子，每次都问她是谁！"

"他记性这般不好吗？"安妩道。

"哪里是记忆不好，分明是对不喜欢的人不上心。他要是记忆力差，那还能叫高智商吗？"顾莜拉住安妩的手语重心长地道，"安妩，周怀瑾就是个坑，你可千万不要想不开……"

顾莜的话还没说完，安妩就眼睛一亮打断她："那照你这么说，周怀瑾应该记不住上次我在他跟前流鼻血的事情！"

顾莜嘴角一抽，她说这话是这个意思吗？她是让安妩不要做无用功啊！

"顾莜，为了我的终身幸福，你可得帮我啊！"安妩握住顾莜的手。

顾莜右眼突突直跳，她怎么有一种不好的预感呢？

A市医科大学的骨科专业在大三会有一门课外实践课，主要是考察学生将理论知识运用在实践中的能力，期末也会计入成绩考核。

这门课，会找一些护理学院的学生模仿有各种病症的病人，让骨科专业的学生站在医生的角度提出治疗方案。

顾莜正是护理专业的，安妩托顾莜帮自己混入"病人"群体当中。

"我跟你说，待会儿你演技可千万不要太浮夸啊，我的老脸可不想在阚北的这些同学面前丢尽。"顾莜拉着安妩再三叮嘱。

"知道啦，你放心，我不会给你丢脸的。"安妩举起自己"受伤的右手"道，"还真别说，你给我包扎得挺逼真的。"

"别废话了，赶紧去周怀瑾那里吧！这里想吃唐僧肉的妖精简直不要太多。"顾莜推了安妩一把，她连忙站在周怀瑾的"病人"队伍里排着队。

终于等到安妩进屋，她看向眼前的人，一下愣住了。穿着白大褂的周怀瑾越发显得清瘦高挑，优雅又迷人。安妩在心里感叹，周怀瑾穿白大褂这么好看呀！

周怀瑾看了安妩一眼，问道："你是护理专业的学生？"

安妩怔了怔，心跳蓦然快了起来，他记得自己吗？

安妩摇了摇头，等反应过来自己现在的身份时，又慌忙点头如捣蒜。他说话的声音低沉舒缓，极富磁性，安妩的视线落到眼前男人的胸牌上，在心里默念出他的名字——"周怀瑾"。

周怀瑾瞧了她一会儿后，垂下眼睑看向他手中的医用光片。安妩看见他修长干净的手指着医用光片上显现的白骨，这种姿势像极了老师上课的模样，她突然后背一凉，下一秒就听见对方道："既然是护理专业的学生，那就应该知道这几处受伤的是什么小骨吧？"

安妩像是被冰封住一样，她不是病人吗？不是来看病的吗？怎么突然变成了随堂测考呢？

虽然安妩不是护理专业的学生，但是关于人体骨骼的知识她在专业课上也学了，反应过来后她很快便看图回答。

"小手指骨、三角骨、月骨。"说完，她瞧向周怀瑾，大眼睛里有些期待。

周怀瑾睨了她一眼，眉眼淡漠："这是基本知识。"言外之意就是，她答对没什么好表扬的，答错那就是她该打了。

"那我……"

"伤情如何呢？"周怀瑾合起病历打断安妩的话，顿了顿，又补充了一句，"想好后顺便给我一个治疗方案。"

她扶着墙，大着舌头道："你……你不是医生吗？"

周怀瑾抬眸看了她一眼，道："你不是说你是护理专业的学生吗？难道你不知道本校学生去附属医院看病是怎样的经历吗？"

安妩不是没听说过医学院的学生去附院看病是多么恐怖的一件事，去年一个医学院的学长得了阑尾炎要做手术，手术后还被要求写了一份五千字的小结，每次被查房的时候还要自己汇报病程；药学院的学生去附院看病，医生都让学生自己写病历；还有护理专业……关于医学生与学校附院的故事，那真的都是血泪史啊！

安妩明白了周怀瑾这话是什么意思，她刚开始应该说自己是病人，而不该说是护理专业的学生！

"周医生……其实……我不是你们护理专业的……我是殡葬专业的……"安妩挤出一抹心虚的笑容，不知为何，她心中很是忐忑。

安妩看着跟前的周怀瑾，只见他右眉挑起了一个很小的弧度，语气终于有了些起伏："哦，那你来这里是干什么的？"

安妭感觉头皮发麻，她有一种感觉，可能从刚才进门起，周怀瑾就知道她是谁了。

她手握成拳，鼓起勇气问道："我能不能追你？"

周怀瑾放下手中的医用光片，看着眼前面色绯红的少女声音清冷地道："抱歉，我不考虑跨专业，况且殡葬专业在校区东边，我不喜欢异地恋。"

"啊？"安妭瞪大了眼睛，这是什么拒绝人的理由！就因为不在学校的同一个方位？

安妭失魂落魄地回到宿舍，顾莜了解到她的情况后哭笑不得地说："你难道不知道这是周怀瑾惯用的拒绝人的套路吗？先从专业水平上打击追求者，再从专业跨度上二次暴击追求者。"

安妭额角的青筋欢快地跳着，她吐槽道："他还是人吗？这样对待学渣。"

顾莜叹了一口气，再次语重心长地道："所以啊，我劝你……"

"那我一定要征服他，让他为看不起学渣付出代价！"说着，安妭再次握拳。

顾莜嘴巴张了张，最终无奈地说："算了，就当我没说。"

第三次与周怀瑾见面，安妭已经做好了追他的计划。

那天，周怀瑾与同学上完课从教学楼出来，安妭看到他时立刻笑靥如花，却在瞥到他身侧的阳光少年时浑身僵住。

"哎哟，周怀瑾，你可真厉害啊。"程涵看了一眼拿着饮料的安妭，打趣地用肩膀撞了一下周怀瑾。

安妭攥紧手中的饮料，所有人都在等着她上前，等着看周怀瑾拒绝她，她却抿了抿唇，脸色不太好地转身离去了。

"怎么回事，突然知难而退了？"程涵看了一眼安妭的背影，笑道，"周怀瑾，你知道这是什么情况吗？"

话音刚落，原本离去的安妫突然折回来，气势汹汹地拉过周怀瑾的手。

众人一时没反应过来，就这样呆若木鸡地看着眼前的这一幕。等意识到发生了什么，一群少年狂叫起来："牵手？！"

"这个给你！"安妫将周怀瑾拉到一旁，把饮料塞到他手里。不待周怀瑾开口，她又踮起脚拍了拍他的肩膀，似乎上面被什么脏东西碰过了。

"好了。"不知道为什么她又开心地笑了起来，眼睛弯成月牙的形状，原本不开心的情绪从脸上消散，像极了夜雪初霁。

"你在干什么？"他盯着她，沉着声音问道。

"周怀瑾，你是不是眼睛不好啊？"她笑着抬头看向他，"我在努力跟你套近乎啊。"

"我们好像没见过几次，就因为我的脸？"他淡漠地道。

安妫的视线从远处那个笑容暖心的少年身上移开，她凑近周怀瑾，像个不给糖就捣蛋的小孩一样说道："长得好看不是一件坏事，说不定就让你的真命天女对你一见钟情了呢？这样你还省了在茫茫人海中追寻的辛苦。周怀瑾，你愿不愿意给你的真命天女我，一个陷于你才华、忠于你人品的机会啊？"

闻言，周怀瑾眸光微闪，向后退了一步。他刚准备开口，就听到她抢先道："我知道你肯定要说我长得不漂亮，你记不住我是谁，我们宿舍楼离得很远之类的话。"

周怀瑾薄唇一抿，看着眼前的少女。

安妫笑得可爱："从今往后，我每一次见到你都会主动介绍我是谁，你记性再差，也终会记住我的名字。我是殡葬专业的安妫，周怀瑾，这是我第一次自我介绍哦。"

自那以后，周怀瑾每次遇见安妫，不论是她有意等他，还是无意遇见，她都会弯起一双眼睛对他说："周怀瑾，我是殡葬专业的安妫，这是我第……次自我介绍。"

说完，她就会将自己带的东西塞到他手中，然后火速离开。

某日，教导主任办公室。

周怀瑾将有错误的学生信息交给教导主任，教导主任接过笑呵呵地对他道："多谢你来帮老师这个忙。哎，这不是殡葬专业的学生信息吗？有错误吗？"

教导主任看着名单上的"安无"，被人用黑色水笔改成了"安妩"。

周怀瑾眸光凝了凝，轻"嗯"一声。他身侧的阚北勾了勾嘴角，暗叹追周怀瑾其实很简单，只要功夫深，铁杵磨成针。

渐渐地，周怀瑾身边的同学都知道了安妩。

"你觉不觉得，你很像她养的一只宠物啊，一到点她就给你投喂东西。"阚北看了一眼周怀瑾手中的香蕉，有些想笑，哪有人送香蕉送一根的啊。

"我觉得这样挺好的啊，阚北，你难道觉得每天有免费的零食吃不好？"周怀瑾的室友边剥香蕉边道。安妩不仅给周怀瑾送东西，还连带着给他身边的人都送。

阚北忍着笑对周怀瑾伸出手道："你一向不喜欢收陌生人的礼物，你要不吃给我吧，多的一根我还可以给顾莜。"

周怀瑾眼睛一眨，看向阚北道："你很穷吗？"

"不穷，但也不能浪费是吧？"阚北故意打趣道。

周怀瑾看着远处的背影，大步上前。

安妩还在自信地跟顾莜打电话，分析着她的计划："我要每天都给他送东西，给他周围的人送东西，等到他们习惯养成的某一天，我就不送了。到时候就算他不抓心挠肝，他周围的人也会抓心挠肝地在他跟前提到我的，这就叫套路与反套路！"

"这招欲擒故纵可以啊，安妩！"顾莜深感佩服的声音从电话那头传来。

身后，周怀瑾停住脚步，神色有些呆滞。

安妩跟他在一起后才知道，她还没有不给他送东西的时候，他就已经忍不了她给其他人送东西了。摩羯座的人占有欲有多强，可见一斑。

7. 莫名消失的桃花

其实在上大学的时候，安妩不乏追求者，但这些桃花总是消失得莫名其妙。

她印象最深的一个追求者，是隔壁临湖大学的校草陆远，长得很是阳光帅气。但她那时候满眼都是周怀瑾，就算周围人再怎么夸陆远好看，她依然觉得周怀瑾的风采无人能及。

对于陆远喜欢她这件事，安妩也觉得有些莫名其妙，她一开始知道他，是因为他正在追求外国语学院的院花。而院花虽然告白被拒绝，但仍然心系周怀瑾，于是陆远为了见一见这位有名的"情敌"，跑到安妩学校来，正好撞见了天天跟在周怀瑾身后的她。

正所谓，敌人的敌人就是朋友。陆远想追求院花，安妩正好想解决掉这么漂亮的敌人，便特别热情地与陆远攀谈起来。之前为了知己知彼，百战不殆，她对院花的一些信息可算是了如指掌，便将自己知道的有关院花的事情都告诉了陆远，鼓励他追求真爱。

那个时候，她天天为陆远出谋划策，但不知怎么着，最后陆远竟然喜欢上她了，对她说他突然觉得院花没有她可爱有趣！

安妩正被这突如其来的告白弄得有些不知所措时，陆远的追求很快如同炮火一般朝她轰炸开来，阵仗之大、招数之狗血，让整个医科大学的学生都知道了。

安妩觉得陆远这个人太不会追女生了，让她很是丢脸。许是周怀瑾也这么觉得，那个时候，只要看见陆远出现在她身边，她都感觉周怀瑾对她的态度更加冷漠一分。

本来她追他就够难的了，现在更加得不到回应，人生实在是太艰难了！

顾莜劝安妩早日放弃周怀瑾，考虑考虑陆远，不要在一棵树上吊死。那段时间，安妩正好被周怀瑾冷漠的态度打击得情绪有些消极，不敢再频繁到他跟前自讨没趣。顾莜见她周末无事，便替她答应了陆远，去看他的篮球比赛。

于是，两校之间关于她跟陆远的八卦甚嚣尘上，有些传闻连安妩这个当事人听到都觉得匪夷所思。

周末去了篮球馆，安妩才知道是他们学校跟陆远的学校在举行篮球联谊赛。观众席上，安妩看见了周怀瑾，他也正看向她，眼神冰冷，莫名地让安妩有一种红杏出墙被抓的心虚之感。

"记得要给我加油哦！"不知道从哪儿跑出来的陆远将手里的应援条幅不由分说地塞进安妩的手中。

她看着横幅上"山高水远，陆远不远"的字样，嘴角一抽，他还真是浮夸得过分。

"听到没有？"陆远伸出手亲昵地揉了揉她的脑袋。

安妩脖子一缩，讪笑道："我看不懂篮球。"

"没事，你看我就行了。"陆远笑得一脸甜蜜，收回手，朝观众席里坐着的男生抬了抬下巴。

见状，周怀瑾眸光微暗。

安妩抖了抖身上的鸡皮疙瘩，走到顾莜身边。顾莜打趣道："陆远笑起来还真是好看，你确定不考虑考虑他吗？"

安妩耸了耸肩，说："天天笑的男生让我没什么征服欲。"

有些时候，人与人之间的眼缘还真是奇妙，即便周围人再怎么夸陆远，她就是喜欢不上他。

"噢，周怀瑾那样的你就有征服欲了？"顾莜一针见血道，"我看你就是被周怀瑾吃得死死的，太没出息了！"

"嘿嘿，看球看球。"安妩立刻岔开话题。

对球这种东西，安妩自小就是一窍不通，原本她以为自己会看得很蒙。但没想到在顾莜的一通解释下，又加上被现场的氛围感染，安妩竟然看得热血沸腾。

"啊——"随着陆远的一个三分投篮，安妩一下从座位上跳起来激动地大叫，正好看见了周怀瑾离席，而他身后还跟着那院花。

安妩瞬间进入警戒模式，球也不看了，连忙将手里的横幅丢给顾莜跟了过去。可是，出了体育馆，她找了一圈，也没有找到周怀瑾跟那院花。

就在她跺脚懊恼自己刚才走得慢时，一道清冷的声音出现在她身后："你在这里干什么？"

"周怀瑾！"她惊喜地转过身，发现他身边并没有院花，结结巴巴道，"你……你……"

她正不知道该怎样开口询问院花刚才跟他去干什么的时候，周怀瑾抢先问道："你跟陆远认识多久了？"

她愣住，呆呆地答道："不到一个月啊……怎么了？"

"不到一个月就喜欢上他了吗？"他眼底有些阴郁。

"啊？你……你什么意思？"安妩再次愣住。

周怀瑾看着眼前娇憨的少女，突然心底有些烦躁。他想到她刚才看那个人的眼神，专注、炙热、兴奋，似乎全世界只剩下那个人，旁人再也走不进她的视线。

可是，她知不知道，她被骗了！那个人根本不是真的喜欢她，只是为了哄另外一个女生开心才答应追她。她就那么傻吗？

"之前不是还说喜欢我的吗？"他沉着声音问。

"什么？"安妩越发丈二和尚摸不着头脑。

"难道你之前说过的话，做过的事，仅仅不到一个月的时间，就抛之脑后了？这就是你对我的喜欢吗？"

安妩被周怀瑾一个又一个问题问蒙了，她茫然不知所措："我……你到底在说什么啊？我怎么一句话也没有……"

剩下的话被猛然贴近的唇瓣堵了回去，安妩瞳孔骤缩，看着眼前放大的俊美脸庞，大脑只剩下一片空白。

周怀瑾有些恼火，他也不知道自己为什么这么生气，是因为她看那个人的眼神，还是因为这段时间那个人总是在她身边绕？抑或是，他在生自己的气？

"懂了吗？"他低着头问她，目光落在她嫣红的唇瓣上。

安妩点了点头，又摇了摇头，是她理解的那个意思吗？周怀瑾喜欢她？

可是，他之前为什么对她那种态度？如果不喜欢，他又为什么要亲她？安妩觉得自己现在有些想不明白了。

"你喜欢我？"她红着脸问道。

"改成陈述句。"他说。

"你喜欢我。"

"对。"

不给她任何思考的时间，他再次俯下身吻住了她，吻住她的惊讶与欢喜。

他已经习惯了她的目光、她的存在，他希望，她以后只用那种专注的眼神看他一人。

全世界都是他，不分半点余光给别人。

跟周怀瑾确定关系的第一天，安妩发现陆远跟那个院花在一起了。

据八卦小能手顾莜说，是打完篮球出来的陆远正好看见哭得伤心的院花，便上前安慰。院花不知怎么就突然发现了陆远的好，两个人一拍即合，就迅速在一起了。

看到陆远秀恩爱的肉麻朋友圈，安妩开始怀疑自己最近被追求的经历了，明明下午陆远还在对她说着情话，晚上就脱单了？

这朵桃花不论出现还是消失，也太莫名其妙了吧！

体育馆的走廊上。

周怀瑾看着眼前的女孩道："让陆远离她远点。"

"对不起！我也没想到陆远会听我的话去追安妩！可是，你不是不喜欢她吗？她跟陆远在一起，也挺好的！大家都这么说，我也觉得……"

"我喜欢她。"周怀瑾打断她的话。

女孩一下愣住了，似是不相信自己的耳朵。

她看着面前神色认真的少年，眼眶突然一红，半晌后才艰难地开口道："我知道了，我会跟陆远说的，请你不要对外说这件事。"

"请尽快，我不想再看到他在她身边绕了。"冷漠地撂下这句话后，周怀瑾转身离去。

身后，女孩捂着脸哭了。

8. 情谊地久天长

安妩觉得女儿粥粥自小就是一个看脸的人，在还不会走路的时候，她就会盯着周怀瑾的脸目不转睛地看。如果她哭了，只要周怀瑾抱就会立刻停止；稍微大一点会走路的时候，只要周怀瑾出现在她的视线范围内，她就会假装摔倒故意引起他的注意，让周怀瑾抱她，然后乐呵呵地窝在周怀瑾怀里对他笑。

在看脸跟锲而不舍地吸引周怀瑾的注意这方面，安妩觉得女儿粥粥真的是遗传到了她的基因。可是，一山不容二虎！

安妩幻想的婚后生活，是她做个慈母，周怀瑾做个严父，可现实却是颠倒过来的，女儿粥粥的狗腿功夫比她还了得，她觉得自己都在周怀瑾那儿失宠了。尤其是最近，周怀瑾早出晚归、工作很忙，让安妩的心情也低落下来。

她已经很久没有跟他过过二人世界了。

午休时间，郭莹听完安妩的抱怨，倒吸了一口凉气，浮夸地问道："你们最近该不会进入了感情的疲倦期吧？"

安妩嘴角一抽："我们才结婚两年啊……"

"可是你们认识都七八年了吧，不是有个词叫作'七年之痒'吗？"郭莹认真地询问道，"你老公身边最近有没有小妖精出现？"

"小妖精？"安妩托着腮，想到自家活泼可爱的女儿，问道，"粥粥算不算？"

郭莹咬牙切齿道："当然不算了！"

"那肯定没有，周怀瑾很难追的！有小妖精出现，也会因为啃不动他这块唐僧肉而放弃！"

郭莹看着面前莫名地自信的安妩，颇为无语地道："被爱情蒙蔽双眼的女人总是看不见婚姻的黑暗面，我问你，他最近有没有躲着你玩手机？有没有早出晚归？你们最近亲近的次数是不是少于平时？"

随着郭莹不断的发问，安妩的脸色一点点白了下去。

晚上，与顾莜通完电话以后，安妩的一颗心像是掉进了冰窟窿，冷得发颤。

顾莜刚才跟她说，周怀瑾最近根本没有加班，到点就下班走人了！但刚才周怀瑾还发信息过来跟她说，他晚上因为工作很忙，就不回家吃饭了！

安妩回想起这段时间的种种迹象：前两天晚上她要帮他充电，结果她刚拿起手机，他就神色慌张地盯着她，她也在不经意间看见了屏幕上的图片。最近他打电话的次数也变得多了起来，经常是躲着她在阳台上打电话，她隐隐约约听到"钱""方案"之类的字眼。而且，在那方面，他也不像从前那样热情主动了！

安妩陷入了巨大的悲伤之中。

周怀瑾十点到家的时候，就看见安妩一个人坐在沙发上，客厅里的气氛有些微妙。

他脱掉外套问道："怎么还没洗漱？"

安妩抬起眼睑看向他，说："周怀瑾，你老实跟我说，你是不是有什么事情瞒着我？"

周怀瑾嘴角一勾，上前道："怎么了？"

"我们结婚前不是说好了，有什么事一定不隐瞒对方，要如实告知吗？可是你现在在做什么呢？"说着，安妩的眼泪就落了下来。

周怀瑾想到自己最近忙的事情，好笑地搂住自己的小妻子，问："你觉得我怎么了？"

"你怎么了？"安妩推开他道，"你腰出问题为什么不跟我说！"

客厅里顿时陷入诡异的沉默中，周怀瑾看着面前泪眼婆娑的女人，慢慢挑高眉尾，吐出一个字："腰？"

安妩拼命点着头，她摸上他的腰，神色紧张地道："医生怎么说，会不会很严重？"

"你为什么会突然觉得我的腰有问题？"周怀瑾好气又好笑地道。

"你不用再隐瞒我了！"安妩越说越悲伤，"你最近躲着我打电话，不准我碰你手机，还不像原来那样经常碰我了，你不是腰出现问题躲着我偷偷跟医生打电话聊治疗方案，还会是什么？你不用隐瞒我了，我上次看见你手机界面的广告了……"

周怀瑾一下气笑了，他就知道自己小妻子的脑回路与别人不一样。不过，还好，她什么也没看见。

他无奈地道："那是浏览器推送的广告，我的腰没事儿。"

"真的？"安妩抬头看向他，双手在他腰间乱摸。

周怀瑾抓住她的手，眼神一暗："你可以来试一试。"

第二天，安妩去上班，郭莹看见她眼底的青黑吓了一大跳，问："你不会因为我的话，昨天晚上通宵失眠没睡吧？"

安妩胡乱摇了摇头，她哪里是失眠，是她想睡有人根本不放过她。以后，她再也不说某人腰有问题了。

安妩说了昨天晚上的事情，郭莹佩服她的脑回路，问道："你为什么没往你老公出轨那方面想啊？"

"他不会的。"安妩微微一笑。

郭莹连"啧"三声，心中感叹这是怎样相互信任的爱情啊！

想到自己身上的任务，郭莹连忙道："可是你老公还是没有说最近跟谁打电话啊。为什么明明按时下班了，却回家那么晚呢？"

闻言，安妩后知后觉地一拍脑袋道："对哦！"

安妩再次收到了周怀瑾晚上不回来吃饭的消息，但这次他不仅是不回来吃饭，晚上还不回来睡！他说是因为晚上值班，可他们自结婚以来，除了出差，他值班都会回家的。而她打电话询问顾莜，顾莜说周怀瑾今晚不值班。

安妩心口一跳，事有反常必有妖！

安妩提前下了班，赶到医院的时候，正好看见周怀瑾为一名女士关车门。因为发现得比较晚，她只看见了那个女人纤细修长的小腿。然后，她低头看了一眼自己的小腿，没有对方的长。

"周怀瑾，你现在在医院吗？"

得到对方肯定的回复后，安妩一肚子火，不管周怀瑾是不是出轨，但在对她撒谎这件事上，她绝不原谅！

周怀瑾的车在一家五星级酒店前停了下来，安妩跟踪过去的时候，原本跟周怀瑾一起的女生已经不见了。她狐疑地跟在周怀瑾身后，出了电梯，竟然碰见了顾莜、阚北还有许梓欣！

"你……你们怎么在这儿？"安妩一下愣住，等看到许梓欣身上穿的长裙时，她更是蒙住了，刚才她看见的那名长腿女生好像穿的就是这条裙子？

"生日快乐！"眼前的三个人笑容满面地鼓着掌，顾莜上前给安妩戴上一顶王冠，许梓欣从身后变出一束花，这一连串的举动让安妩再次愣住。

还没来得及将这段时间发生的事情串起来时，她已经被顾莜跟许梓欣推进了酒店房间。

房间布置得十分少女心，到处是粉色鲜花跟气球，在房间正中的墙壁上，挂着"生日快乐"和许许多多她的照片。

"祝你生日快乐，祝你生日快乐！"大家拍着手唱歌，安妩看着周怀瑾推着蛋糕车进了屋。蛋糕上面有两个翻糖小人牵着一个小娃娃，一家三口笑得很开心。

安妩的眼眶一下湿润了。

因为父母不合的关系，她从来不过自己的生日，时间一久，她都忘记自己的生日是哪一天了。

"生日快乐。"周怀瑾走到安妩跟前微笑着说。

安妩强忍着泪水，四处看着道："粥粥呢？"接下来不应该是粥粥给她送些什么东西吗？为什么她没有看见自己的宝贝女儿？

"粥粥今天被妈接走了，这个周末要辛苦妈带一下了。"周怀瑾笑道。

她不是一直说生了粥粥以后，他们享受二人世界的时间太少了吗？

"所以，你这些天都在忙这个？"安妩问道。

周怀瑾轻"嗯"一声。

"你们最近都在配合他？"安妩询问着屋里的几个人。

话音刚落，有人提着酒出现在门口，说道："当然还有我啦！生日快乐，安小仙女！"

"郭莹？"安妩瞪大眼睛，回想起这两天郭莹说的话，不由得看向周怀瑾，他对她点了点头。她"扑哧"一下笑出了声，"你就不怕我真的以为你出轨？"

周怀瑾看着她道："你只会以为我的腰有问题。"

闻言，安妩的脸蓦然一红。

"好啦好啦，快许愿吹蜡烛啦！有什么话，留着我们走后好好说，好吗！"许梓欣被这两人的腻歪甜到起了一身鸡皮疙瘩。

安妩看着眼前的蛋糕，烛光映在她的眼里，亮晶晶的，她慢慢闭上眼睛双手交握。

八岁的时候，她希望自己有一个完整的家，希望有很多爱她的人。

二十八岁的时候，她有了自己的家，还有很多爱她的家人、朋友。

希望再过二十年，所有她爱的人和爱她的人依旧像如今一样美好，祝情谊地久天长。

后　记

　　从提笔写这个故事到写完，前后一共花了一年的时间，以前想着大结局的时候，我的心情应该是心潮澎湃的，如今真的大结局了，提笔却不知道该写什么好了。

　　写这本书的时候，应该算是我心情最不好的时候。多亏了责编冬菇的鼓励，我才一点点地写出了开头。对于这个故事的诞生，我是很开心的。写前三万字时，我跟冬菇改了很多次，她付出了很多心血，经常熬夜帮我看稿提意见，最终过审。后来正式展开故事的时候，因为我自身情绪的问题，有好几个月没有动过笔，而好不容易开始写了，又经常卡文。

　　当时每天睁开眼第一件事就是想怎么往后写，经常梦见在想剧情的场景，压力很大。

　　这段时间，写手萧小船一直陪在我的身边，还有一些写手不断安慰我，大家相互鼓励、一起努力。现在回想起来，我很是感激。文字的魅力或许就在于此，将原本不熟悉的、来自五湖四海的人联系在了一起，编辑、写手、读者，因为文字成为朋友。

　　就像安妩那三年的经历一样，人生总会遇到黑暗的低谷，平凡的人很多，平凡人的烦恼也很多。但是对安妩来说，不平凡的是她遇见了周怀瑾。一开始写这个故事的时候，我就是想写平凡人的不平凡的爱情。千万人之中，总会有那么一个人，在黑暗的尽头等着你，在你以为这条路只剩下自己走的时候，陪着你，成为你人生中最幸运的事情。

　　我觉得喜欢读故事的人总有一颗单纯的心，因为这颗心，让大家能感受到故事的美好，也让写故事的人努力去创造这份美好。希望我写的这个故事能让看到这本书的人感受到开心与甜蜜，祝福大家，早点遇见自己的那个小幸运。